光文社文庫

くれなゐの紐

須賀しのぶ

光　文　社

目次

序章

無数の黒い蛇が、のたうっている。

怯《ひる》んだ目を擦《こす》り、今一度よく見れば、蛇と見えたのは女の髪だった。

女がひとり、崖の縁《ふち》に立っている。前方は、白い牙《きば》を剝《む》く冬の海。灰色の空。海から吹き上げる風は冷たく、あおられた髪は四方にうねっていた。

酒屋まで遣いに出た姉が戻らないからと、捜しに出たのは半時ほど前のこと。なぜ、家から酒屋に向かう道とは反対の方角にあるこちらに来たのかは、自分でもわからなかった。ただ、勝手に足が向いた。

幼いころから、近づくなと言われていた崖。だが数え切れないぐらい来た場所。呼ばれた、というやつなのかもしれない。

案の定、姉はそこにいた。

臙脂《えんじ》色の綿入れで着ぶくれた体は微動だにしないのに、髪だけがうねうねとうねる様は、おそろしい。

彼女の体で長らく眠っていたものが這《は》い出して、空へ還《かえ》ろうとしているように見えて、切《せつ》羽詰《ぱっ》まった声で呼びかける。

すると、蛇が再びけたたましく騒いだ。

手が髪を押さえ、白い顔がゆっくりとこちらを向く。おそろしげな髪にそぐわず、その面《おもて》にはいつもの見慣れた微笑があった。

世の中の全てを見ようとするように大きな目はやわらかく細められ、やや鷲鼻《わしばな》の傾向のある鼻の頭は、赤くなっている。一方、笑いの形に弧を描く唇は完全に色を失っていた。

「どうしたの」

吹きすさぶ風に、声はところどころかき消されてしまう。もっとよく聞こうと、足を踏み出した。

「なかなか帰ってこないから、捜してこいって」

「よくここがわかったね」

「昔、よくここに来たから。何となく」

「そう」

姉は再び海のほうへと向いた。動く気配はない。

仕方なく、隣に立った。眼下には岩場が広がるが、今は繰り返し波に飲み込まれ、時たまその黒い岩肌を見せるだけだ。あと一刻もすれば、完全に覆い隠されるだろう。

近辺に住む者に忌避される理由は、「心中が淵」と呼ばれていることだけでも明白だ。

江戸のころに若い男女がここに飛び込み、以来何度も身投げがあるという。自分が生まれてからは記録はないが、昔話なら幾度も聞いた。まさにこの場所で、この姉から。

ここが身投げに好まれるのは、無残に潰されたなきがらが、夜のうちに慈悲深い波に包まれて海へと還っていくからだという。

「早く戻らないと」

いっこうに動かぬ姉に焦《じ》れて、袖を引く。

「まだ大丈夫よ」

「明後日は祝言《しゅうげん》だ。風邪でもひいたら」

「風邪なんて、生まれてこのかたひいたことない。ひ弱なあんたとは違うから」

馬鹿にしたような口調に、押し黙る。たしかにその通りだった。

小学校にあがるまで、頻繁に熱を出し、両親をいたく心配させた。病弱な母に似たらしい。だというのに、同じ胎《はら》から生まれた姉は、おそろしく頑強だった。女に頑強という言葉を使うのもどうかと思うが、幼いころから同世代より頭ひとつ背が高く、十七になった今も男と並んで遜色《そんしょく》ない背丈をもつ姉は、体力や膂力《りょりょく》も人並み外れていた。

性格も男勝りで気が強く、果たして嫁に貰ってくれる物好きがいるのかと両親は常々悩んでいたが、物好きはちゃんと現れた。

すでに結納は済ませ、明後日はいよいよ祝言。

この正月に、奉公先から一度実家に戻ってきた姉も、どことなく常よりしおらしく、婚礼衣装を見ては嬉しげに頰を染めていた。いつも厳しく、姉には叱責ばかりの父ですら、あいつもやっぱり娘だなぁと目許《めもと》を緩ませていたぐらいだ。

「ひょっとして、飛び降りるとでも思ったの？」

笑い混じりの声に、見透かされていたことを知る。姉は相変わらず前を向いたままで、ただ髪が鞭《むち》のように頰をたたいた。

「単に、この海も見納めだと思ったのよ。嫁ぎ先は遠いからね」

そう言いつつも、姉の右足が、迷いなく前に踏み出される。慌てて、手を引いた。

「危ない」

「安心してよ。もし飛び降りなきゃならなくなったら、こんなしみったれた場所は絶対に選ばない。どうせなら、そうね、十二階から、人の海の中に景気よく飛び降りるわ」

「十二階って、浅草《あさくさ》の？」

「そう。凌雲閣《りょううんかく》。東京のど真ん中でさ」

大きく手を広げ、姉は楽しそうに笑った。

「迷惑な話だ。人の海じゃ、死体を浚《さら》っちゃくれない」

「きれいに死のうなんざ思っちゃいないよ。誰にも迷惑かけないようにとか、馬鹿げてる。そこまで追い込まれたなら、派手に迷惑かけまくって退場してやるんだから」

そう言っていたくせに、姉は翌日再び消えた。

家を抜け出したのは、夜半のことで、誰も気がつかなかった。祝言当日、消えたことに村じゅうが騒然となり、捜索隊が放たれた。

姉は、すぐに見つかった。

正確に言えば、姉の草履が。

心中が淵に、使い古された草履が、揃えて置いてあった。風でとばぬよう、律儀に大きい石がその上に置かれていた。

眼下の岩場は、潮が引き、おぼろな朝日のもと黒々と光る岩肌をあらわにしていたが、そこに姉の痕跡はなにも残ってはいなかった。

第一章　浅草十二階

1

この螺旋《らせん》階段は、果てがない。

上を目指して駆け上っているはずなのに、行けば行くほど、奈落に落ちていくようだ。

昼日中《ひるひなか》であれば、窓から差し込む外光でもう少し視界はきくが、すでに六時をすぎている。

五月もじき終わり、夜の訪れは遅いとはいえ、そろそろ夕闇の迫る時間である。

五階あたりで窓から差し込む光はいよいよ弱くなり、八階を過ぎたころには完全に消え失せた。同じく窓から聞こえていたジンタの音楽も、遠くなる。

壁ぞいにぐるりと続く階段に人気《ひとけ》はなく、聞こえるのはもはや、自分の足音と、荒い呼吸ばかり。体力には自信はあるが、さすがに十二階一気に駆け上るのは厳しい。肺は潰れそうだし、足もさすがに重くなってきた。

それでも一度も足を止めないのはただの意地だ。走り出したら、目的地につくまで足は止めない。そう決めたのは、六歳の時。以来九年、信条をたがえたことはない。

あと二階。痛みを訴える太ももを叱咤《しった》し、喘《あえ》ぎながら足を上げ、いよいよ限界かもしれぬというところで、突然視界が開けた。

視界にはもうどこにも階段はなく、かわりに大きな窓が口を開き、四角く切り取られた紺色の空が見えた。吹き込む風は階下にいたころよりよほど凶暴で、建物全体が耳障りな音をたてて揺れる。明治のころは凌雲閣と呼ばれたこの十二階は、十階までは煉瓦《れんが》造りだが、その上は木造なので、強風の日などはこのままもげてしまうのではないかと思うほどだ。

展望台に出ると、風圧で顔に軽い痛みが走る。金網がぐるりと展望台を囲んでいるのが無粋だ。

金網に指をかけ、空を見上げれば、すっかり濃い藍色に染まっている。ひとたび視線を下へと転じれば、灯りきらめく地上もまた星空のごとく。ひとり天空の真ん真ん中に浮かんでいるようで気分がよい。

展望台には誰もいない。完成当初は耳目《じもく》を集め、連日多数の人間を集めていた天下の眺も、三十年も経《た》てばすっかり飽きられ、それどころか危険だから早く壊してほしいと疎《うと》まれる巨大な塵《ちり》となりはてていた。

しかしそのおかげで、天空を独り占めできるのだ。六区ではなかなか空が見られない。活動写真館や劇場が建ち並ぶ最も華やかな通りは、どぎつい色の幟《のぼり》が林立して、空を隠してしまう。

荒れる息を整えつつ、ゆっくりと展望台を巡る。最初に出た南側は遊興街で、大盛館やキネマ倶楽部、東京館――浅草案内の誌面で見た活動写真館や劇場が綺羅星《きらほし》のごとく建ち並ぶ。闇の中でもひときわ明るく輝いているので、実際に星のようだ。

六区で最も華やかな区域の中に、ぽっかりと大きな穴が空いている。瓢簞《ひょうたん》池だ。朝から晩まで池の畔《ほとり》には人が溢《あふ》れ、露店もひしめいているが、ここからでは何も見えない。ただただ、街中に黒い穴が空いているだけだ。昼に瓢簞池をのぞきこめば、いつでも水面には十二階が映っているが、夜になってしまえば池の存在すらわからないというのが、不思議だった。

そこから東側にまわると、これまた明るい一角が見える。仲見世《なかみせ》に浅草寺《せんそうじ》。そして観音堂。手前にあるのは花屋敷だ。

ここまで来て、さらに数歩進んで北側に出ると、がらりと様相が変わる。

今までは、眼下の町並みにそれぞれに秩序があった。大きな通りが走り、そこから小路が規則正しく延びている。

だがここはどうだ。道らしきものが見えない。灯りはあちこちに見えるがてんでばらばらだ。おそらく三階あたりから見下ろせば、無数の銘酒店の提灯《ちょうちん》や看板がひしめいているのが見えるだろう。一見無造作でいながら緊密なその並びは、蜘蛛《くも》の巣に似ていた。

浅草に来て一週間経つが、蜘蛛の巣——千束町《せんぞく》のあたりには、まだ一度しか足を踏み入れていない。千束町のむこうは暗いが、その中にやはり一画だけ不自然に灯りが目立つ場所がある。吉原《よしわら》だ。

「万が一あそこに行かれちゃ、さすがにお手上げだな」

ため息まじりにつぶやいた時、まるで応えるかのように、視界の端で紅いなにかが動いた。

ぎょっとして目を向けると、なんということはない、髪にからまったリボンが風にたなびいていた。髪には、繻子《しゅす》のリボンを重ねて花をかたどった飾りをつけていたが、いつしかほどけていたようだ。もとより、ずいぶんちゃちな出来の花飾りだったから、人混みにもまれれば無理もない。

なおすのも面倒で、ただただ夜風にうねる紅い紐を横目で眺め、小袖の懐に手を入れる。男物の財布と銀時計がそれぞれひとつ。どちらも、活動写真館の雑踏の中で拝借した。

「ちっ、しけてら」

財布の中身は思ったよりずっと少ない。しかし銀時計は売ればそれなりにはなるだろう。制服姿で得意げな学生の集団から奪ったものだ。最近の学生には短い紐で時計をぶらさげるのが流行《はや》っているらしく、いいカモである。親の臑《すね》をかじる学生が、ろくに勉強もせずに歓楽街を昼間からうろついているのだから、使いもしない金時計や銀時計を貰ってやるのはむしろ親切というものだろう。

「飛び降りないの、お嬢さん」

　笑い含みの声が背中に聞こえる。ぎぃぎぃと揺れる音にまじって、階段のほうから足音が聞こえていたことにはとっくに気づいていたから、驚きはしなかった。しかし、いかにも優《やさ》男《おとこ》ふうの声に、少し落胆する。

　――なんだ、男か。女がつれると思ったのに。

「金網があるのにどうやって？」

　顔だけ背後に向けると、階段口の暗がりから、男がひとり現れた。筋銘仙の袷《あわせ》は襟が詰まり、女のように胸高《むなだか》に結んだ帯には銀時計の鎖が巻きついている。典型的な軟派だ。カフエーでとぐろを巻き、朝から晩まで女の尻を追いかけまわしている学生や若者たちは、同じ着こなしをしている。この六区で不良少年の集団として最近名を売っているらしい黒帯《くろおび》団などは、粋筋《いきすじ》の女がつけるような一重の黒帯を揃ってつけていた。目の前の青年は黒帯ではなかったが、ご同類だろう。立ち姿はすっきりとして、詰まった襟の上に載っかった卵形の顔はいかにも女に騒がれそうな造作をしている。

「こんなの、ちょいとした道具があればこじあけられるよ」

「そんなつもりはありません」

「なんだ。こんな時間に、ただごとじゃない様子で階段を駆け上っていくから、てっきり。知ってるかい、昔ここは自殺の名所だったんだ」

男は馴《な》れ馴れしく話しながら、ゆっくりと近づいてくる。

「知ってます。私の知人も、どうせ身投げするなら、ここがいいと言っていましたから」

「そいつは残念だねえ。十五年ぐらい前だったか、あまりにも身投げが続くものだから、この金網が出来たんだ。まったく無粋なことをする。東を望めば観音堂だ。世をはかなんで、極楽浄土を夢見てひとつ飛び。ろくでもない人生の最後ぐらい、希望を抱いてもいいだろうに」

「実際は見るも無残な肉の塊になるだけでは。片付けるのも面倒です」

「おや、見たことがあるような言いぐさだね」

「ありますよ。ここではありませんが」

「ほう」

目に興味の光が瞬くのを認め、うんざりして顔を逸《そ》らす。男が近づいてくるだけ、距離をとることも忘れない。

「飛び降りを見たかったんですか。いいご趣味ですね」

「まさか。止めようと思って慌ててついてきたのさ」

心外だと言いたげに苦笑する青年は、しかし息ひとつ乱していない。

「眺めを楽しみたいだけです。おかまいなく」

「こんな時間に珍しいね。浅草は初めてかな」

「いいえ。ですから案内は結構です」

ぴしゃりと先手を打つ。この手の男たちがたむろしているのは、舞台に夢中になって脇がお留守になっている小娘を狩り放題の金龍館《きんりゅうかん》やら電気館《でんきかん》だ。寂《さび》れた十二階の頂上までわざわざ追ってくるとは、よほど今日は狩りの首尾がよろしくなかったのか。

「おや、僕は軟派学生や黒帯の連中の仲間と思われているわけかな。心外だ。ただ心配で来ただけなのに。きみ、地元の子じゃないね。家出だろう？」

男は薄笑いを浮かべ、馴れ馴れしく隣に立つ。無視して階段へと向かうと、うしろから左の手首をつかまれた。穏やかな物腰にそぐわぬ容赦ない力に、眉が寄る。

「この花は？　美しい髪を飾るにはあまりに稚拙なものだけど」

「これの意味がわからないなら、あなただって地元の人間じゃないでしょう」

嘲《あざけ》りをこめて睨《にら》みつけると、青年は微笑《ほほえ》んだ。

「知っているよ。繻子のリボンでつくった紅い花。『紅紐団《べにひも》』だね。世間じゃあ、仁義も何もない少女ギャング団だとか言われているようだ」

片手で腕を捕らえたまま、彼はもう片方の手であっさりと花を奪った。

「花が半分崩れてしまっているね。乱暴に扱うから」

残念そうに、男は言った。彼の手にあるものは、ほとんどがほどけてしまっているが、数刻前までは、たしかに花の形をしていた。といっても、ただリボンを重ねて丸く形作っただけのもので、女児が遊びでつくったような出来の悪い代物だった。

しかしこの紅の花は、六区においてはある意味、銀時計や財布なぞより、よほど価値のあるものだった。

「返して。私に手を出したら、紅紐団の仲間が黙っていませんよ」

花を取り返そうとあいている右手を伸ばすも、あっさりと避けられる。あっ、と叫びをあげる間もなく、逆に背後から抱きすくめられた。

「きみが本当の仲間ならね」

耳元の囁《ささや》きに、総毛立つ。暴れても、拘束する腕はびくともしない。男とはいえ背もさほどではなく、細身だからと侮《あなど》った。

「この花、一昨日、金龍館で隣に座った娘から、財布と一緒に盗んだものだね。そう、アイーダのマチネだよ。あの娘は三度の飯よりオペラが好きでね、すっかり夢中になっていただろうから盗《と》るのは簡単だったろう」

冷たい汗が背中を伝う。

彼の言うとおり、これは一昨日、金龍館で奪ったものだ。隣に座ったのはどう見てもまだ子供だったが、連れがいるようでもなく、なぜこんな子供がひとりで金龍館に、と驚いた。

だがその頭上にこれみよがしに咲く紅の花を見て、納得した。

なるほど、紅紐団。不良少女たちが集う、ギャング団だ。その構成員の多くは、市内地方問わず、家を飛び出してきた者たちで、その勢力には地元のやくざも一目置くと聞く。ならばこの娘には親もなく、金龍館に通える程度には金に不自由もしていないのだろう。横顔を盗みみれば、愛らしい顔立ちをしていた。

だから、花を奪ったのは、狙ってやったことではない。少女があまりにも舞台に集中して、何度も頭を揺らすために花が落ちかけていたから、たわむれに奪ってみたのだ。少女が反応すれば、すぐにでも返すつもりだった。

しかし、全く彼女は気づかなかった。これ幸いと持ち去った。それだけだった。

金龍館から出て、花をつけてみる。すると、やたら馴れ馴れしく声をかけてくる男の数が格段に減った。

たいした威力だ。

若い娘が夜ふらふらと歩いているとどうしても面倒は避けられないが、おかげで昨日はずいぶんと快適に過ごすことができた。不良少女たちを見かけては、ばれぬようにと花を隠したが、どうやらとっくに見抜かれていたらしい。

「気持ちはわかるよ。たしかにこいつをつけていれば、たいていの厄介ごとは避けられる。きみみたいにきれいな子はなおさらね」

瞬きも忘れて立ち尽くす獲物を、青年は憐《あわ》れむように見下ろした。

「でも、そいつは諸刃の剣でね。人の縄張り内で、よそ者に仲間のような顔をされて好き勝手されるのは困るんだよ」

男の手が、無遠慮に襟元から差し込まれる。悲鳴をあげたが、こんなところで叫んでも誰の耳にも届かない。瞬く間に、財布と銀時計が抜き取られ、男の懐にしまわれた。

「掏摸《すり》の腕はまだまだかな。だが一昨日、昏睡強盗をやったのもきみじゃないか？　秋津《あきつ》って待合《まちあい》だけど」

「知らない」

「文句が来て困ったよ。昏睡強盗は僕らの流儀じゃないからね。最近、紅紐団を騙《かた》って縄張り内で勝手なことをする輩《やから》が多くて困っているんだ」

目を瞑《つむ》る。これはもう言い逃れが出来ない。大きく息を吸い込み、相手を睨みつける。

「べつにびびって騙ってたわけじゃない。こんなもんがなくたって、一人で問題なく生きていけるさ」

開き直って吐き捨てると、腕がわずかに動いた。

「へえ、そいつは勇ましい」

「うかうか盗られるほうが悪いんだろ。にしても、紅紐団もずいぶんとつまらねえ連中だな。男子禁制、女だてらに六区を牛耳《ぎゅうじ》ってるって言うからさ、少しは骨があるかと思いきや、荒事にはやっぱり男を使うのか」

「荒事？　こんなちっぽけな子兎《こうさぎ》を捕まえるのが？」

声に笑いの気配がまじる。頰に朱がのぼった。

「ふん。だったらよけいに情けないじゃないか。子兎への仕返しに男を差し向けるなんざ」

「何を言っているのかな」

今やはっきり、青年は笑っていた。

「僕はこう見えてもれっきとした女だよ、かわいいお嬢さん」

えっ、と思わず声が出ると同時に、それまでぴくりとも動かなかった体が勢いよく反転する。

「だから僕にはすぐにわかったよ。きみが男の子だってことがね」

瞬きも忘れて、目の前の男を見る。いや、女と言ったか。本当に？　間近でまじまじと見れば、たしかに男にしては頰の線がややまろく、首も細いだろうか。

「今日び、男までカフェーの女給になりすますぐらいだから、珍しいことじゃないけどね。なんだってそんな恰好を？」

「……このほうが、警戒されにくいからだ」

声が震えたのは、羞恥のためだ。

子供ひとりでこの六区で生きていこうと思ったら、手段など選んではいられない。少年の仕事はかぎられるが、少女ならいくらでもある。花売りや玩具《おもちゃ》売りの少年など見たことがない。同じ子供でも、女のほうがより憐れで同情を誘いやすいし、警戒心を抱かせにくいのだ。

そう気づいて、なかなか掏摸がうまくいかず空腹に耐えかねていた仙太郎《せんたろう》は試しに女の服を着てみることにした。

効果は抜群だった。なかなかうまくいかなかった掏摸も、成功率がはねあがった。とくに不良学生たちからの戦利品は飛躍的に増えた。なにしろ、むこうから脂下《やにさ》がった顔で近づいてきてくれるので、やりやすいったらない。

だから、今の今まで、この恰好が恥ずかしいと感じることはなかった。それが、この男《おとこ》女《おんな》に笑われた途端に、身の置き場がないほどの羞恥に襲われる。

「へえ。それだけ？」

「他になんの理由があるんだよ。効率よく稼ぎたかっただけだ」

「悪くない手だと思うけど、小袖だけじゃなくて鬘《かつら》や白粉《おしろい》まで揃えるにはそれなりの金が必要だろう。せっかく稼いでも手元に残る金は少なそうだけどね。まあいい、名前は？」

暗闇でも爛々《らんらん》と光る目は、獲物を狙う獣を思わせた。身が竦《すく》んだが、呑まれては負けだ。こちらも目に力をこめ、口を開く。

「仙太郎」

ふっと視線が和らぐ。仙太郎はほっと息をついた。

「いい名前じゃないか」

「人に名乗らせといてあんたは名乗らないのかよ」

そう言い返したのは、単に悔しかったからだ。だから、まさか答えが返ってくるとは思わなかった。

「僕は、操《みさお》。紅紐団の団長なんぞをやらされている」

「……なんだって？」

「僕が団長。だから、ここでさっさと制裁をしてもいいんだけど」

驚きが深すぎて、操と名乗った男女《おとこおんな》の声も耳を素通りしていく。

「信じられない」

自失の時間が過ぎた後、仙太郎は呻《うめ》くように言った。

「誰に尋ねても、紅紐団の団長は誰かわからないって話だった」

「信じないならそれでいい。ただ、こっちには団規があってね。外部の人間が勝手に団員を騙った場合は、それなりの報いを受けてもらう。どうするか決めるのは僕だから、手間を省くために僕のほうから来てあげたんだ。この時期、みんな忙しいからね。それに、きみがリボンとった娘、僕のお気に入りなんだよ。かわいかっただろう？」

操の笑顔にうすら寒いものがまじる。周囲の気温も、二度ほどさがったような気がした。

展望台にはまったく人気《ひとけ》がない。閉館時間も迫る日暮れ時とはいえ、一階から十二階まで全く人に会わなかったのも、今思えば妙な話ではある。もっとも、普段からろくに人が寄りつかないからこそ、自殺の名所にもなったのだろうが、いい季節なのにどこにも人の姿がなかったのは、すでに仙太郎が毎日のようにここに上っていることを把握されていて、人払いをされたためだろう。

「きみにとっても、手間が省けてよかったじゃないか。制裁の手を緩《ゆる》めるつもりはないけど、いちおう言い分を聞こう。浅草に来たのはいつ？　ここで何をしているのかな？」

詰問していた時よりも声はいくぶん柔らかくなっていたが、拘束する腕の力は緩まない。背骨がきしむ。こいつをまず緩めてくれと願いつつ、きれぎれの声で答えた。

「来たのは、一週間前だ。目的は、人捜し」

「誰？」

「姉だ。鈴木《すずき》ハルって女だ」

「知らないねえ。浅草生まれかい」

「いや。四年前、祝言前日に、地元の海に身投げした」

操は少し驚いたように目を見開き、手を放してくれた。仙太郎はほっと息をつく。

「それはそれは。まさか身投げして東京湾に泳ぎ着いたとでも言うつもりかな」

「似たようなもんだな。死んだと思っていたが、半年後、二番目の姉、ミツ姉のもとに葉書が届いた。差出人の名はなかったが、明らかにハル姉の字だった。消印は浅草。十二階の絵はがきだった」

懐から油紙を取り出し、無造作に開いて取り出した紙切れを操に渡す。十二階と瓢箪池が描かれた絵はがきは、ほんのりと熱をもち、ゆるやかに反ってはいたが、変色もしておらず、数日前に受け取ったと言われても通りそうだった。

「啄木《たくぼく》の歌だね」

一瞥《いちべつ》して、操がつぶやいた。


〝浅草の凌雲閣にかけのぼり息がきれしに飛び下りかねき〟


姉は、それだけ書いてよこした。

他に書いてあるのは、宛先のみ。

「宛先は岡谷《おかや》の製糸工場ね。きみ、長野から来たの」

「実家は福井だ。ミツ姉が当時、岡谷の製糸工場に勤めていたんだ」

「家ではなく、わざわざ妹の寮に送ってきた、と。つまりハルさんとやらは、ミツさん以外には生きていることを知らせたくなかったのかな」

「親には知らせるつもりがなかったのは確かだ。ミツ姉がこの葉書を俺に見せたのは、昨年、ハル姉が嫁ぐはずだった相手と祝言をあげる前日だった。その時、ハル姉は少なくとも俺が読むことを想定して書いたと感じた」

「なぜ？」

「失踪の直前に、どうせ身投げするなら十二階からがいいと言っていた。それは、俺しか聞いてない」

口にした途端、脳裏に光景が甦《よみがえ》る。逆巻く、冬の海、心中が淵。ご丁寧に重しを置かれた、すり切れた草履。そしてその前々日、同じ場所に立っていた姉の、蛇のようにうごめく髪を。

「なるほど。ハルさんは、身投げするつもりでここに来たのかな。でも金網を見て諦めたと」

「さあ。少なくとも死んではいないのは確かだが」

仙太郎は背後を顧《かえり》みた。姉がここに上ったのは、間違いないだろう。

何を考えてかは知らないが、少しでも姉の思いがわからないかと、同じように上ってみた。

しかしやはり何もわからない。

「ちょっとばかり面白い話だけど、捜してどうするんだい？　そもそも捜すつもりなら親に話して捜索願いでも出したほうがいいだろう」

「親は、姉貴はもう死んだものと思っている。地元でもみんなそうだ。そう思わせるために、姉貴だって身投げの演出までしたわけだ。今さら生きていると言ったところでかき回すだけだから、言うつもりはない」

「じゃあそれでいいじゃないか」

「姉貴は何も言わずに消えたんだ。生きているなら、会って話を聞きたい。そう思うのは当然だろう」

「手がかりはこの葉書だけだろう？　浅草に立ち寄ったのは事実だろうが、今もいるとは限らない」

「でも、ここなら、姉貴を知っている人間もいるはずだ。なあ、紅紐団にいるのは、帰る家をもたないやつらなんだろう。団長のあんたなら、何か知ってるんじゃないか？　姉貴が行方をくらましたのは十七歳。少女ギャング団にいたっておかしくない。腕っ節も強かったし、肝も据わってたからな。背は、あんたより少し高いぐらい。顔立ちは——」

「待った待った」

操は右手をあげて、熱を帯びる仙太郎の説明を遮《さえぎ》った。

「鈴木ハルなんて団員はうちにいない。過去にいたためしもない。もっとも、ここで本名を使う子は少ないけどね。悪いが、もしいたとしても、簡単に教えるわけにはいかない」

「なぜ」

「僕たちは、血のかわりに紅の紐で結ばれた家族だ。姉妹は売れない。たとえ相手が血の繋がった家族でもね」

口調は穏やかだが、見据える目は鋭い。その意志の強さが、仙太郎の癪《しゃく》に障《さわ》った。

「売るなんて……。ただ、俺は一目会って話をしたいだけだ。なぜ逃げたのか知りたい」

「相手が会いたいと思ってるかどうかはわからないだろ」

「でも、ミツ姉に葉書をよこした。内容的に、俺にも知らせるつもりだったんだろう。なら、むこうだって、俺たちに会う意思はあるってことじゃないか」

「半分以上思い込みじゃないか」

操は鼻で嗤《わら》った。

「ま、それはともかく、見たところきみは十五かそのあたりだよね。仕事は？　それとも中学生かな？　夏休みには早いようだけど、黙って出てきたのかな」

「……あんたには関係ない」

「ああ、まったくその通り。この話は終わりでいいね」

仙太郎は、ぐっと声を詰まらせた。今のは完全に対応を間違えた。

ここは、強がっている場合ではない。目つきに険《けん》がこもらぬよう意識して操を見据えた。

「すまない。俺は働いていないんだ。中学の、三年だ」

「へえ、賢いんだね。でも、夏休みには早すぎるようだけど」

「……休学中なんだ」

「ふうん。うちにも女学校から停学くらってそのまま退学した子がいるよ」

停学、と言い換えられて、ますます言葉に詰まる。この女、ひょっとして何もかも知っているのではないだろうか。

まさに今、仙太郎は学校で面倒を起こしたために停学中だった。よくある喧嘩と言えばそれまでだが、相手の怪我が深刻だったため、自分から申し出て謹慎を食らうことにした。

「そうだ、俺も停学中だ。戻れるかはわからないし、べつに戻れなくていいと思っている」

「停学中でヒマだから家出して物見遊山ついでに姉捜しか。優雅だね」

嘲る口調に、頭に血が上る。

「物見遊山じゃない！　おふくろが死んだんだ。自殺だった」

たたきつけるような口調に、操は右の眉をわずかに動かした。

「さっき言った、飛び降りを見たことがあるってのはそれかな」

「そうだ。姉貴が自殺を偽装した崖から、飛び降りた。今度は、間違いない。発見が満潮の前だったから、遺体をこの目で見た」

できるだけ淡々と返したつもりだったが、言葉にした途端、強烈な怒りがこみあげてきてめまいがした。学校で、仙太郎を生意気と嫌う上級生の心ない言葉に頭が真っ白になり、我を忘れて相手をたたきのめしてしまったあの時のように。

落ち着け。今は思い出すな。冷静になれ。ふらついた足を踏ん張り、両の拳《こぶし》を握る。

「家に書き置きがあった。ハルのところに謝りに行きます、と一言だけ。これは伝えなきゃならないだろう？」

「狂言自殺がなければ母親の後追いもなかったと？　それはどうだかね」

「だがとにかく、姉貴は知らなきゃいけない。自分がしでかしたことの結果を。そして俺は知らなきゃいけない。姉貴がなんで行方をくらましたのかを。暢気《のんき》に勉強なんてしてる場合じゃないんだ。ここでケリをつけなきゃ、俺たち家族はバラバラだ」

「まあ、なんだか事情があるらしいのはわかったよ」

操はあくびまじりに言った。いかにも、つまらないことを聞いたと言わんばかりの態度だった。

「悪いけど、紅紐団に入ってくるような子はたいてい、家族もバラバラでひどいもんさ。それぞれ切実だろうけど、ありがちで聞き飽きてるんだよね。ではそろそろ、こちらの話をしていいかな。事情はどうあれ、やはり紅紐団を騙った罪は見過ごせない。その処罰についてだが……」

「待ってくれ」

今度は仙太郎が遮る番だった。操は眉を寄せたが、ただならぬ気迫を感じたのか口を噤《つぐ》む。

「処罰は甘んじて受ける。だがその前にひとつ確認させてくれ。外の人間に家族は売れないんだな？」

「そうだけど」

「なら俺が家族になればどうだ」

操の目と口が、そろって丸くなった。それまで張りついていた薄笑いや、威圧するような目の光が、消え失せる。ふざけた男女《おとこおんな》の意表をつけたことに気をよくして、仙太郎は力をこめて続けた。

「俺は紅紐団に入る。ちょうどこんなナリだ。団のためにできるかぎりのことはすると約束する。だから家族と認めてくれ」

　操は口を開けたまま、何度か瞬きをした。あぜんとしたまま仙太郎を見つめていたが、突然顔を歪《ゆが》ませたかと思うと、腹を抱えて笑い出した。

「きみ、面白いな！　自分でなにを言っているのかわかっているかい」

「団長が男にしか見えないいんだから、女にしか見えない男がいてもいいだろう」

「うーん、一理あるかなぁ？」

　激しい笑いの衝動は徐々に収まってきたらしいが、操の肩はいまだ細かく震えている。しかし、涙がにじんだ目は思いがけず鋭かった。

「ただね、きみと一緒にして貰っては困るよ。仲間は僕が女だということは当然知っているけど、団の外で知っている人間はほとんどいない。そうなるまでにはずいぶん試行錯誤を重ねたものさ」

「そのわりにはずいぶんあっさり、俺に女だとばらすんだな」

「そりゃあ隅田川に沈めちまえば、誰にも言えないからね」

「それは、しばらく待ってほしい。俺を使えるかどうか、見てくれないか」

「誰が見ても女だと思うぐらいになってくれないと無理だね。ただ女の服を着て声色《こわいろ》つくれば問題ないと思っているなら甘い」

「わかった。そこは努力する」

即答した仙太郎に、操は口の右側だけをひねりあげた。

「安請け合いしてくれるなぁ」

「安請け合いじゃない。それしか道がないからそうすると言っている。なんでもする」

「そりゃあ、この六区でガキが一人で闇雲に捜すより、仲間がいたほうが効率はいいと思うよ。それなら黒帯団あたりにしておいたほうがいいんじゃないかな」

少年少女の不良集団は、揃いのものを身につけて見せびらかしたがるという共通点がある。黒帯団の名を知って、一日二日観察してみたが、女のように胸高に黒帯を結んだ彼らは、女をひっかけることに熱中していた。

「あんなところに入っても意味がない」

「まあね、それは同意する。あそこの目的は女と寝ることと恐喝だから。少年ギャング団なんてのは昔は硬派なところもあったが今はたいていそんなもんさ」

紅紐団はちがうのだ、と言いたげな口調だった。

「紅紐団が六区じゃ一番デカいと聞いた。頼む。俺は、腕っ節には自信がある。掏摸はあんたが言う通りまだまだだが、浅草に来てから始めたにしちゃ、悪くないはずだ。自慢じゃないが覚えはいいほうだから、コツさえ摑めばどうとでもなる。殺し以外ならたいていのことはやるつもりだ」

懸命に売り込む仙太郎に、操はおもむろに手を伸ばした。鬘の長い髪を手にとり、呆《あき》れたように笑う。

「浅草に来て日も浅いのに、すでにこんな鬘や着物も手に入れたんだから、たしかに素質はあるんだろうね。でもきみは、少女ギャング団で一番稼げる仕事はできないだろう」

一番稼げる仕事、の意味がわからず、仙太郎はぽかんと操を見上げたが、数秒後に理解が追いつき、カッと頰が熱くなった。

「それは……。でも、昏睡強盗でも金は取れる」

「言っただろう、それはうちの流儀じゃない」

「どのみち待合に行くのに、体を売るのはよくて、昏睡強盗が駄目な理由がわからないな」

「仁義の問題だ。大人のやくざ相手にもいろいろ取引しなきゃならないからね。線引きがあるのさ」

そういえばこの女は何歳なのだろう。仙太郎は改めて操の顔を見つめた。男女の境もあやふやなら、年齢も不明だ。現れた時は二十五、六かと思ったが、もっと若くも、あるいはさらに上のようにも感じる。

「やるなと言われたことはやらない。聞き分けはいいほうだ」

仙太郎はとにかく食い下がった。この機を逃してはならないという一心だった。帝都は広い。その中で、たった一本の藁《わら》をつかみ出すのはとてつもなく難しい。今ここで認めてもらえなければ、姉に辿《たど》りつくなどとうてい無理だ。

なにより、仙太郎には確信があった。

この女は、姉を知っている。

鈴木ハルの名を出した時、ほんの一瞬だったが、目が動いた。どんなに表情を繕うのが巧みな者でも、目まで完全に操るのは難しい。

浅草に来てはじめて得た手応えだった。何がなんでも、こいつを逃してはならない。必死の思いが伝わったのか、のらりくらりとかわしていた操も、とうとう最後は根負けして頷いた。

「粘るねえ。ま、一考の価値はあるか」

顔を輝かせた仙太郎に、操は人の悪い顔で「ただし」とつけたした。

「男子禁制の少女ギャング団に特例で入ろうってんだ。入団試験の難易度ははねあがるよ。それでもいいかい？」

仙太郎は間髪《かんはつ》を容《い》れずに頷いた。そうするほかなかった。

2

客は、白系露西亜《ロシア》の貴婦人という話だった。

足が悪いゆえ店まで行けぬので、三千円程度の宝石を見繕い、宿泊している大森《おおもり》ホテルまで持参せよとの依頼に、宝飾店の店主は難色を示した。屋敷ではなくホテルに出向くなど、前例がない。

が、婦人の遣いとして店までやって来たのが人品卑《いや》しからぬ老紳士で、婦人はふだん葉山で療養しており今回は急に帝都に出ることとなり至急宝石が必要なことを訴え、心配ならばホテルの従業員も立ち会わせればよいと提案してきたので、うまい話ではあるし、乗ることにしたのである。

ただし宝飾店の店主は老齢で、いざという時に抵抗ができないために、体力のある従業員二人に向かわせた。

ホテル側の従業員の協力を得て、合計四人で向かうは二階の二十一号室。ひとり出迎えた老紳士は、労をねぎらうものの、部屋には彼ひとり。自分はただのブローカーで、婦人は隣の部屋にいるという。宝石の下見をした紳士は、品揃えに渋い顔をしたが、ひとまずは彼女に通すと言って、揃って隣室へと赴《おもむ》いた。まずは彼が部屋に入り、婦人と話をつけ、いよいよとばかりに従業員たちが足を踏み入れる。

待ち構えていたのは、目の覚めるような美女であった。

年のころは二十歳前後か、カーテンが揺れるフランス窓を背景に、悠然と座っていた。レースをふんだんに使った、ゆったりとした黒衣に藤色のショールを羽織り、胸元と形のよい耳では真珠《しんじゅ》がまろい光を放っている。その肌も真珠に負けぬ光を帯びて見え、黒々とした睫毛《まつげ》に縁取られた榛《はしばみ》色の瞳は、肌の張りとは裏腹にどこか老成した感があり、対比が見る者を魅了する。

ゆるく波打つ明るい栗色の髪に触れ、彼女は紅い唇を開いた。やや低めのアルトもまた、年に似合わぬ落ち着きを感じさせて美しいが、あいにく露西亜語を解する者はいない。困惑していると、

「足が悪いゆえ座ったままで失礼いたします。足を運んでいただいた皆さんのお心遣いに感謝申し上げます」

椅子の傍らから訳す声があった。目を向ければ、椅子から少し離れた場所に、薄鼠《うすねず》色のワンピースを来た背の高い女が控えている。声を発するまで、誰もその存在に気づかぬほど印象の薄い女だった。

「皆様のご懸念は、そこの山田《やまだ》から伺っております」

と、通訳の女は、念のために開け放したままの扉のそばに控えていたブローカーに目をや

った。

「お疑いなのも無理はないこと、そもそも無理を申し上げたのはこちらのほうです。ご懸念を晴らさねばならぬでしょう。危険がないか、どうぞ存分に部屋をおあらためくださいませ」

通訳の女は、にこりともせずに言った。対して貴婦人は輝かんばかりの笑顔で、促すように手にした扇子《せんす》で周囲を指し示す。

従業員たちは貴婦人の寛大な心に感謝しつつ部屋をあらため、ここには貴婦人と通訳の女しかいないことが明らかになった。

ホテルに来るまでは眉唾《まゆつば》ではと疑っていた従業員たちも、すっかり安堵《あんど》し、持参した宝石を貴婦人に披露した。が、商品を取り出すつど、それまで輝くようだった貴婦人の笑顔は翳《かげ》り、とうとう眉間に皺《しわ》が寄る。通訳に耳打ちすると、通訳は陰気な顔で頷き、男たちを睨《ね》めつけた。

「あなたたちは私を馬鹿にしているのかと怒っておいでです。この程度の質の宝石を身につけては恥にあたると。イレーネ様は、ロマノフ王家にもつらなる高貴な血筋のお方なのですよ」

美女の怒りの形相《ぎょうそう》は、ひときわおそろしい。すでに彼女に魅入られていた彼らは泡を食って店に連絡をし、店主はすぐに、最高級のダイヤとルビーを手に飛んできた。

老店主が持参した宝石を見ると、貴婦人はようやく榛色の目を輝かせた。

「素晴らしい。とくにこのピジョン・ブラッド、なんて美しいのでしょう。私にふさわしい」

彼女が微笑み、血のようなルビーを手にした瞬間だった。

部屋の扉が勢いよく開き、突然、背広姿の男たちが雪崩《なだ》れこむ。彼らはそれぞれ、奇怪な仮面をつけていた。出合い頭にホテルの従業員二人をステッキで昏倒させると、店員に飛びかかった。ぎょっとして振り向いた店主のみぞおちに、衝撃が走る。意識を失う寸前に彼が見たものは、歩けぬはずの貴婦人の膝が、自分の腹にめりこんでいる光景だった。

「悪いね、じいさん」

崩れ落ちる男たちを見下ろし、貴婦人は高らかに笑った。日本語だった。

そして最初にもちこまれた宝石と、店主が後から持参した最高級のダイヤとルビーを抱えると、疾風のように部屋から駆けだした。

逃走する彼らを店員たちが慌てて追うも、両隣の部屋からも男たちが飛び出し、彼らを足止めする。

その間に女たちは堂々と表玄関から出て、待ち構えていた俥《くるま》に飛び乗った。

「おまえら、何をしとるかァ！」

観客のやんやの喝采《かっさい》は、突然響いた怒声に、中途半端なところで途切れた。

舞台では、今まさに黒衣の貴婦人たちが下手へ走り去るところである。

舞台といっても野外のことで、ただ空き地に板を敷き詰め、書き割りを据えただけの簡単なものだ。後ろから支えていた人間が警官の声に驚いたのか、派手な音をたてて書き割りが舞台に倒れこみ、役者たちが悲鳴をあげて逃げ出した。

「上演中止だ！　こんなところで堂々と反社会的舞台を上演とはいい度胸ではないか。責任者出てこい！」

大柄な警官が観客を掻き分けるようにして舞台に近づくと、老紳士役の男が憤然と前に進み出た。

「団長は私です。藤村《ふじむら》です。上演の許可は得ていますよ」

舞台ではわずかに丸まっていた背中も今はぴんと伸び、声も若々しく張りがある。白髪の鬘と皺の化粧があっても、こうして見れば三十前後であろうと推測できる。その倍近くは年をとっていそうな警官は、髭《ひげ》を捻りながら団長に迫った。

「提出された書類には、異国の伯爵夫人とのラブロマンスと書いてあったそうだが全く違うではないか。警察を愚弄《ぐろう》するにもほどがある。こんなもので人を集めおって、騒擾罪《そうじょうざい》でしょっぴかれたいか！」

「騒擾？　どこが反社会的だっていうんです。言いがかりはよしてください！」

「白昼堂々、強盗を称揚《しょうよう》し、大衆を煽《あお》り、秩序を乱しておきながら、どこがと言うか？」

「ギャングが主役の脚本なんて、今まで何百とあったでしょう。言いがかりです。これはあくまで芸術的見地から」

「とぼけるな！」

警官は一喝した。

「露西亜の貴婦人？　宝石泥棒？　新聞に書かれた犯行をそのままなぞっておるだけではないか！　あの糞《くそ》いまいましい強盗団が全国に指名手配されていることぐらい、知らんとは言わせんぞ」

「たまたまかぶっただけですよ」

「ならこの看板はなんだ！」

警官は顔を真っ赤にして、空き地の入り口にある看板を指差した。

『当世の女ジゴマは露西亜帰り！　妖艶な美貌に隠れた残虐な本性、大胆不敵な犯行の全てが明らかに！』と書かれた看板には、艶然と微笑む女が描かれている。さきほど舞台に立っていた女とは似ても似つかぬ、一目で異国の人間とわかる顔をしていた。

「これも出回っている人相書きそのままではないか。事件をそのまま上演して稼ごうとは芸術が笑わせる。おまえはただの盗人《ぬすっと》だ！」

「何を言うんです、ここからがいいところなんですよ！」

団長はがぜん目を輝かせ、語り出す。

「イレーネの波瀾《はらん》の半生が始まるんですよ、彼女は祖国の革命を逃れて行き着いた哈爾浜《ハルビン》で男に騙され財産を失った上に馬賊《ばぞく》の情婦として売られましてね、一度は悲嘆にくれるのですが、いつか男と情を通わせやがてその手は血にまみれ、そして乱戦で男を失った後は、涙を呑んで、おのれを母とも姉とも慕う部下を引き連れ新天地たる日本へと」

「聞いとらんわ！　妄想は日記にでも書いておけ！」

滔々《とうとう》と語り出した団長と警官がやりあっているうちに観客は散り散りとなり、舞台の撤収作業は粛々と進んでいた。ゲリラ活動に近い劇団の常として、こうした事態には慣れている。

「だから言ったんだよ、さすがに今このネタはまずいって」

「けどうちには珍しく連日大入りだったじゃないか。公演二日で仕舞いは勿体《もったい》ねえな」

「そりゃあ、今はやりの女ジゴマって言やあ客もとびつくが、サツまでとびついちゃ話にならんわな」

団員たちはひそひそと言葉を交わし、書き割りの裏側で着替え始める。その中でひとり、倒れた書き割りを真剣にあらためている者がいた。

入れかわりの激しい劇団の中、二十日ほど前に雑用として雇われた十五かそこらの少年で、痩せぎすに野暮ったい眼鏡をかけている。前にやっていた心中ものの舞台を何度も見に来ては熱心に見入っていたので、団長が声をかけたのがきっかけだった。言葉を濁していたが、どうやら新入りの浮浪者のようで、演劇が好きなのかと尋ねると思いもかけないことを訊かれたと言った顔で首を傾《かし》げた。

「わからない。ただ、知り合いの一人芝居をよく見ていたから、懐かしくなったんだと思う」

しばらく考えてから答えた口調は、まるでひとごとのようだった。興味をもった団長が、その一人芝居について尋ねると、少年は戸惑いながらも洋の東西を問わず戯曲や小説の一説を諳《そら》んじてみせた。演技はまるきり素人だったが、これはおもしろい逸材だと団長が半ば強引に劇団に誘ったのだった。

少年は迷惑そうだったが、ひとまず寝床（劇団の物置だが）と食事が約束されるのは魅力的だったと見え、承諾した。愛想はないがよく働くし、利発でカンがいいので、劇団員たちからはそこそこ可愛がられている。

「仙太郎、どうした？」

ホテルの従業員役をこなした男が、少年の肩越しに書き割りをのぞきこむ。ホテルの部屋の内装を描いた板は、端が割れ、中央のフランス窓の部分が削《けず》れていた。

「なんとか直せないかと思って」

「ああ、いいよ気にしなくて。どうせこの脚本は今日で終わりなんだから」

「茂木《もぎ》さん、諦め早いですよ。まだ四回しか上演してないのに」

「そうは言っても、警察に睨まれたら終わりだよ」

「そうですか。まあ、この脚本はちょっとどうかと思うんでよかったんじゃないですか」

仙太郎の言葉に、茂木は目を丸くした。おとなしいこの少年は、仕事はよくこなすが、自ら進んで意見を言うことはめったにない。前回の舞台を見た時も、感想は口にしなかった。

この劇団は一月ごとに演目が変わる。脚本は、その時世間を賑わせている事件をそのままうつしたものが多く、おかげでウケはいいが捻《ひね》りはない。団員としては思うところが多いが、六区にはすでに常磐《ときわ》座を始め錚々《そうそう》たる劇団がずらりと並んでいるし、アングラ劇団も山のようにある。その中で新入りの弱小劇団がやっていこうと思えば、こういう方法しかないことも知っている。

「ほう、仙太郎はこういうのは嫌いか」

「悪漢もの自体は嫌いではないですよ。子供のころはジゴマごっこを夢中でしてました」

「ああ、やったやった。一度は通る道だよなぁ」

少年と青年は、懐かしさに揃って目を細めた。

大正元年に日本中を熱狂に陥れたフランス映画、『ジゴマ』。巴里《パリ》を舞台に、変装を得意とする怪盗ジゴマが悪逆の限りを尽くす作品は、当時は映画館だった金龍館で前年末に封切られるなり大ヒットとなり、次々と後続作品や模倣作品がつくられた。

あれから十年以上経ってもなお、ジゴマの名は人をひきつける。

しかも今回は、虚構ではない、本物の怪盗団が現れたのだ。

十日前、新聞で大々的に報じられた宝石強盗事件は、世間の注目をおおいに集めた。

ジゴマを真似た事件は数あれど、主犯が目の覚めるような露西亜美人というのは新しい。実際に、公開された女の人相書きは美しかったし、襲われた宝飾店の店員やホテルの従業員たちも、口を揃えて「ちょっと見たことがないような美女」と証言したものだから、大変な騒ぎになった。

まだ捕まっていないのをいいことに、二流雑誌は「女ジゴマの正体」と銘打っては、あやしい証言を引用しての妄想のし放題で、大胆不敵な計画強盗をやってのけた彼女たちを称揚する一方、警察の無能ぶりへの批判も遠慮がない。

藤村団長は、事件が報道されるや否や瞬く間に脚本を書き上げ、妖艶美麗な女ジゴマを舞台に生み出したが、コケにされた形となった警察はたまったものではないだろう。

「しかし、ジゴマが好きなら、これぴったりだろ。何が気に食わないんだ」

茂木の言葉に、仙太郎はあきれた顔をした。

「本気で言ってるんですか、茂木さん。だって、そのまんますぎますよ。警察を煽って、いらぬ疑いをかけられたらどうするんです」

「それがうちの特色だからさ。警察に目をつけられるのも箔が付くってもんよ」

「暢気ですね」

「それに、そのまんまと言っても、肝心の女ジゴマがこれだからなぁ。本物は二十歳前後のすらっとした美女だってえのに、うちじゃこの姥桜《うばざくら》。それに露西亜語はでたらめとはいえ、薩摩弁にしか聞こえないのはどうなのかねえ」

さきほどまで優雅な令嬢を演じていた女優が、「やかましいね！」と怒鳴りながら振り向いた。舞台上でも、どう見ても化粧の濃すぎる日本人にしか見えなかったが、汗で化粧が溶けかかった今は、ほとんど妖怪じみている。その凄まじい面相を男は指さして笑い、また喧嘩が始まる。

「おまえらうるせぇよ、何騒いでんだ！」

再び喧嘩が勃発しかけたところで、足取りも荒く藤村がやって来た。どうにか警官にしょっぴかれずに済んだらしい。

「お疲れ、団長。やっぱり明日以降は無理かい？」

団員たちを代表して壮士《そうし》役の青年が尋ねると、藤村は小指を耳につっこみ、顔をしかめた。

「あぁ、次見つけたら全員しょっぴくってよ。あぁ気分悪い、今日はパァっといくぞ！　俺の奢《おご》りだ！」

やけくそのその叫びに、歓声が重なる。

「またかよ」

仙太郎はうんざりしたが、はしゃぐ団員たちに彼のつぶやきは届かなかった。

三時間後、一同は十二階下の銘酒店にて見事な酔っ払いとなりはてていた。

安酒を呷《あお》り、団長はおさげ姿の若い酌婦を膝に乗せ、ごきげんに演劇論をぶっているが、もはや誰も聞いていない。

女の役者たちは資生堂《しせいどう》の新製品について熱心に討論しているし、男たちは手洗いに立つと見せかけて女を買うべく次々抜け出す。

ひとりちびちびサイダーを飲んでいた仙太郎もまた、頃合いを見て逃げ出した。

この劇団『シュトルム』に雇われて二十日だが、まったく忙《せわ》しない連中だと思う。メンバーは十二名、仙太郎をのぞけばみな二十歳以上だが、揃いも揃って子供のようだ。毎日稽古をして、喧嘩をして、しょっちゅう飲みに繰り出してはどんちゃん騒ぎをし、女を買う。毎日その繰り返し。

おかげでいつも赤字らしいが、改めるつもりはないらしい。団長曰く、六区には人生の全てがあるので、その全てを味わい尽くさねばよい脚本もできないし、よい演技もできないのだそうだ。阿呆かと思うが、三日に一度は腹一杯おごってもらえるのだから、こちらとしては文句はない。

実際、脚本の内容はともかくとして、役者の中には地方ではそれなりに知られていたという者もいるので演技は見応えがあり、勉強になる。

なにより、家出少年である仙太郎のことを、仲間たちが深く追及しないのもありがたい。大半は皆、似たような身の上だからこそだろう。掏摸がうまくいかず悩んでいた彼に女物の着物と鬘を貸し、「これで試してみろ」といたずら小僧のような顔でけしかけてきたのは藤村団長だった。

「アラアラ、こわい顔してどうしたのぉ」

「おねえさんが慰めたげよっか？　寄ってきなさいよ、坊や」

外に出た途端、わらわらと女が寄ってくる。酒と脂粉《しふん》のまじった濃厚なにおいに、満腹の胃がぎゅっと縮こまり、とっさに口を押さえた。

あからさまに不快な表情をしていても、女たちは全くかまわない。手を伸ばして、強引に自分の店へと連れて行こうとする。

この銘酒街は、十二階から見て北側にある。活動写真館や劇場が建ち並び、灯りまばゆい南側が六区の表の顔ならば、北は裏。いや、真の顔と言うほうが正しいだろう。

街の案内には決して載らない、しかし帝都を訪れる人間なら誰もが知っている場所。通称・十二階下と呼ばれる、帝都、いや日本随一の巨大な私娼窟《ししょうくつ》だ。

今や時代遅れの無用の長物となった十二階の唯一の価値は、この十二階下の場所を一目で知らしめることと言っても過言ではない。

ここにひしめく何千もの私娼たちは、近くにある吉原の女たちのように、あだっぽく誘うようなことはしない。今まさに仙太郎の目の前では、おそらくこの魔窟に初めて足を踏み入れたのであろう若者が、ほとんど羽交い締めされた格好で近くの店に連れ込まれるところで、潰れた蛙《かえる》のような悲鳴がむなしく響いていた。

勧誘は力業。それがここでの鉄則である。

女郎蜘蛛《ぐも》にとっては、相手が子供だろうが老人だろうが、ついでに女だろうが関係ない。とにかく、捕まったら最後。仙太郎は、四方から伸びてくる手を器用にかいくぐり、狭い小路を行く。懐の財布を決して掏《す》られぬようしっかり襟を合わせて押さえ、足早に進んでいると、

「おう、仙太郎じゃないか」

傍らから、聞き覚えのある声が聞こえた。目を向けると、道なりにならぶ格子戸のむこうから、つい先ほど別れたばかりの角刈り頭が手を振っていた。その傍らには、ほっそりとした白い足が見える。

このあたりでは、通りから中が丸見えの店も少なくない。なにしろ、私娼たちが体の上に客を乗っけたまま、格子戸ごしに道ゆく冷やかしに声をかけて客寄せするような世界である。とはいえ、客のほうが親しげに声をかけてくるとは、さすがに屈託がないにもほどがあるのではなかろうか。

「これからお楽しみですか、茂木さん。藤村さんが寂しがってますよ」

「あの人ああなると話長いからさぁ。おまえもぶじ抜け出せてよかったわ。先出てきちまって悪《わり》ぃな」

まったくだ、と仙太郎は口の中で毒づいた。誘っておいて、放置してとっとと逃げ出すとはなにごとなのか。

だが、それが六区と言えばそれまでだ。誰でも受け入れはするが、その後は自己責任。大人も子供も変わらない。彼らは、ただその時が楽しめればよいのだから。

「いいえ。ではお先に」

「もう帰るのかい。せっかく来たんだ、一回ぐらい楽しんでいけばいいじゃないか。人生なにごとも経験だぞ。なんならこの後どうだ？」

「いいえ、俺は――」

「アラほんと？」

突然、茂木を突き飛ばす勢いで、女が格子戸につかみかかり、爛々とした目を仙太郎に向けた。足を見たかぎりでは細い女かと思っていたが、あらわれた顔はまん丸で、その中にある目も鼻もなにもかも丸かった。

「まあ、かわいいじゃないの！　眼鏡も賢そうで素敵。さあ入って入って。安くしといてあげる。お酒はもちろん、サイダーやお菓子もちゃんとあるわよ。すぐ終わるから、好きなもの食べて待っててね。ほんとこの人早いから！」

「おいこら最後のは余計だ」

「いえ、せっかくですが姉が待っているんです。ごめんなさい、おねえさん。茂木さん、よい夜を」

仙太郎は頭を下げ、これ以上よけいなことを言われないよう足早に立ち去った。

ここには、花街のようにまやかしの情緒も愛もない。あるのは、ただの運動と排泄《はいせつ》。

それでもこの魔窟は、北の吉原が経営難に陥るほどに客を奪う大盛況で、その勢いは止《とど》まるところを知らない。今や千束町一帯が、私娼だらけになってしまった。

なにしろ、ここの女は安い。安さの前では愛など腹の足しにもならないのだった。

どうにか小路を抜け、十二階まで辿りつくと、ようやく肩から力が抜けた。

劈《つんざ》くようなジンタの音にほっとするとは、自分もこの六区にすっかり染まったようだ。

時計を見ると、夜七時。劇団員たちは夕刻からやけ酒を呷っていたが、世間の夜はこれからだ。六区では、まだ昼にも等しい時間だろう。太陽は沈んでいるが、輝く灯りが暗さをまるで感じさせない。ここでは、自然の時間などまったく無意味である。

十二階の東に延びる通りは、瓢箪池と花屋敷に挟まれている。浅草に来た当初は心惹かれた賑やかさにも今はなんの感慨も催さないが、浅草寺の灯りが間近に迫った時には家路についた心地がした。

浅草寺仲見世に入ると、相変わらず人混みが凄いが、活動写真街のあたりとは少しばかり客層が違う。幼い子供を連れた婦人や老人がよく目についた。

「お花、買ってくださいませんか。美しいアネモーネでございます」

ぶらぶら歩いていると、風に乗って高く澄んだ声が聞こえた。

目を向けた先にはガス燈があり、その足下に小柄な少女が立っていた。小さな体に青と紺に桃色をきかせた十字絣《じゅうじがすり》の銘仙を纏《まと》い、肩に垂らしたおさげには薄い緑のリボンが蝶のようにひらひらと揺れている。

少し下ぶくれぎみの顔の印象は、一言で言えば、捨てられた子犬だ。長い睫毛《まつげ》にふちどられたつぶらな瞳を潤ませて、柔らかそうな桜色の唇で「お花買ってください」と懇願されれば、たいていの人間は放っておけまい。

実際、彼女が手にしていた花籠には、もうほとんど花が残っていなかった。

しかし、あと数本というところからが、一番しんどい。仙太郎に花売りの経験はないが、当人からそう愚痴られたことがある。

仙太郎は兵児帯《へこおび》に両手をつっこむと、肩をいからせて花売りの少女に近づいた。道行く人をじっと見つめながら、紅い花を差し出していた少女は、彼の姿を見るなり眉をひそめた。

「何よ仙太郎。今日はずいぶん遅いじゃないのさ」

あれほど儚《はかな》げに澄んでいた声も、ドスがきいている。

「花くれ」

「あんたなんかに売りたくないんだけど」

「俺だって、あやなんかから買いたくない。命令なんだからしょうがないだろ。ほら、よこせ」

仙太郎が小銭を渡すと、あやと呼ばれた少女はしぶしぶと言った体《てい》で花を差しだした。

小柄で童顔なあやは、十二歳程度にしか見えないが、仙太郎のひとつ下の十四歳だ。性格は悪い。口も悪い。

受け取った花をつまらなそうに見やり、仙太郎は「またハナイチゲか。最近これぱっかりだな」とぼやいた。途端にあやの目がつりあがる。

「ハナイチゲじゃなくてアネモーネだって何回言えばわかるのよ」

「同じもんだろ。アネモーネって何だよ、気取りやがって」

「ハナイチゲいりませんかって言うのと、アネモーネを一輪どうぞって言うのじゃ、全然違うでしょうが」

「変わらないだろ」

仙太郎が正直に答えると、あやは清楚な見た目に反して派手に舌打ちした。

「まったくもう、これだから。花売りは雰囲気づくりが命なの。ガス燈の下、儚《はかな》げな美少女が持っているのはハナイチゲじゃなくてあくまでアネモーネじゃなきゃいけないの。詩人や作家だってハナイチゲなんて描写するやついないわよ。あんたも女装趣味の変態なら、そういう細かいところをもっと勉強したほうが役に」

仙太郎は慌てて手で口を塞《ふさ》いだが、即座に噛みつかれたので反射的に体ごと手を離す。まったく、獣のようなガキだと思う。

「何すんのよ急に」

「こっちの台詞《せりふ》だ。いきなり噛むか？」

「男に襲われた時は、むこうが仕掛けてきた瞬間に噛んで怯ませてその隙《すき》に膝蹴りしろって教わった」

すぐに離れてよかった、と心から思った。

「襲ってないだろ。おまえが余計なこと言うからだ。外でその話はやめろと言っただろうが」

「本当のことじゃない、変態」

「単に女のほうが稼ぐの楽だから、女ものの服を着てただけだと言ってるだろ」

「だからってよく脂《あぶら》ぎったじじいと待合なんて行けるよね。考えただけでぞっとする」

「一番安全で確実に大金がとれる方法だからだ。酒に睡眠薬まぜて勧めれば一発だぞ。まぁ団長に止められたからやってないけどな。もったいない話だ。花売りよりよっぽど稼げるのにな」

「ふん。あたし、花売りの中じゃ売り上げが頭ひとつ抜けていて、この間なんか新聞社に取材されてたのよ。えらいお得意さんだってたくさんいるんだから。六区のアネモーネをあんたみたいな変態と一緒にしないでよ」

あやは、いらいらした様子を隠そうともせずに、おさげを指でこねくりまわす。腕をあげたためにあらわになった左腕には、紅いリボンが巻きついていた。

「今度はとられるなよ、それ」

意地悪く言ってやると、あやの顔が真っ赤に染まった。

「うるせえな、とられねぇよ！　おかげでしばらく金龍館も日本館も出入り禁止になっちまったんだ。仙太郎なんか死んじまえ、末代まで祟《たた》ってやる、あの世で吠《ほ》え面《づら》かいてろ糞野郎！」

三度の飯より好きなオペラ鑑賞を禁じられたことは、よほど堪《こた》えたのだろう。とうとう癇《かん》癪《しゃく》を起こして泣きだしたので、仙太郎は早々に花をもって離れた。これ以上、凶暴な素地が出てしまっては、周囲の人間が抱く清楚で儚げなアネモーネの夢も崩れかねない。

あやとは出会い方が最悪だったので、顔を合わせれば、どうしても口論になる。しかし、毎日彼女から花を買う、つまり必ず顔を合わせて会話をして「仲良くなる」ことが義務となっているので、わかっていても出向かなければならないのは気が重かった。

それが彼女への償いだと命じられたが、仙太郎の考えでは、自分の行いよりも、仮にも紅紐団の一員であるあやが隙だらけであるほうがよほど問題であると思う。金龍館で掏られたのは仙太郎の時が初めてだったそうだが、聞いた時は驚いた。なにしろ、涙と鼻水を流しながら、全身全霊で舞台に集中しているので、びっくりするぐらい仕事がしやすかったのだ。

たしかにあれでは、詐欺《さぎ》や掏摸はまず無理だ。詐欺をする前に騙されるだろうし、掏摸に出向いたら自分が掏られるにちがいない。こうなったら幼い容姿をいかして無難に花売りをやらせておこうと考えた操の気持ちはよくわかる。

しばらく観察していると、やたらと身なりが立派な紳士があやの前で立ち止まった。背後の若い男に鞄を持たせたその姿は、どこかで見たことがある。えらいお得意様がいるという話は嘘ではないようだ。あやから花を受けとる横顔はしまりがない。幼い少女を好む層からは絶大な人気があるようだ。しかも相変わらず隙だらけなので、気が気ではない。

なぜこいつが、悪名高い紅紐団に入れたのか。

この世に不思議は山ほどあるが、目下のところ仙太郎が一番気になっているのは、それに尽きる。

仲見世から通りに出て、右方向へ数分歩いたところに『カフェー・ヴェリテ』はある。柱頭に楓《かえで》に似た葉と蔓《つる》を絡ませた、西洋ふうの二本の柱が目印となっている。柱に挟まれた両開きの扉を開くと、明るいジャズが流れてきた。

「いらっしゃいま……あら、せんちゃん！」

入るなり、明るく弾んだ声に出迎えられた。

鴇《とき》色の地に紅と白の薔薇《ばら》を散らしたモダンな小袖に、フリルのついた小さな白い前掛け。目鼻立ちのくっきりとした顔立ちには、鏝《こて》で念入りにウェーブをつけた耳隠しの髪型がよく似合う。

ヴェリテの看板娘、絹《きぬ》だ。

「今日はずいぶん遅かったじゃない。何かあったの？」

華やかな空気を撒き散らす女給は、親しげに仙太郎の腕をとると、体をすり寄せる。十二階下の女と同じ手法だが、こちらはふんわりと寄ってくるのでまだましだ。

「いえ、とくに。あの人、来てますか」

うっすらと紅を刷《は》いた頬が膨らむ。たしか十九歳と言っていたが、仕草といい、自分を名前で呼ぶところといい、絹はところどころ幼さを感じさせる。大人びた容姿に不釣り合いだが、おそらくわざとだろう。よくわからないが、こういう不均衡が男にはたまらないらしい。

自分も男のはずだが、よくわからない。

「もう。せんちゃんが店に来てくれるのって、それだけなの？」

「ガキにはカフェーは厳しいですよ。はい、これ」

さきほど買った紅い花を差し出すと、絹は口許をほころばせた。

「あら、ハナイチゲ」

「……アネモーネ」

「え、ハナイチゲでしょ」

「その通りです。よければ髪にでもさしてください」

「ありがと！　似合う？」

さっそく髪にさし、その場でくるりと回る。絹は、客になにを貰ってもすこぶる嬉しそうにする。だから贈り物も多い。その大半は翌日には質屋かごみ捨て場に送られることを仙太郎は知っていたが、今日ぐらいは絹も飾っておくはずだ。

どうせ自分が持ち帰ったところで牛乳瓶に突っ込んだきりで、朽ちていくだけだ。ならば、一晩だけでも若い娘の髪を飾ったほうが花も幸せだろう。

「似合います。いつもの席？」

適当な反応に、絹はまた口を尖《とが》らせた。

「もうちょっと実感こめてくれないかしらねェ。花をくれるところまではいい感じなのに。うん、いまお仕事中よ」

「仕事という名の暇つぶしでしょう。珈琲《コーヒー》お願いします」

仙太郎は慣れた足取りで店の奥へと向かった。

床は深紅のカーペット、天井には大きなシャンデリア。その間を埋め尽くすのは、女給の華やかな笑い声と珈琲に煙草の香り。

目当ての人物は、奥の飾り暖炉のすぐ横にいた。窓を背に、紫煙をくゆらせる書生がひとり。紺絣に小倉袴《こくらばかま》という、やたらと古臭い恰好である。以前にも見たことがあるが、本人曰く、これは明治初期を意識した維新風俗というお洒落なのだそうだ。

先週ここで会った時には、黒地に茶の筋銘仙に黒羽織という年に似合わぬ威厳ある恰好だったので、日ごとにテーマがあるのだろう。ただ、いかにも背広が似合いそうな優男風であるのに、洋装だけはしなかった。

書生のほうは仙太郎が店に入って来た時点で気づいていたらしく、近づく彼に軽く手をあげた。

「やあ、イ、イ、イレーネ。今日は災難だったね」

その口ぶりから、警察の介入があったことをすでに知っているのは明白だった。

胡桃《くるみ》材のテーブルには、三行ほど書いたきり手をつけた様子がない原稿用紙に万年筆、空の珈琲カップに灰皿、そして雑誌や新聞が積まれていた。表になっている頁《ページ》には、『女ジゴマの正体とは？　露西亜通に訊く』だの何だの、ここ数日で耳にタコができそうなほど聞いた言葉が躍っている。

「操さんも、これを題材に小説を書いてるんですか？」

操は、駆け出しの小説家らしい。千倉《ちくら》操というのもペンネームらしく、本名は不明である。世間的には男ということで通っているらしく、実際こうして実物を前にしても、線の細い男にしか見えない。所作は粗野ではなく、むしろ優雅といっていいぐらいだが、女性の優美さとは明らかに異なるのだ。おかげで、仙太郎は未だに操が女であることを信じ切れずにいる。

しかし、まちがいなく女なのだろう。

千倉操は、ごく若い女だけで構成される紅紐団の団長なのだから。

「いやいや。ただ、評判が気になるだけさ。まあ座りたまえよ」

操は向かい側の椅子を指し示した。この落ち着いた声も、女とわかった状態で聞けば女のものに聞こえなくもないが、ただ姿を見た状態で聞けば、若い男のものとしか思えない。どうすればそこまで化けられるのだ、と以前尋ねたところ、「きみほどじゃないよ」とはぐらかされた。

ただ、小説家という職業柄か、彼――いや彼女は人間観察を趣味とする。日がな一日このカフェーに入り浸り、一文字も書かずに、じっと客たちを眺めていることもあると絹が話していた。ならばその時に、細かい所作も逃さず観察し、ものにしているのかもしれない。

「これ、今回の稼ぎです」

椅子に腰を下ろし、仙太郎は懐から出した封筒を無造作にテーブルへと放り出した。操は気分を害した様子もなく中の金額を改め、「少ないねえ」と首を傾げた。

「ご存じの通り、シュトルムの新作の手伝いで一日のほとんどが潰されたんで、掏摸どころじゃありません。藤村さんが脚本をあげてから上演まで一週間ですよ。常軌を逸してます」

「まあ、あそこはそういうところだから。それに原案は僕で、藤村くんや茂木くんあたりは、最初の舞台から参加したんだから。自分たちが現実にやったことを演じるんだから、普通の演目よりはずっとやりやすいんじゃないかい？」

操はにこやかに言った。仙太郎は慌てて周囲を見渡す。

「声が大きいですよ」

貴婦人イレーネのいる部屋に雪崩れこんできた仮面の男たち。新聞では、壮士崩れの荒くれ者と書かれていたが、みな『シュトルム』の団員である。操は時おり大がかりな詐欺をしかけることがあるらしいが、男手が必要な時はたいてい彼らが駆り出されてきたと知った時には、たいそう驚いた。が、かたや浅草六区の少女ギャング団の団長、かたや落伍者だらけの劇団の団長、そしてどちらも自称小説家と自称脚本家と来れば、つながりが全くないほうが不自然だと言えるかもしれない。

「誰も聞いてないよ。それで、初代ヒロインとして今回の舞台のご感想は？」

「荒唐《こうとう》無稽《むけい》ですね」

力をこめて、仙太郎は言い切った。

「おや。女ジゴマはお気に召さなかった？」

「気に入ると思いますか」

「荒唐無稽だからこそ、現実にありえないと誰もが思って、うっかり成功するものさ。それにご覧よ、新聞や雑誌でも、絶世の美女と大変な評判だ。また女ジゴマが活躍したら、世間はもっと喜ぶと思うんだけど」

雑誌をわざわざ開いて見せつけてくる操を、仙太郎は睨《ね》めつけた。

「俺は、紅紐団に入る試験だと言うから、仕方なくやったんです」

思い出すだに、腹立たしい。この女のせいで、さんざんな目に遭ったのだ。

「正気を疑いますよ。あんなことをしていたら、いつか捕まります」

「少女ギャング団を名乗るなら、それらしいこともしないと、つまらないだろう？　うちは薬はいっさいやらないけど、掏摸とウリばっかりじゃねえ」

「いや、堅実にそれで稼いでください」

掏摸と売春を堅実と表現するのもどうかと思うが、少なくともあれよりはマシだ。

「夢がないなあ」

「俺は夢を求めて浅草に来たわけじゃありません。姉を捜しに来たんです」

仙太郎は居住まいを正し、操の顔をじっと見つめた。

「約束通り俺は合格しました。もう十日経ちました。でもまだ、正式な団員じゃない。見習い扱いだ」

「それは悪いと思っている。でも、僕の一存で入団を認めることはできなくてね。正式に団員になるためには、副団長の許可も必要なんだ。ただ、僕の中ではきみはすでに団員だから。扱いは同じだよ」

機嫌をとるように、操は言った。

団員は、月に一度の会合への出席が義務づけられているらしい。そこで上納金を払うことになっているが、仙太郎はまだ正式に団員として認められたわけではないので、操に直接渡しに来ている。しかも、三日に一度という頻度だ。

「なら、そろそろ姉のことを教えてくださってもいいんじゃないですか」

「鋭意調査中」

仙太郎がなおも探るように見つめていると、操は両手をあげて降参の意を示した。

「そう怖い顔しないでくれよ。本当に、ちゃんと調べているんだから」

「本当ですか」

「本当だとも。紅紐団団長の名にかけて、捜し出すと約束するよ」

「あらあ、よかったわねえせんちゃん」

背後から声がした。銀の盆を掲げ、絹が笑顔で近づいてくる。

「おや絹、きれいなアネモーネだね。きみは色が白いから、紅がとてもよく映えて素敵だ」

めざとく花を見つけた操の賞賛に、絹はぽっと頬をあからめた。仙太郎が相手の時とはずいぶん反応がちがう。

もしこの花を差し出したのが操ならば、絹は後生大事に持ち帰り、部屋の一番日当たりのいい場所に飾り、枯れる前に押し花にして肌身離さず持ち歩くに相違ない。

「ありがとうございます、操さま。せんちゃんがくれたんです」

「へえ、きみも隅に置けないね。女に花を贈るぐらいは覚えたか」

にやにや笑う操を睨みつける。あやから毎日花を買えと命じたのは、彼女だ。

「そうよせんちゃん、たいした進歩よ。でもそれだけじゃ駄目。操さまぐらい気の利いたことが言えないと、浅草の女は落とせないんだから」

「落とせなくて結構。どいつもこいつも腹が黒すぎて近寄りたくないね」

「じゃあなんで仲間になったのよ。変な子。あら、稼ぎはそれっぽっち？」

絹は、封筒の厚みを見て軽蔑したように眉をひそめた。仙太郎はむっとしたが、彼が口を開く前に操が間に入る。

「この間の計画以来、万が一にも足がつかないように、女装は控えさせているんだ。稼ぎが落ちるのは仕方がない。まあ、そのぶん目当てのピジョン・ブラッドは手に入れられたから」

「でもあれは操さまがおたてになった計画がいいのであって、せんちゃんはただ囮《おとり》の役目を果たしただけでしょう」

絹はちゃっかり操の隣に座り、嬉しげにしなだれかかる。

「その囮が、成否をわける最も重要な要因だったからね。露西亜の美しい貴婦人が強烈に店員たちの注意を惹いてくれたからこそ、他の駒も自由に動けたわけだ」

操はにやりと仙太郎に笑いかける。仙太郎は顔をしかめてそっぽを向いた。

あの日のことを思い出すと、恥ずかしくて顔から火が出そうになる。死ぬ間際の走馬燈に入ってほしくない記憶の筆頭だ。

「そうですねェ、まさか居合わせた連中のみんながみんな、露西亜の貴族ってふれこみをそのまんま信じるとは思わなかったですよねえ。せんちゃん、すごいわ」

絹の声にも、感嘆よりも揶揄《やゆ》の色が強い。厭《いや》がっているのを承知で話を続けるのだから、女というものは意地が悪い。

「俺に会わせる前に、連中にさんざん露西亜人だって吹き込んでたんだろ。そうだと思えばそう見えるもんだ」

「そりゃあ暗示も多少は役に立ったろうが、きみがふさわしい態度で出迎えたからだよ。演技指導をしてくれた藤村君にも感謝しなけりゃね。なにより、絹の腕が神がかっていたことに尽きる。日本男児を露西亜女に仕立てることができるのなんて、絹ぐらいさ」

「やだ、そんな。褒めすぎです、操さま。でもあたし、将来お化粧のお仕事をしたいと思っているので、嬉しいです」

両手を頬に当ててくねくねしていたかと思うと、絹は唐突に手を伸ばし、仙太郎の顔に触れてきた。ぎょっとして反射的に払いのけるが、絹は気にした様子もなく、じっと顔をのぞきこんでいる。

「せんちゃんの骨を触った時、ピンときたんですよね。異国ふうが一番いいと思って。でもまさかあそこまで化けるとは思いませんでした」

「あそこまでいろんなものを塗りたくれば、誰だって化けるだろ」

泥のようなものを何重にも塗りこめ、羽根のような付け睫毛をつけ、ぐりぐりと落書きされれば、誰だって全くの別人になると思う。

化粧を終えた顔を鏡の中に見た時は、あまりの化け物ぶりに卒倒しそうになった。しかし不思議なことに、ホテルの部屋の灯りを絞ると、顔の上の不自然な色の違いが自然な陰影となり、それらしく見える。

その上に明るい栗色の鬘を被り、骨張った体をゆったりと覆う黒いワンピースを着ると、たしかに異国の女にしか見えなかった。

「そんなことないってば。ねえせんちゃん、いっそここで女給として働かない？　あたしが毎日お化粧してあげる」

名案とばかりに目を輝かせる絹に、仙太郎は鳥肌をたてて首を振る。

「冗談！」

「名案だね、絹。近いうちに皆にも紹介しなければならないし、その時はさすがにその恰好じゃ困る。絹、先日とは違う顔に仕上げられるよね？」

「もちろんです！　あれはホテルの照明を計算にいれてのお化粧ですから。この絹にお任せください」

鼻息が荒い。紅紐団の中で、強盗計画に直接参加したのは、この絹ひとりだけである。彼女は仙太郎を露西亜美人に変身させると、今度は自分に化粧を施し、まったく印象に残らないような地味な女をつくりあげ、通訳として仙太郎の補佐に立ったのだった。軽薄な女だが、化粧の腕も含め、操の信頼は厚いらしい。

運良く成功したからいいようなものの、あまりに無謀な計画だった。掏摸には慣れても、あんなに壮大な茶番はさすがに経験がなく、今まで生きてきた中で最も緊張した瞬間だった。

そして——認めたくはなかったが、楽しかった。

久しぶりに、わくわくしてしまった。幼いころ、夢中でジゴマごっこをした時のように。

同時に、少し悔しかった。

こんなわけのわからない男女《おとこおんな》の掌《てのひら》の上で踊って、それでも愉快と思ってしまったことが。

「冗談じゃない。女装まではともかく、女給なんざ無理だ」

「やってみたらいいのに。女給なら、否応なく女装の腕もあがるだろうし、どうせやるなら楽しむが勝ちだよ」

人ごとのように笑う操は、やはり優男にしか見えない。

操がどういうつもりでこんな酔狂な恰好をしているのかは知らないが、こちらはあくまで手段だ。

自分は、鈴木家の長男、鈴木仙太郎。

父も飲んだくれて使い物にならない今、唯一の男子として、家族の代表として、姉を迎えに来たのだ。

「楽しんでいる余裕なんてない。俺は、決めたことをやるだけだ」

硬い声音で、仙太郎は言った。

操と絹は、顔を見合わせ、苦笑する。仕方ないなあ、と言いたげな目尻を下げた操の顔が、思いがけず姉に似ていた気がして、仙太郎は目をそらした。

第二章　椿　姫

1

雨の音を夢うつつに聞く。

雨戸を叩く音は激しさを増し、深い眠りに沈んでいた仙太郎の意識も呼び起こされる。目が覚めるに従い、絡みつくような熱気を感じ、大きく息を吸って起き上がった。と、腹の上から何かが落ちる。

なんだと思って横を見て、息を止めた。

暑いはずだ。

すぐそこに、人が寝ている。ゆうべ眠った時はひとりだったはずなのに、浴衣姿の女が横たわっていた。

絹だ。

やや下ぶくれ気味の顔は、薄闇の中でもぼんやり浮かび上がって見えるほどに白い。すっと通った鼻に、めくれあがったような厚めの唇。眠っている顔は幼いのに、妙な色気も漂っている。

「酒くせぇ」

とっさに体を起こして鼻をつまんだのは、妙な気に中《あ》てられそうになったからだった。はだけた胸元から果実のような白い胸がほとんど零《こぼ》れ落ちんばかりになっていたのも大きい。

そっと布団から離れ、たった一枚の布に隠された体のまろい曲線を極力目に入れぬようにしつつ、横にすっとんでいた夏用の布団を彼女の腹のあたりにかけてやると、

「せんちゃん、雨戸開けて」

嗄《しわが》れた声が返ってきた。暑い上に酒臭いので開けたいのはやまやまだったが、女にはこの雨音が聞こえないらしい。

「雨が降ってる」

「暑いの」

「吹きこむぞ」

「いいよ、濡れたら涼しくなるじゃない」

会話は成立してはいるが、目は閉じたままだ。はっきり目覚めてはいないのだろう。

枕元の時計を見ると、朝六時。あと二時間は寝かせておいたほうがいいだろう。

彼女の職業は、カフェーの女給だ。仙太郎がこの部屋に居候させてもらうようになってか

ら十日が経つが、彼女が日をまたがず帰ってきたことは一度もない。最初のうちは仙太郎も緊張して起きていたが、四日目からは先にさっさと眠ることにしていた。結局帰ってこずに、そのまま店に行ってしまう日も多かったし、帰ってきたらきたで酒臭い息をまき散らして絡んでくるので鬱陶しいのだ。

「どうなっても知らないからな」

聞こえていないだろうが、仙太郎は小声で言った。夜具の上から手を伸ばせば、窓に手は届く。少しだけ雨戸を開けた。外はすっかり明るくなっていたが、日の光はない。かわりに、視界を斜めに遮《さえぎ》る雨があるばかり。吹き込んではくるが、酒精《しゅせい》をたっぷり含んだ熱気をさましたいのも事実で、結局開けたままにしておいた。

外からのあかりで、夜に閉ざされたままだった四畳半が照らされる。この小さな世界にあるものといえば、今の今まで横になっていた布団に小さな文机《ふづくえ》、そして古びてはいるがずいぶん大きく立派な三面鏡。鏡台の手前には行李《こうり》の蓋《ふた》が外されたまま置かれており、色とりどりの布やら鞄《かばん》やらがあふれ出ている。押し入れの中には、似たような行李が山と積まれていることを仙太郎は知っていた。

部屋の中で異彩を放っているのは、鏡台と向かい合うように壁にかけられた、大きな絵画である。西洋の貴婦人を描いた肖像画で、なんでも絹のお得意様の一人の小松《こまつ》とかいう美術商から格安で譲ってもらった逸品なのだそうだ。この紅玉の首飾りが気に入ったそうで、たしかに白い胸元を飾る紅玉のきらめきは見事だったが、いかんせん部屋の砂壁とまったく合っていない。

鏡台の上には、大量の化粧品が所狭しと並べられている。はじめてこれを見た時には、女はこんなに大量に顔の皮膚に載せているのかと恐怖した。

仙太郎はあくびをかみ殺し、手ぬぐいをもって部屋の外に出た。みしみし鳴る細い廊下を抜けたところにある厠《かわや》に入り、一息つく。

なんということのない朝一番の習慣だが、上京して間もないころは厠ひとつにも難儀したな、と思い出す。

上京して最初に知ったのは、帝都では放尿は罰金をとられるということだった。

鄙《ひな》びた漁村に生まれた少年にとって、大地も大海原も全て自由なものであったから、東京に出てきて河原でごく普通に用を足していたら、通りかかった老婆に大目玉をくらうはめになった。警官に見つかれば大金を巻き上げられるぞと脅されて逃げ出したが、催した時にわざわざ金を払って、強烈な臭気を放つ辻《つじ》便所を利用しなければならないのは、まったく納得がいかなかった。

しかし、はじめは親の仇《かたき》のように思っていた辻便所が、自分のような家出少年には、この六区で最も安全な場所だと気づくのに、そう時間はかからなかった。

正確に言えば、辻便所の屋根だ。

都会は浮浪者の天国である。ヅケ、ダイガラ、アオカンなどとさまざまな名称で呼ばれる彼らにとって、戸外で寝られる夏は最高の季節であり、六区に無数にあるベンチも軒下も偉大なる先達に全て占拠され、新入りの少年が入りこむ隙などなかった。土管《どかん》の中も、仙太郎とほぼ同年代の少年や少女たちが入りこんでおり、近づくだけで威嚇《いかく》された。

くたくたに疲れ果て、どうにか見つけた木陰で野良犬のように丸くなって眠り、あまりの痒《かゆ》さに目がさめた時には体じゅう虫に刺されていた上に、懐深くに押し込んでいたはずの財布が消えていた。首からさげた紐にくくりつけてあったはずなのに、見事に切られている。まったく気づかなかった自分にも呆れたが、その手並みの鮮やかさに感服したものだった。

七区との境にある辻便所に狙いを定めたのはその日の夕刻のことで、六区に来てたったの二日で仙太郎は立派な浮浪者になっていた。

辻便所は、臭いはひどいが、それに目を瞑《つむ》れば、陣地としては優秀だ。四方が見渡せるし、伏せていれば下からは見えにくい。帝都をうろつく不良少年を取り締まることに躍起になっている警察の目からも逃れられる。

だが、さすがにもう戻りたいとは思わない。部屋を提供してくれた藤村や絹には、感謝しなければならないだろう。

さて顔を洗おうと台所へ向かうと、先客がいる。この下宿の人間は総じて朝が弱く、この時間ならまず鉢合わせすることはないのに珍しい。

「アラおはよう、せんちゃん。早いのねぇ」

仙太郎の挨拶に水浸しの顔を向けてきた女は、仙太郎のひとまわり近く年上だったが、表向きは二十歳ということになっているらしい。カフェーの女給で、化粧をすればそれなりに見られるが、ぼさぼさ髪にくすんだ顔、よれた浴衣姿となると、ひどくうらぶれた雰囲気になる。

「富代《とみよ》さんこそずいぶん早いですね。今日は何かあるんですか？」

尋ねると、途端に女は口元を緩ませた。よくぞ聞いてくれました、と顔に書いてある。

「うふふ、今日から熱海《あたみ》なの。東京駅で八時に待ち合わせてるから」

「熱海ですか。いいですねえ」

「うん、あのねえ、わたし結婚するかも」

「それはおめでとうございます」

愛想のよい微笑みを貼り付けて、仕込まれた通りの挨拶をする。あの女は二言目にはもうすぐ結婚するのと言うからね、にこにこ笑って祝福してやればいいから。そう言い含められている。

「ありがとうねぇ。絹ちゃんも早く決めたほうがいいわよ。今は売れっ子だけどさ、女給なんて明日をも知れぬ身なんだから。早く身を固めないと。弟としても、心配でしょう？　忠告してあげなさいな」

いかにも心配そうな風を装いながら、富代の目つきはどことなく粘《ねば》っこい。

仙太郎は、部屋で熟睡している女の寝汚《いぎたな》い姿を思い出し、軽く頭を振った。相沢《あいざわ》絹。知っているのは名前と、紅紐団の一員であること、そして目の前にいる女と同じくカフェーの女給をしているということだけだ。ただし、店はちがう。もともとカフェーの寮として始まったというこの下宿は住人すべてが女給や酌婦である。

男子禁制という建前のこの下宿に仙太郎が住むことが許されたのは、相沢絹の弟という理由からだった。仕事と住居を探す間だけという条件で、大家がしぶしぶ頷いたのである。

「そうですね。でも姉は俺の言うことなんて聞きませんから」

「ああ、わかるわあ。ああいう年頃の時って、なんでもかんでも思い通りになるから、人の言うことなんて聞きゃあしないのよね。それが思い上がりだったって気づいた時には、もう遅いのよ」

はあ、と生返事をした仙太郎は、次の瞬間、息を止めて身を引いた。富代が突然、顔を寄せてきたからだ。

「それにしても、絹ちゃんにこんなかわいい弟がいるなんてね。全然、似てないわよねぇ」

間近に迫る蛇のような視線が、仙太郎をじっとりと舐める。生臭い吐息に、もう少しで顔を背《そむ》けるところだった。

「……よく言われます」

「そんな構えないでちょうだい。大丈夫よ、ここには兄だの弟だのと名乗って泊まっていく男が山ほどいるんだからさ」

　富代は唇の端をにゅうともちあげ、距離をとった。

「ただ、絹ちゃんは年上好みだったからねぇ。宗旨《しゅうし》替えしたのかと思ってさ。ま、悪いこた言わない、しばらく遊んだら坊やはおうちに帰ったほうがいいわよ」

　立ち尽くす仙太郎の胸を軽く押すと、女は軽い足取りで立ち去った。

　遠ざかる足音を背中に聞いて、強《こわ》ばっていた体から力を抜く。汲《く》んだ水は冷たく、顔にかけると、全身に纏《まと》いついていた酒と熱が少しだけ冷めたような気がした。

　持参した水差しに水を汲み、部屋に戻ると、絹はまだ寝ていた。窓際の畳は濡れている。さきほど手ぬぐいを置いておいたが、あまり意味はなさそうだった。

　布団の横には、くたびれた襦袢《じゅばん》やらなにやらが大量に積んである。仙太郎はひとつため息をつき、それを抱えて再び部屋の外に出た。水を汲み、土間で楽しい洗濯の時間だ。

　洗濯するものは自分のものだけではない。絹が脱ぎ散らかしたものも入っている。さすがに腰巻きだけはよけてもらっているが、初日から「居候するなら洗濯よろしくぅ」と、自分が脱いだものを平然と放り投げてくる絹にはあぜんとした。

　ごく幼いころには洗濯を手伝ったことはあるが、かりにも年頃の男に平然と女ものを任せるとはどういう神経をしているのだろう。仙太郎の無言の抗議はあっさりと封じられ、大変な屈辱と羞恥で頭を煮えたぎらせながら洗濯をするはめになった。

坊主頭の少年が、せっせと女給の襦袢を洗っている姿をからかわれ、憤死しそうになったりもしたが、それも数日で慣れた。なにしろ、当の絹がなんとも思っていないのだから、一人で慌てても疲れるだけだ。

彼女にとって、自分は年の離れた弟もしくはそれ以下の存在なのだろう。そう思えば、洗濯物を抱えた時に鼻をくすぐる甘い香りにいちいちくらくらせずとも済む。

洗濯を終えて部屋に戻り、鴨居にわたした紐に適当に干す。

枕元に畳んでおいてあった小袖一式を引き寄せ、「さて」と仙太郎は気合いを入れた。

まず肌襦袢を纏い、鏡台の前に陣取る。薄暗い鏡の中には、見慣れた男児の顔が映っている。

白目の多い、切れ長の目。我ながら、気の強そうな目だった。男ならばそれでいいが、少女を装うなら強すぎる、と注意された。眉頭のすぐ下から盛り上がり、まっすぐ伸びた鼻も、普段は真一文字に結ばれている唇も、凛としているというより勇ましいのだそうだ。

本来ならば美点であるそれを、少しずつ歪めていく。鏡台にずらりと並んだもの——化粧水、コオルドクリームを次々とつけ、これでもかとばかりに白粉をはたく。絹は、この下にファンデーションなるものを塗るのだそうだが、これは一度使っただけで免除された。眉墨を手に、本来まっすぐな眉は弧を描くように描き替え、眉尻を細く抜く。次は筆で目の周りをぐるりと囲む。最初のうちはこれがうまくできなくて、目の周りを真っ黒に塗りつぶしては笑われたものだ。何度も練習して、だいぶ細く、きれいに線がつながるようになった。

それから、もっとも気が重いもの。マスカラだ。これを手に、左右の睫毛に何度も塗り込んでいく。

化粧の中でもっとも意味がわからないものは、これだ。皮膚を圧迫する白粉だのなんだのも気持ち悪いが、こんなに睫毛を重くしてどうするのだろう。ここまでやるならいっそ毛虫でも載せておけと言いたい。瞬きのたびにばさばさと鬱陶しいのだ。

だが、この毛虫もどきの効果は抜群で、これが済むころには、鏡の中の顔は見知った男児のものではなくなっている。

頰紅をはたき、唇にうっすら紅を載せ、鏡台の横に置かれていた長い黒髪の鬘をかぶると――そこにいるのは、目鼻立ちのくっきりとした美少女だ。

上下の唇を擦りあわせ、紅を馴染ませる。よし、と頷き、小袖に手を伸ばす。いま背後で寝息をたてている女が準備してくれたものだ。仙太郎に女の恰好のよしあしはまるでわからないため、これだけは彼女が前夜に用意してくれることになっている。すべて、絹のお古らしい。いつも部屋中に散乱している衣類を見るまでもなく、彼女は衣装持ちだ。おかげで仙太郎はおおいに助かってはいるが、正直言って、持ちすぎだ。

今日の衣装は、緑と青の格子柄の単衣《ひとえ》。似合うから、と貸してもらった白いショールも羽織ってみる。悪くない。

着付けも最初は難儀したが、今は一人で手早く着られる。

全ての準備を済ませ、枕元においてあった懐中時計を見る。

洗濯から戻ってきて、四十五分。まずまずだ。最初のころは、身支度に三時間近くかかっていたのだから。

できれば三十分以内に済ませるようになりたい。今週中には必ず、とひそかに目標をたて、仙太郎は音をたてぬよう部屋を出た。


金龍館で現在かかっているオペラは『椿姫』。

人気の演目とあって、連日満員の大盛況である。

彼なりの盛装で土曜のマチネに赴いた仙太郎は、立ち見が出るほどの客入りに感心するより前に呆れた。金龍館に来るのはこれで五度目だが、いつ来ても満員御礼である。世間ではオペラブームは去ったなどと言われているそうだが、六区ではまだまだ熱い。

オペラには全く興味がなかったが、金龍館には二度ほど「仕事」で来たことがある。しかし今日は、純然たる観劇だ。

とびきり美しい曲に、一流の歌手と演出を揃えた舞台は、なるほどたしかに大変見応えがある。進むごとに役者たちの演技にも熱が入り、ストーリーはいよいよ最後の見せ場にさしかかっていた。病床のヴィオレッタのもとをアルフレードが訪れる、最後の二重唱の場面である。

が、ここに来て、仙太郎の気はすっかり削《そ》がれていた。

「う、うぇっ、うぐっ」

仙太郎は額を押さえ、横目で隣の席を見やった。前のめりになったあやが、手巾《ハンカチ》を噛みしめ、舞台に見入っている。それはいいが、さっきから洟《はな》を啜《すす》る音やら嗚咽《おえつ》やらでうるさいことこの上ない。

今日は、あやのためにチケットをとり、連れてきた。詫びということで毎日花を買ってはいたが、そのたびにねちねちやられるのにうんざりして、奮発して金龍館のいい席を贈ることにしたのだった。

さいわい衣食住は今のところ保証されているし、収穫は操に献上しているが、その中から半分近くは返してもらえるので、購入金には困らなかった。チケットを差し出した時のあやの顔は見物だった。出会ってはじめて満面の笑みを見せて抱きつかれ、「見直したよ、仙太郎」と懐かれたので、あまりのたやすさに逆に心配になったぐらいだ。

機嫌をなおしてくれたのは結構だが、この惨状は予想していなかった。ガス燈の下で花をもって微笑んでいる時には、見ようによっては薄幸の美少女に見えなくもない顔も、今は涙と鼻水でぐちゃぐちゃだ。やかましい、と抗議をこめて肘《ひじ》でつついてみるが、まるで反応はない。

さきほどまでは、涙をこぼしながらも周囲の迷惑にならぬよう嗚咽はこらえていたが、感情が極まると全てがふっとぶのは毎度のことだ。こうなっては手の施しようがないので、仙太郎は舞台を諦め、周囲に視線を巡らせる。

あやほど号泣している者は希《まれ》だが、啜り泣く声はあちこちから聞こえる。女だけではなく男もだ。

揃いも揃って、よくもまあ架空のラブロマンスに没入できるものだと思う。金龍館のオペラは歌手も演出も一流どころを揃えているし、ここにいるのはペラごろと呼ばれる熱狂的なオペラファンばかりだからまだわかるが、先日見た劇団『シュトルム』や、子供の学芸会レベルの舞台でも客はそれなりに集まる。その大半は西洋を舞台としたもので、役者は金《きん》やら茶の鬘をかぶり、薄っぺらい衣裳を着て走り回っているだけだが、それで観客が喜ぶのだから、よくわからない。なんだって帝都の人間はこんなにも西洋のものをありがたがるのだろうか。

やがて椿姫は清らかに事切れ、万雷の拍手とブラボーの嵐の中で幕が下りる。あやはますます妖怪じみた顔になりながらちぎれんばかりに拍手をし、仙太郎も義理で拍手をした。

拍手に応えるように再び幕が開いたが、仙太郎はすでに舞台のほうを見ていなかった。

二つ前の列、右端の席の男。その隣には、一段低い頭。その上にちょこんと載った繻子のリボンから、まだ女学生であろうことがわかる。男のほうも学生服だ。二人は激しく拍手をしながら、顔を寄せ合い、熱心に何かを語り合っている。女の横顔は感激に赤く染まり、目も真っ赤だ。熱心に頷き、時折なにごとかを彼女に囁く学生のほうもまた、恍惚《こうこつ》から抜けきれないようだった。

アンコールが終わると、興奮さめやらぬ様子で二人は立ち上がり、出口へと向かった。娘が着ている着物は悪くはないが、いまいち洗練されていない。親は地方の小金もちで、帝都に憧れて家出をしてきた田舎娘といったところだろう。

「やっぱりな」

拍手で聞こえぬのをいいことに、仙太郎は舌打ちした。

純粋無垢《むく》で、オペラで運命的な恋を見せつけられ夢見心地の田舎娘は、手練手管に長《た》けた六区の男の恰好のカモだ。都会ふうに洗練された容姿と甘い言葉は、同じ感動を共有した気安さもあって、おそろしいほどの効果を発揮する。

現に娘は、あたかも自分が椿姫になったようなうっとりとした顔で、男にさりげなく腰を抱かれ、出口へと向かっていく。

横でまだ号泣しているあやを放置して、仙太郎はさっさと席を離れた。

「ねえちょっとお兄さん」

二人がいそいそとホールを抜け、外に出たところで呼び止める。男は怪訝《けげん》そうに振り向き、仙太郎を見て目を瞠《みは》った。

「お久しぶり。こんなところで会うなんて。ご機嫌いかが？」

とっておきの笑顔に、とっておきの高い声。今日の仙太郎は緑と青の格子柄の単衣に白いショールという装いで、顔には絹直伝の化粧。小首を傾げて微笑めば、完璧な美少女である。

「すまない、どこでお会いしたのだったかな？　こんな綺麗なお嬢さん、忘れるわけはないんだが」

男は機嫌をとるように微笑んだ。しかし、目は油断なく仙太郎を観察している。

「厭だ、薄情ね。私は忘れたことなんてなかったのに。それにいい人も出来たみたい」

仙太郎はふいに目をきつくして、男にしがみついている女を見やった。

「ねえあんた、離れてくれない？　どこの田舎から出てきたか知らないけど、家出してきたんでしょ？」

冷ややかな声に娘は竦みあがったが、傍らに男がいる頼もしさからか、すぐにきっと睨みかえしてきた。

「何よ。あんた辰雄《たつお》さんの何？」

「言わなきゃわからないのかしら。辰雄さん、今すぐこの女を帰して頂戴。よく見てよ、私とこの小娘、どっちがあなたに相応《ふさわ》しいか、わかるでしょう？」

仙太郎は男ににじり寄る。男はなおも薄笑いを浮かべていたが、揺れた目には動揺が見てとれたので、彼は本当に自分を知らないのだと仙太郎は確信した。

「余所者《よそもの》かよ。なんだ、じゃあ茶番はいらなかったな」

仙太郎は手を伸ばすと、強引に娘を男から引き離した。見た目にそぐわぬ強い力に、二人もぎょっとした様子で仙太郎を見る。

「おい、何をするんだ！」

「ごめんなさい、よく見たら他人のそら似だったわ。それよりこっちのお嬢さんのほうが気に入ったの、それだけ。じゃあね」

にっこり笑って、まだ放心している娘とともに立ち去ろうとしたが、さすがに相手も黙ってはいなかった。

「ふざけるのもたいがいにしてもらおう。きみはなんなんだ？　君枝《きみえ》さん、あなたの知り合いかい？」

「いいえ。わたくし家出してきたんですもの、知り合いなんているはずありません！」

男に名を呼ばれたことで、娘はようやく我に返ったらしく、顔を真っ赤にして手をふりほどこうともがき始めた。これが意外なことに力が強く、仙太郎は舌打ちする。

「おい、あんた頭ン中まで芋が詰まってんのかよ。そんなに売られたいのか？」

突然がらりと口調を変えた仙太郎に、娘は目を白黒させた。

「は、え？」

「このままこいつについていったらすぐさま食われて、明日には酌婦として売り飛ばされるって言ってんだよ」

娘はぽかんとして仙太郎を見上げ、そのまま男に視線を移した。途端に顔がひきつったのを見て、仙太郎は彼女をつきとばし、身を屈《かが》めた。

直後、仙太郎の頭があったあたりで、拳がうなりをあげて空を切った。男の目は血走っている。さきほどまでの好青年の面影はどこにもない。目を見開いているのは、避けられると思わなかったからだろう。

なるほど、女でも容赦なく殴る質《たち》。だいぶ喧嘩慣れもしている。しかも余所者。ならば遠慮することはないだろう。

仙太郎は腰をおとしたまま裾をからげ、まだ完全に体勢を整えていない男に向けて、右足を繰り出した。

声にならない悲鳴が響く。弁慶の泣き所に見事に入った。今度は立ち上がり、悶絶する男の鼻を正拳で突く。

拳の下で厭な音が鳴った気がしたが、血まみれの鼻を押さえてうずくまる男にかまわず、腰を抜かしたままの娘を立ち上がらせた。

「逃げるぞ!」

娘はまだ何が起きたかわかっていない様子で、ごろごろ転がっている男と仙太郎を何度も交互に見やった。

「え、逃げるって、あの、辰雄さん血が」

「大丈夫、すぐ警察が来るから。とっとと走れ！」

単独犯ならばいいが、こういう時はたいてい近くに仲間がいるものだ。力の入らない娘の腕を強引に引き、走り出す。

（そういえば、あやを置いてきたな）

ふと、ひどい泣き顔が頭をよぎったが、まあいいか、と打ち消して、仙太郎は人混みの中に飛び込んだ。

「もう本当に信じられない。馬鹿おせん！　泣いている人間を普通置いていく？」

アイスキャンディーをなめる間に、あやはひっきりなしに仙太郎を罵倒し続けた。ベンチに座ってぶらぶら足を揺らしながら、二本目のアイスに噛《かじ》りついている彼女の隣で、仙太郎はうんざりした顔で目の前の池を眺めていた。

十二階を映す瓢箪池は、奇妙なほど青かった。この季節は青い藻が大量に発生するため、真っ青に見えるらしい。

「泣いてるったってオペラでだし、あの女のほうが心配だろ」

仙太郎は言葉少なに応じた。ここであれこれ弁明しては火に油を注ぐだけだ。

「そういうのは放っておけって習わなかった？　警察に任せておけばいいんだよ」

「おおせの通り、警察に押しつけてきた。明日には親が迎えに来るだろう。急いで戻ったんだから、いいかげん機嫌なおせよ」

警察に娘を押し込んで、そのまま金龍館にすっとんで帰ると、果たしてあやはエントランスで茫然《ぼうぜん》と立ち尽くしていた。舞台がはねてから一時間はゆうに経っているから、とっくに帰ったかと思っていたが、途方にくれた子供のようにあたりに視線をさまよわせ、仙太郎の姿を認めると、ほっとしたように微笑んだ。が、直後には般若《はんにゃ》のような表情になり、唾を飛ばす勢いで仙太郎に詰め寄り、そのままアイスキャンディーを奢らされた。

「あんただって金龍館であたしから盗んだじゃないのさ。いまさら正義漢ぶるなんて、ちゃんちゃらおかしくてお臍《へそ》が茶を沸かすよ」

「俺は盗むだけだ。だがあれは、放っておいたらあの女の人生全てが滅茶苦茶になりかねない。酌婦に売られたら終わりだろ」

仙太郎の言葉に、あやはふんと鼻を鳴らした。

「だから何。騙されるのが悪いんじゃない。そんなの、この浅草に何人いると思ってんの」

「あの軟派野郎は余所者だ。縄張りで勝手なことされたら紅紐団の沽券《こけん》に関わる」

「あぁやだやだ、なんて露骨な点数稼ぎ。一足飛びに小頭《こがしら》でも狙ってんの？」

総勢約百名を数えるという、六区最大の少女ギャング団・紅紐団は厳然とした縦社会である。

　団長を頂点に補佐の副団長、その下に三人の分隊長。それぞれの分隊長の下には三人の組長。組長の下に三人の小頭。小頭は三、四名の平団員を率いている。その平団員も一級から三級に分かれており、六区のアネモーネ娘として新聞にも載ったあやは、二級である。一年前に入団し、本人が嘯《うそぶ》くように、売り上げで多大な貢献をしているのならば一級ぐらいにはなっていてもおかしくなさそうだが、やはり花では収入にも限界があるのだろう。

「ほんと、操さまもどうかしている。なんで男なんか入れるのよ」

「そのためにとんでもないことさせられたけどな」

「とんでもないって、何よ」

　巷《ちまた》を騒がせている女ジゴマは、今おまえの目の前にいる女装男のことだよ。そう言いかけて、ぐっとこらえる。他言無用。あれは紅紐団の中でも、だいぶ特殊な仕事だ。

「……おまえも入る時に何かやったのか」

「あたしは別になにも。十二階下にいるところを紅紐団に拾ってもらったんだ。じゃなかったら、格安で朝から晩まで男に股開いてたかも」

　あまりにあけすけな言葉に、血の気が引いた。

「十三でもそんなもんか」

「十三だったら充分だよ。あそこで売り専門にやってる女は、十二歳以下か、ばばぁばっかりだから。それなりの歳のやつらは、みんな昼には仕事もってたり、逆に夜には素知らぬ顔でいい奥さんやってる人たちばっかりだって。あたしは田舎から出てきたばっかかでさぁ、右も左もわかんない状態だったから、ご飯食べさせてあげるって言われて、もう腹減って死にそうだったから誘われるまま入ったら、その夜から店に出されてびっくりしたよ」

「人にえらそうなこと言うわりには、ずいぶん危機感がないじゃないか」

「だから、自分の経験から言ってんの。それにあの時は、空腹過ぎて頭も回らなかったんだって。でも、あたしとびきり運がよくてさ。その時ふらっと店に来たのが、操さまだったんだよね」

仙太郎はぎょっとして目を剝いた。

「あの人、そういう店にも行くのか」

「団長の家は千束町にあるんだよ。なんていったかなあ……千鳥《ちどり》とかそんな名前の小料理屋の二階」

あのあたりで小料理屋といえば、まちがいなく酌婦がいる店だ。仙太郎のなんともいえぬ表情を見て、あやはにやにやと肘で腹をつついてきた。

「なんの想像してんのさ。ま、その通り。そこの菊代《きくよ》ねえさんと団長、いい仲みたい」

「……へえ」

「変な顔しないでよ。菊代ねえさん、綺麗な人なんだから。団長とお似合いでうらやましい。

一度二人で歩いているところ見たことあるけど、お芝居のなかの恋人どうしみたいで絵になってたなあ」

頬に手をあて、うっとりとあやは言う。

「団長が女だってことは知ってるんだよな？」

本気で憧れている様子だったので、思わず確認してしまったが、「当たり前でしょ」と軽蔑をこめた視線がかえってきた。

「あたしそっちの気はないけどさ、団員はみんな、操さまならって思ってるよ。だから、あんた横恋慕《よこれんぼ》なんかしたら血祭りにあげてやるから」

「絶対にないから安心しろ。つまりあやは団長に助けられたってことか」

「そう。紅紐の姉妹がね、あたしが店に連れられていくところ見たんだって。それで、店開く時間見計らって来てくれたんだってさ。店主は渋ったんだけどさ、相手は泣く子も黙る紅紐団の団長でしょ？　あのとき操さまが来てくれなかったら、あたしもうぼろぼろになってただろうなぁ」

あやの目が、水面の十二階に向けられる。ゆらゆら揺れる水面の下は、あらゆる享楽が詰まった、天国の顔をした地獄だ。

こちら側ではきれいな顔をした者が、入りこんでは本性をさらけ出し、またなに食わぬ顔をして戻っていく。戻ることができるならいいだろう。だが、蜘蛛の巣に搦《から》めとられて、二度と出てこられぬ者もいる。

無力な者、世の底辺を這いずりまわってきた者が、最後に行き着くこの世の果て。

地獄だからこそ、人は本性をさらけ出せる。だからこそ、十二階下はこれほどに繁栄するのだ。吉原のように絢爛《けんらん》に飾りたてられた偽りの極楽よりも、地獄のほうが甘露《かんろ》であると人は本能的に知っている。

そこに、あやが堕《お》ちていたら。

見た目は幼く愛らしいが、自分でも不器用だと承知しているこの娘ならば、一度とらわれれば自力で出てくるのは困難だろう。

操はよくやってくれたものだと思う。紅紐団は、十二歳から入ることができる。幼くして家を離れ、蜘蛛の巣にひっかかった者を、紅の紐で救い出す、ある種の救済措置といえるのかもしれない。

「あやは、どうして浅草に出てきたんだ」

少し迷ってから、仙太郎は切り出した。紅紐団にいる少女たちはほとんどが家を飛び出してきた者だ。それぞれの事情がある。進んで話したがる者もいるにはいるが、大半の者が、家のことは話したがらない。

しかしあやは、懸念に反してあっさり答えた。

「ああ、あたし？　太夫《たゆう》になりたくってさ」

意外な思いで目を瞬く。

「吉原の？」

「まさか。あれの」

あやの指が、池のむこうの天幕を指さした。赤と白の縞で覆われた会場からは、賑やかな音楽と歓声が聞こえてくる。たしか、先週からここで展開している曲芸団。

「玉乗り？」

もともと江川《えがわ》の玉乗りといえば、六区の名物である。花形の少女は太夫と呼ばれ、ブロマイドが出回ることもあった。

「そう。昔、じいちゃんとばあちゃんに連れられて一度浅草に来たことあるんだよね。そこで玉乗り見たの。見たことある？」

仙太郎は首を横に振った。とてもではないが、そんな時間はなかった。

「すごいよ。人間業《わざ》じゃない。とっても綺麗で恰好いいの。忘れられなくてさ。小学校を出て奉公に出たんだけどそこがひどいところでねぇ。いつ逃げようかと思っているところに、祭りにあわせて曲芸団が来るって聞いてさ、お祭りの日にそのまま曲芸団に潜りこんで逃げた」

「よく潜りこめたな」

「曲芸団の子供なんて、全員売られたか攫《さら》われたかだよ」

「じゃあなんでこんなところにいるんだ」

「しごきに耐えられなくて逃げてきた。今は、玉乗りなんて見るだけで気分が悪くなる」

「逃げてばっかりだな」

つい皮肉が出て、後悔した。あやならば顔を真っ赤にして怒るだろうと思いきや、少女はふっと声を漏らすようにして笑った。

「そうだね。あたし、なんにもできないから逃げるしかないのかな」

「……何もできないわけじゃないだろ。六区のアネモーネ娘として新聞に載ったって」

「うん。でも、花売りなんて、稼ぎはたかがしれてるし。あたし、不器用で掏摸とかもてんでダメでさ。それに……」

ふいに言葉が途切れた。しばらく待っていたが、あやが続きを口にする気配はない。

「それに、何?」

促してみると、はっとした様子で「なんでもない」と慌てて首を振る。

「それより、操さまから聞いたけど、あんたは姉さん捜してるんだってね。手がかりは見つかった?」

「全然」

「紅紐の古株なら、顔ぐらいは見たことありそうなもんだけど」

「写真を見せたが、知っている人間はいなかった。カフェーの女給はありそうだと思ったが、浅草中のカフェーを知っていると豪語する藤村さんも、こんな顔は見たことないと言ってたな」

「藤村って誰」

「劇団シュトルムの団長」

「ああ、あの変な連中ね。十二階下は？」

「何人かあたってみたが、やっぱり知ってる人はいなかった」

藤村を介して、十二階下の住人とも顔見知りになりはしたが、その中にも姉を知っている者はいなかった。とぼけている様子はなかったと思う。

今まで、まったく手応えらしい手応えを感じたことがない。

唯一、操の反応をのぞいては。

「なら、よかったじゃない。あそこにいないのなら、多少はマシな仕事についてる可能性が高いから。それか、ちょっと浅草に立ち寄ってすぐどこかに行っちまったんじゃないの」

「そう考えるのが妥当だと思うが、十二階の葉書をよこしてきた理由がわからない」

「単に観光名所だからじゃないの。今じゃただのゴミだけど、ナリだけはデカいからいちおう一番の名所にはなってるし」

「そうだが、姉の性格を考えると、ただ意味もなく選んだとは考えにくい。わざわざこんなことを書いてくるぐらいだし」

仙太郎は懐から手帳を取り出し、その間に挟んである葉書をあやに見せた。あやは一瞥するなり、「ああごめん、あたし字が読めなくて」と手にもとらずに顔を逸らす。

「五人きょうだいの一番上なんだけど、ずっと子守でさ。ようやく妹が一番下の面倒みれそうになったと思ったら、今度は近所の薬屋の赤ん坊の子守で。小学校なんてほとんど行けてない。行ったとしても赤ん坊背負ってでだから、ぎゃあぎゃあ泣かれれば教室追い出されるしね。おかげで卒業して奉公先に行っても、使えないガキだってそりゃあ馬鹿にされた」

なんと返していいかわからず、仙太郎は「そう」とつぶやいて葉書を戻した。

「啄木の歌が書いてある。飛び降りようとして十二階に上ったけど疲れて気がそがれた、という意味」

「何それ。死にたいのに、それも疲れて結局生きるって、おかしい」

あやはひとしきり笑ってから、ふと真顔になった。

「ああ、でも、そういうもんか。生きるって」

つぶやく横顔は、疲れた老女のようだった。あやの実年齢は、まだ十四歳。仙太郎よりも下だ。

それなのに、人生に倦《う》み果てたような、こんな顔をするのか。

胸に痛みが走る。

――姉も、ひょっとしたら同じような顔をしていたのだろうか。

あやが語った自身の経歴は、思いがけず仙太郎を抉《えぐ》った。ハルもきょうだいの一番上だったからだ。

ハルは、仙太郎とは六歳離れている。本当は五人きょうだいだったそうだが、仙太郎の兄になるはずだった赤ん坊と弟は生まれてすぐ死んだため、三人きょうだいとなった。

病がちの母にかわって、ハルは三歳下の妹ミツと弟の面倒をよく見てくれた。幼いころは病弱で、いじめられがちだった弟を守って大立ち回りをするような男勝りな面もあったが、同時に非常に本が好きで、小学校の図書室に入り浸り、小学校の高学年になると遠い街の貸本屋まで延々歩いていっては、大人が読むような本もどんどん読んでいた。成績がよかったこともあり、進学を強く望むようになると、徐々に周囲との軋轢《あつれき》が生じはじめた。そもそも漁村で女を進学させるような家はひとつもなかったため、父は「気でも触れたか」とまるでとりあわず、姉はそのころから奇行を繰り返すようになった。本に没頭するあまり、突然その世界の登場人物になりきって、台詞を諳《そら》んじるのである。時には何役もこなして、寸劇めいたことをすることもあった。

ハルは結局、進学は許されず、尋常小学校を出てすぐに奉公に出た。奉公先でうまくやれるか両親は気を揉んでいたが、予想に反して姉の評判は上々だった。奇行はなりを潜め、本来の明るい性格と人なつっこさを取り戻した姉は、その働きぶりも気に入られ、先方の紹介で良縁に恵まれた。

本当によかった。昔は少しばかり苦労したが、他の人間よりずいぶん頭がよかったから、仕方がなかったのだろう。ハルも大人になった、これでみな万々歳だ、と両親も親戚もいたく喜んだ。

それだけに、祝言直前に姉が「死んだ」ことは、周囲に大きな衝撃をもたらした。あれから父は酒におぼれるようになった。

ずっと考えている。姉が死を偽装したと知ってからは、さらに。

なぜ姉はあんなことをしたのか。

考えればいつも、ひとつの結論に辿りついてしまう。

「ちょっと、なに死にそうな顔してんのさ」

あやの声で、はっと我に返る。目を向けると、少女が珍しく心配そうな顔でのぞきこんでいた。

「……おまえ、家族を恨んでるか」

「恨む？」

あやはきょとんとしたが、仙太郎の表情に感じるものがあったのか、「うーん」と真剣な表情で考えこんだ。

「どうかねぇ。鬱陶しいことは山ほどあったし、こいつさえいなければって思うことも正直あったよ。けど、恨むってのはないかな。むこうが、逃げたあたしを恨むならわかるけど、あたしが家族を恨むことはないよ」

訥々《とつとつ》とした口調に、ほっとする。

「そうか」

「うん。まあ、会いたいとも思わないけど」

「……そういうもんか」

「そういうもん。家族団欒《だんらん》が幸せ、みたいな夢を押しつけるのやめてほしいもんだね。たいていそんなのは、誰かが死にそうなほど我慢しているもんだ。くだらない夢に押し潰される前に、逃げちゃえばいいんだよ」

あやの言葉は、胸に深く突き刺さった。彼女は、仙太郎が姉を捜していることは知っているが、その経緯までは聞かされていない。しかし、痛いところを的確に衝《つ》いてくる。

「あっ、いたいたー、おせん！」

重い空気を、甲高《かんだか》い声が切り裂いた。視線を向けると、十二階のほうから小走りに駆けてくる娘がいる。

「やっと見つけた。まったく、あんた一人捜すのに小梅《こうめ》全員に動員がかかるなんて。組長もどうかと思うよ」

仙太郎の前に辿りつくと、娘は膝に手をつき、荒い息のなか文句を言った。小梅組小頭の、せい子《こ》だ。

小梅組はあやが所属する組で、最も年齢層が若い。一番下は十二歳、小頭のせい子は仙太郎と同じ十五歳である。

「すみません。何かありましたか」

「ヴェリテに行きな。呼ばれてるよ」

途端に、あやの眉尻が跳ね上がった。

「また？　団長、おせんのこと呼びすぎじゃない？」

「残念」

せい子はにやりと笑った。

「呼んでるのは、副団長のほう」

2

女だらけの環境に飛びこむからには、当然、何があっても受け入れる覚悟はあった。疑問を持つな。習うより慣れろ。考えるのはそれからでいい。好き嫌いもできるだけするな。それが仙太郎のモットーである。

しかし、そう思っていても、苦手意識が先立つものはどうあっても存在する。

「待ってたわ、おせん。座ってちょうだい」

　それが、目の前で艶然と微笑む女、副団長の倫子《ともこ》だ。

　カフェー・ヴェリテの一番奥、窓際に面した席は、操の指定席となっている。今日はその傍らに倫子も座り、正面の椅子を指し示した。

「今日なぜ呼ばれたのかわかって？」

　仙太郎が腰をおろすのを待って、倫子はさっそく切り出した。彼女の顔には微笑みがはりついていたが、不穏な気配を隠そうともしないためか、水を運んできた女給は注文もとらずにそそくさと退散してしまった。

「金龍館のことでしょうか」

「ご名答。家出娘を助けたんですって？　紳士的だこと」

　ゆるく弧を描く唇は、赤く染まっている。しかし、口許の表情と、たっぷりとマスカラをつけた目の表情は、まるで釣り合ってはいなかった。

　釣り合っていないといえば、顔と首から下も同様だ。

　しっかりと化粧を施した顔を覆うのはウェーブも鮮やかな耳隠し。一方、体のほうはといえば、白いシャツに紺に白い水玉を散らしたネクタイ、ペンシルストライプのパンツに包まれた長い脚は無造作に組まれている。よく磨かれた革靴の爪先が、今にも仙太郎の臑《すね》に当たりそうなのは、明らかに故意だ。

　こうして見ると、操と倫子が並んでいる光景は異常である。なにせ、団長と副団長が揃って男装なのだ。

もっとも、書生姿の操が男にしか見えないのに対し、倫子は一目で女とわかる。倫子曰く、この恰好は浅草の紳士洋品店に勤めているからだそうだ。紳士《しんく》洋品店では女の店員も男装せねばならないという法はないし、実際に初めて会った時は真紅のワンピースを着ていたので、理由は適当なのだろう。

真紅のワンピース。思い出すと、じわりと胃のあたりが痛み出し、仙太郎は無意識のうちに手で腹部を庇《かば》った。

じつは、操や絹よりも前に、仙太郎はこの倫子に会っている。

まだ辻便所の屋根を寝床にしていたころの話だ。浅草に来て三日かそこらで、紅紐団の名前も知らなかった。

その晩、賑やかな通りからはだいぶ離れた場所で先客のない便所を見つけ出し、拾った古新聞と、勝手に店先から拝借したキャラメルを抱えてよじ登った時には、家に帰ったような安堵を覚えた。木造に瓦屋根で寝やすいとは言えないが、贅沢は言っていられない。五月もあと数日で終わる。戸外でごろりと横になっても支障がない季節なのは、ありがたい。唸《うな》る蚊や蠅《はえ》は鬱陶しいが、とにかく眠りたかった。

丸一日歩き回っていたせいか、キャラメルの甘みが口に広がるなり強烈な睡魔に襲われ、目を開けているのが難しくなった。

眠りを破ったのは、短い悲鳴だった。目を覚ました時、キャラメルがまだ口の中に残っていたから、眠っていた時間はそれほどではなかったのかもしれない。

やめて、と懇願するような声に、罵声《ばせい》が続く。体が瞬時にこわばった。近い。息をころし、体を浮かさぬよう気をつけて目だけで下を探る。

辻便所の裏側に、人影が三つ。いや、四つだ。三人はこちらを向いて立っているが、その手前に座りこんでいる者がいる。

「ここがうちのシマなのは知ってるだろ？　よそもんが勝手に商売すりゃどうなるか、知ってるだろう？」

「ご、ごめんなさい。わたし、まだ始めたばかりで。お金がないの。縄張りなんて知らなくて」

威嚇する声に、明らかに怯えた声。眠りにつく時には、月がまぶしいぐらいだったが、今はちょうど雲に隠れているために造作は見えない。だが、耳に届く声はいずれも女のものだった。

「知らなかったんですごめんなさい、でハイそうですかと言うと思う？」

三人娘のひとりが、ずいと進み出る。短い悲鳴とともに、しゃがみこんでいた女が尻餅をつき、そのままじりじりと辻便所の壁に寄っていく。

「あんた、一月《ひとつき》前からちょくちょく来てるだろ。始めたばかりだって？　笑わせるねぇ。どこのシマから来たのさ」

「上野？　神田？　有楽町？」

『紅紐団のシマに乗り込んでくるとはいい度胸だよ。吐きな、どこの組？」

他の二人も足を踏み出し、とうとう獲物は壁際まで追い詰められた。屋根の上にいる仙太郎からは見えなかったが、何かが勢いよく壁にたたきつけられる音がして、鈍い振動が伝わってくる。

「ちがう、知らない。わたしは本当に……」

必死な響きを帯びていた声は、再び悲鳴に飲み込まれた。やめて、熱い、ときれぎれに叫ぶ声。かすかに、肉が焦げるようなにおいがした。

途端に、体が反応した。

「何してんだ！」

気がついた時には、立ち上がって怒鳴っていた。弾かれたように女たちが顔をあげる。薄暗がりの中でも、ぎょっとしたのが見てとれた。

「何だてめぇ！」

「黒帯？　ただのヅケ？」

矢継ぎ早の質問には無言で飛び降りる。近くにいた女の肩を押し、壁際で震えている者を庇《かば》うように前に立つ。

折良く風が吹き、雲の合間から月光が地上を照らす。声の調子からそうだろうと思ってはいたが、こちらを睨む三人はいずれも若かった。十代後半から、いっても二十歳そこそこだろう。一瞬だけ顧みた女のほうも、やはり若い。

三人のうち二人は和装だったが、一人は夜目にもあざやかな真紅のワンピースを着ていた。背後の娘も同様で、傍らには小さなバッグとショールが落ちている。

ワンピースの女は、手にしていた煙草をくわえ、苦々しげに仙太郎を睨みつけた。吐き出した煙が、顔に吹きかかる。背後の娘が右手をおさえていたところを見ても、この煙草がついさっき何に使われていたのかは厭でもわかった。

「どこの団よ、あんた」

地を這うような声で、娘は言った。波打つ髪に囲まれた顔は美しいが、月明かりのもとで見てこそ美しいと言えるものだった。あやしいほど紅い唇を見て、仙太郎はようやく、この女たちがどういうたぐいのものか悟った。

寝起きの頭で判断力が鈍っていたらしい。こんな時間、こんな場所にいる若い女がまともなはずがないのに。売笑婦どうしの縄張り争いに口をつっこんでしまうとは。

「どこの者でもない。ただここで寝てただけだ」

介入してしまったものは仕方がないので、表情を消して応えると、女は再び煙を吐き出した。

「だったらすっこんでなよ。ここはうちらのシマなんだ。紅紐団を知らないのかい」

「紅だかなんだか知らないが、複数で一人を追い込むのは穏やかじゃない」

「ああ、なんだ。なにも知らない田舎モンか」

女は、隣の娘に呆れたように肩をすくめてみせた。残りの二人も露骨な嘲笑を仙太郎に向ける。

「なら黙って見てな。こいつは、うちのシマで勝手に客をあさってたんだ。しかもえらいぼったくりでね。放っとけば六区の恥。なにも殺すわけじゃない、ちょいとお灸《きゅう》据えるだけだ。男は黙ってろ」

ひ、と声がして、仙太郎は反射的に振り向いた。

真っ青になった女が、バッグとショールを抱え、こわごわ立ち上がるところだった。目が合うと、飛び上がらんばかりになり、それから勢いよく頭を下げた。

「ごめんなさい！　もう二度としません！　許して！」

「だから、ごめんで済めば……あっ、ちょっと！」

仙太郎を突き飛ばし、娘は逃げ出した。

「追って！」

ワンピースの鋭い声に、残る二人がすかさず地面を蹴る。彼女たちの姿は、あっというまに見えなくなった。

「逃がしちまったらどうしてくれんの、坊や」

彼女たちを見送っていた女は、横目で仙太郎を睨めつけた。

「知るか。寝ているところに騒がれて目が覚めて、見れば三人が一人を囲んでいる。普通は助けるだろう」

「健全ですこと。そういうのはご自分の世界でどうぞ。ヅケなら、見て見ぬふりってもんを覚えな。下手な正義感は身を滅ぼすよ」

「ご親切にどうも」

女の白いこめかみが波打つ。彼女は煙草を地面に投げ捨てると、力任せに踏みつぶし、仙太郎と正面から向き直った。

「人のシマで勝手に荒稼ぎしてたら、殺されたって文句は言えないんだよ。それが納得できないってんなら、こんなところでいきがってないで、さっさとおうちに帰んな」

突然、みぞおちに衝撃が走る。呻いてよろめいている間に、女はさっと身を翻《ひるがえ》し、足早に去っていった。

——あれは、いい蹴りだった。

地面に這いつくばって、胃の中のものをあらかた吐き終えた仙太郎の中に残ったものは、妙な感動だった。

こういう女が、ここにはいるのか。

息が詰まるほどの痛みが走った瞬間、視界を埋めたワンピースの鮮烈な赤。暗闇の中に灯った炎は、いびつだが美しい。浅草の女は、この世の誰よりも自由なように見えた。

十二階下もよく知る今となっては、あの手の女は珍しくもなんともないと知っているが、あの晩は雷に打たれたような衝撃を受けた。だからこそ、紅紐団に興味をもち、ひょっとしたら姉もここにいるかもしれないと思いつくこともできたのだ。そういう意味では、倫子には感謝すべきかもしれない。

だが、今のこの状況はどうなのだろう。

男装した妙な二人組の前に座るのは、れっきとした日本男児でありながら少女の恰好をした自分。状況を冷静に考えると逃げ出したくなるので、仙太郎は目の前の二人だけに集中した。

「男を殴ってしまったのは謝ります。ですが、縄張り内で余所者が堅気の女性に魔手を伸ばすのを黙って見ていられませんでした」

「やっぱりそんなナリしていても、そういうところは男の子ねえ。ねえ操」

「そうだね」

突然、倫子の顔から微笑みが消えた。

「これだから男は鬱陶しいんだよ。すぐに義賊を気取りたがる。おせん、あんたは紅紐団の団規に三つ背いたんだ。どれかわかる?」

「人前で喧嘩をしたことです」

「それはさすがに馬鹿でもわかるね。うちがこの規模でパクられずに済んでいるのは、表だって暴力騒ぎやすぐ足がつくような窃盗は行っていないから。なのに目立ってどうすんのさ。やるなら男の恰好の時に一人でやりな。次その恰好でやったら殺すよ」

倫子は、人差し指をまっすぐ立てた。

「二つ目。有事の際には必ず組長に指示を仰ぐべし、やむなく独断で行動した場合は速やかに報告すべし。あんたは何も言わなかったね」

倫子の指が、二本に増える。仙太郎は、「はい」と頭をさげた。

「そして三つ目。他団との私闘を禁ず。これの違反が一番重い」

立てた三本の指を、倫子はずい、と仙太郎の眼前につきつけた。

「他団？　あいつは初めて見る顔ですよ」

正直に答えると、操は苦笑し、倫子はますます目を細めた。

「弁天《べんてん》団って名前を聞いたことは？」

「いいえ」

「全く？」

仙太郎は首を捻った。六区のギャング団の名は全て把握しているはずだが、やはり弁天団などというのは聞いたことがない。はい、と答えると、倫子はいきなり笑い出した。

「全く知らないの！　ざまあみろ！」

わけもわからず目を白黒させていると、倫子はひとしきり笑ったあと、軽く涙を拭いながらこちらに向き直った。

「ああ、あんたに言ったんじゃない。ちょっと前までは、六区で一番大きいギャング団といえば弁天団だったの。ここであいつらを知らない人間なんか、誰もいなかった。でも今じゃ、知らない人間もたくさんいる。ざまあみろだわ」

「弁天団と何かあったんですか」

「うちは昔、弁天団の姉妹組織だったんだよ」

答えたのは、それまでほとんど黙って二人の会話を聞いていた操だった。仙太郎と目が合うと、操は申し訳なさそうに微笑んだ。悪いね、もう少しだけつきあって。そう言われているようだった。

「操、何も説明してなかったのね。しょうもない小説まで書いたくせにさ。おせん、弁天団のこと知りたいなら、操の小説を読めばいいわよ」

ちょうど珈琲を口に含んだところだった操は、思いきり噎《む》せた。

「読みたいです」

「ああ、ただ操が同好の士とつくった同人誌だから、今は簡単には手に入らないかもね。『白白明《はくはくめい》』って本。なんなら貸してやるわよ。前後編だから二冊」

「ぜひ」

「倫子、ちょっと」

咳込みながら操が抗議したが、倫子は無視した。

「おせんは中学に行ってたんだから余裕で読めるでしょう。ま、それはともかく、おせん。きょうび少女ギャング団が少年ギャング団より強いって言われる理由がわかる？」

倫子は鞄から煙草を取り出しつつ言った。流れるような仕草でくわえ、火をつける。

「いいえ」

「金回りが全然違うの。売春の稼ぎが大半を占めるから。収入が途切れない。だから私は、いくら別嬪《べっぴん》でも売れない男なんて意味がないばかりか厄介ごとの種になるって言ったのに」

倫子は一度大きく煙を吸い込むと、ゆっくりと吐き出した。紫煙ごしに、重たげな睫毛の下から投げかけられる視線はあくまで鋭い。

倫子は、紅紐団の財布を握っている。文字通り会計という意味でもあり、また団最大の財源である売春組の統括でもあった。紅紐団は三つの分隊に分かれており、この第三分隊がまるごと売春担当で、倫子直属である。

仙太郎が入団してからはじめて倫子と会ったのは、見習いとなって三日目、報告のためにヴェリテを訪れた時だったが、あの日のことはよく覚えている。解放されるまでの三時間、操と同じテーブルについた倫子から、厭味と皮肉の猛雨を途切れることなく浴び続けたのだから。

団員たちが最も恐れるのも、倫子のこの説教地獄だという。彼女は手をあげることはしないが、いっそ殴ってくれと誰もが最後は思うらしい。

「倫子だって一度は承知しただろう。いまさら文句はよくない」

操がたしなめると、倫子は舌打ちした。

「承知せざるをえない状況にあんたがもっていったんでしょうが。だいたい、仮に入団したとしてもよ、こいついずれは帰るんでしょ？　期間限定の団員とか聞いたことないわよ、ふざけてんの。入りたいなら学校ぐらいやめてきな。じゃなきゃ、こっちの中学校に転校でも」

「まあまあ。仕事や学校が多忙な間はほとんど来られない子たちもいるじゃないか。ところで今は弁天団の説明をしていたんじゃなかったかな」

「つまり、今日俺が殴ったのは、弁天団の野郎ってことですか」

仙太郎は操の助け舟に急いで乗ったが、倫子に「言葉遣い」と睨まれた。

「……今日私が手をあげたのは、弁天団の団員ってことですか」

「そう。あんたが顔を知らないのも道理。あいつは最近まで刑務所にぶちこまれていたからね。娑婆《しゃば》に戻ってきてさっそく、お仕事に精を出していたんでしょうに、気の毒だこと。でもやっぱり腕は落ちたのねえ。あっさりのされるなんて」

気の毒と言いつつも、顔にはやはり大きく「ざまあみろ」と書いてあった。

「弁天団は、団長が帝大生でね。まあ頭はよかったけど中身は屑《くず》で、まわりもろくでなしばっかりだった。ま、ろくでなしじゃないギャング団なんてないけどさ。あそこは世直しの名のもとに、金持ちや学生を狙って恐喝、強盗に婦女暴行を繰り返して、その上、引き入れた女に売春をやらせていたのよ。団の財政を支えていたのは、その女たち。当時は紅花《べにばな》組なんて言われてたわね。売り上げの大半は上納金として吸い上げられて、その金で今度は連中が女買うわけよ。馬鹿らしいでしょ。だから私たちは団から脱退した。それが紅紐団のはじまり。お勉強になったわねえ、せんちゃん」

口調にあからさまにこめられた揶揄に、いくらかむっとしたものの、「独立なんてよく認められましたね」と冷静に答えた。

「認められるわけないじゃない、戦争したわよ。で、最終的に女が勝った」

誇らしげに倫子は言った。

「それが二年前ね。こっちもずいぶんやられたけど、あっちは焼け野原よ。団長以下幹部は全員ブタ箱行き、他もちりぢり。残った連中に逆恨みされて、紅紐団は六区でもっとも残虐非道なんて悪評ばらまかれていい迷惑だわ。こっちはこの上なく平和的にやっているのに。他団の仕事を横取りするなんて迷惑なことは絶対にしないし」

倫子の目と口調が再び鋭さを増す。

「最近ようやく弁天団の残党ともいい具合に共存できるようになったのよ。なのに、あんたが辰雄の獲物を横取りした上にのしちまった。しかもあんなに多くの人の前で。おかげで今、ものすごく大変なのよ。わかる？」

「はい。申し訳ありません」

「ごめんで済むなら警察はいらないの。むこうは、あんたを差し出して誠意を見せろと矢の催促よ。ここで断れば、長い間復讐の機会を狙っている連中に、また戦争の口実を与えかねないわけよ。わかる？」

「はい」

「だからこっちは、あんた一人を差し出して丸くおさめたいんだけどね。でもあんたが男のせいでそれもできないわけ。この苛立《いらだ》ち、わかる？」

これが始まると厳しい。「わかる？」が五十回目に突入したころには、たいていの団員は心が折れている。

「倫子、そのへんで。おせん、真に受けるんじゃないよ。仲間を売るようなことは決してしないから安心してくれ」

操が見かねて、助け船を出す。

「まだ仲間じゃないでしょ」

「おせんは頑張っているよ。僕はそろそろ認めていいと思っている」

仙太郎は弾かれたように顔をあげ、操を見た。

「あんたって本当、ろくでもないことしか考えないのね。毎度その尻ぬぐいをさせられる身にもなってよ」

「でもこの十日でだいぶ進歩したよ。この子は本当に器用だ。せい子たちにも会わせたけど、みんな彼が女の子だと信じて疑ってない」

「ふん。あのへんは、てんで馬鹿だもの。あいつらは騙せても、養成所ともなるとどうかしらね」

「おや、もうその話をしちゃうのかい」

苦々しげに吐き捨てた倫子に、操はにやりと笑い、嬉しげな視線を仙太郎によこした。

「よかったね、仙太郎。倫子からお許しが出たよ」

「は、はあ。ありがとうございます」

話のつながりがよくわからず、とりあえず礼を述べると、「つまり、正式に紅紐団への入団を認めるということだ」と説明してくれた。

大きく目を瞠り、笑顔の団長と仏頂面の副団長を交互に見やった。

「本当ですか。ありがとうございます！」

「倫子を頷かせたのは、きみの努力の成果だよ」

「ところでおせん、団員は皆なにかしら仕事してることは知ってるでしょう」

倫子はますます剣呑《けんのん》な目で仙太郎を睨みつけた。

「は、はい」

「ヘッタクソな掏摸じゃ、割に合わないわけよ。で、あんたを一番効果的に使う方法を考えた結果、あんたには新橋《しんばし》のタイピスト養成所に入ってもらうことになった」

「はい」

反射的に返事をしてから数秒経って、タイピストという言葉が脳に届き、仙太郎は困惑して倫子を見つめた。

「……タイピスト？」

「新橋のタイピスト養成所」

倫子は冷然と繰り返した。

タイピストと言えば、現代の花形職業だ。

ただし、女性の。

3

かねての打ち合わせ通り、私は大阪行きの汽車へと乗り込んだ。

ほぼ満席に近かったが、すぐに一人の男に目をつけた。年のころは四十前後といったところであろうか、いくぶん栄養が行き渡りすぎた体を覆う煤竹《すすたけ》色の三つ揃いは良い店で誂《あつら》えたのだろう、男に自信と洗練された空気を添えている。蓄えた髭《ひげ》を時折指でひねりながら、新聞を読む姿は堂々としており、実際にこの男がひとかどの紳士であろうことを感じさせた。

私の鼻はさっそく貪欲《どんよく》にうごめいた。金のにおい。そして悪のにおい。

私はごく幼いころから、異様に鼻がきいた。

目や耳は、誰が見てもわかる現実しか受け取らないが、鼻はその奥にひそむ真実を探り当てる器官であり、幸いなことに私のそれはすぐれていたようで、親切の下に潜む悪意や、やさしげな微笑みの裏の嘲笑、そして善良で勤勉そのものといった姿に注意深く封じ込められた嵐のような欲望を、常に正確にとらえたのである。

無垢で繊細な幼少期にそのようなものに晒《さら》され続ければ、どのような人間になるかは賢明なる諸兄ならば容易に想像がつくであろう。

私はこの嗅覚によって、私となったのである。私を叩きのめし、長じては何より忠実な友となったそれは、この時も正確に、獲物をとらえたのであった。

人品卑しからぬこの紳士は、たっぷりと金をもっている。同時に、たっぷりではとうてい満足はできぬたちだ。

「ここ、あいていますか？」

紳士の前に立ち、私はとっておきの笑みを浮かべた。

私は、においに敏感であるがゆえに、自分のそれはほぼ完璧に隠し通すことができた。実直、温和、勤勉。それらの言葉は、常に私についてまわった。初めて会った人間にそれらの言葉を刻みこむ笑顔をつくることなど、造作もない。

紳士はほんの一瞬、迷惑そうな顔をしたが、すぐに口元に儀礼的な笑みを浮かべて「どうぞ」と向かいの席を指し示した。

「どちらから」「商用で名古屋におりましてな、帰りですわ。そちらは」「私も出張の帰りなんですよ」といった無難な会話から始まった我々の関係は、半時も経つころにはずいぶんと親密になっていた。

大阪の大店《おおだな》の息子として生まれた坂下《さかした》は、蓄財の才能に恵まれていたようで、数々の投機によってかなりの財を成した。が、欧州戦争が終結し好景気が終了すると、彼がとくに力をいれていた綿糸関係が次々と倒産し、大打撃を被ったという。

掃いて捨てるほどある話だ。戦争時は金を湯水のように使った者が今や一文無しなど珍しくもないのだから、いまだ水準以上の生活を維持している坂下は充分に恵まれていよう。

しかし彼は我が身の幸運を顧みず、政府の無策を呪うばかりで、私は彼の逆恨みで構成された社会批判に心から感銘を受けた様子で頷き、新米の銀行員らしく適度に甘い持論を展開しては、坂下に「君はまだ若いからなァ」と苦笑されたりした。そしていよいよ大阪に到着し、すっかり私を頭でっかちの弟分扱いしている坂下とともに改札を出ると、にこやかに近づいてくる男がいる。

銀鼠《ぎんねず》の長着に黒縞の羽織姿、年齢不詳の落ち着きを備えた姿を見た途端、自慢話と愚痴にうんざりしていた私の心はたちまち晴れ渡る。

さきほども述べたが、私はたいへんに鼻がきく。目ならば千里眼《せんりがん》という呼び名もあろうものを鼻の場合はなんというかわからぬが、これは私の切り札であり、同じ能力をもつ者はおるまいとたかをくくっていた。

その慢心を打ち破った者こそ、我が友、田端明夫《たばたあきお》である。

私は、生まれてはじめて、私以上に鼻がきく者に会った。そして田端以上に、あらがいがたい薫香を放つ者もいなかった。我々はかつて、栄華と猥雑《わいざつ》をきわめる浅草六区にて出会ったが、互いの顔を見た瞬間、これぞ半身であると悟ったのだ。

私はかつて、倦《う》んでいた。人生に、と賢《さか》しらに言うつもりもない。ただ存在することに倦んでいたと言うべきであろうか。

かといって死にたいわけでもない。私は幸い、鼻ほどではないにしても、頭の中身もだいぶんましであったので、勧められるまま帝大に進み、文学なんぞを囓り、古今東西多種多様な人生（しかし文字には鼻がきかぬので、どんな悪党の人生も、現実の清廉なる人々よりよほど清潔である）から受け取った鬱屈を、六区の有象無《うぞうむ》象《ぞう》を相手に晴らしていた。

およそ少年ギャング団なんぞというものは、この世で最も存在価値の低い者たちが身を寄せ合い、きゃんきゃん吠え立てているだけにすぎぬので、少しばかり知恵を貸し、安全な寝床と金を確保してやれば、すぐにあんたは俺の兄貴だと心酔するので、使い勝手はよい。

彼らで遊んでいるうちに私はいつしか、沙門《しやもん》団のボスなんぞにおさまっており、さて面倒なことになった、と身を引く算段をしているころに、田端明夫と出会ったのである。

田端と行動を共にするようになってから、私はいっそう鼻がきくようになった。どうやらそれは、彼も同じらしい。彼は、坂下と短い挨拶を交わしただけで本質を見抜いたらしく、満足げな一瞥を私に寄越した。

一方、坂下のほうも、田端になにかを感じたらしかった。笑顔の下で油断なく、しかしたしかに興味をもって田端を見ている。

田端は奇妙な男である。説明するのは難しいが、どうにもアンバランスなのだ。一見したところ、なんということはない中肉中背の青年なのだが、じぃっと見ているうちに印象は二転三転する。

まず、地味だと感じた顔立ちは、じつのところおそろしく整っているのだ。不思議なことに、人はなかなかそれに気がつかない。だがひとたび気づいてしまえば、もう目が離せないのである。柔和に細められる目はたしかにこちらを見ているのに全く別のものを映しているようでもあるし、元来寡黙ではあるがひとたび口を開けば、高くも低くもない柔らかい声は常に的確な言葉を形作るのである。

その不安定さが一種独特な空気となって彼を包みこみ、なにもかも曖昧にさせる。そして相対する者に、これはいったいどういう人間なのだろうかと無限の興味を抱かせるのだ。

「戸部《とべ》君が世話になりました。いやなに、彼は同郷でしてね、大学でも後輩にあたるのですよ」

田端の穏やかな声に、坂下は「ほう、帝大の」と頷いた。

「はい、もっとも彼が入学してきたのは私が中退して上海《シャンハイ》に渡った後でしたがね。私と違って彼は優秀ですから、きっとたいそうな男となるでしょう。今後ともどうぞごひいきに」

田端が冗談めかして笑うと、坂下も笑った。私も笑いそうだった。私が帝大生なのは事実だが、田端は小学校しか出ていないのだ。もっとも私は、田端以上に頭がきれる男に、学内で会ったことはない。

それよりおかしいのは、彼が年上ぶっていることだった。年の頃は私と変わらないが、今の彼は少なくとも三十前後に見える。喋り方もいつもより鷹揚《おうよう》で、妙な威厳すら感じられるのがおかしくてならない。

「それは楽しみや。ああ、戸部君のおかげで楽しい旅だったわ。うちにも遊びに来てな」

「はい、今日は楽しいお話をありがとうございました、坂下さん」

我々はそこで、すがすがしく別れた。

獲物ではなかったのか、と言うなかれ。これからである。

いくら意気投合したとはいえ、汽車から降りてすぐに、新たに登場した田端とともに坂下を連れ出すのはさすがに不自然というもの。坂下も半端な才覚はある男だ。ここで安易に誘えば、楽しい語らいの記憶は追いやられ、疑念と警戒が彼の目を覆うだろう。この、不要に見える一手間が、重要なのである。

我々は、久しぶりに会った友人の語らいを演じ、いったん坂下のもとを離れた。その際に田端は、懐から財布を落とすのを忘れない。

悪党ならばすぐにくすねるところだろうが、坂下は善良な男だ。少なくとも自分ではそう信じている。

そう、「悪党」は決して選んではならない。彼らは際限を知っているからだ。おのれは善良だと信じ、だが人よりも少しばかり得をしたいと願っている人間が、最も取り込みやすい。

果たして坂下は、慌てて追いかけてきた。田端君、戸部君、と呼ばわる声に怪訝そうに振り向けば、彼の右手には田端の財布がある。我々は、成功を確信した。よかった、わざわざ大阪くんだりまで来た甲斐があった。

「おお、これは。助かりました、坂下さん。ご親切にどうも。あなたはじつに心の清い方だ」

坂下の善行に感銘を受けた様子で、田端はおおげさに謝意を述べる。このままでは気が済まぬ、お礼を一口差し上げたいと申し出る流れは、なかなか理想的であったろう。

坂下も今宵は家に帰るだけだと言っていたし、ぜひにと懇願されれば悪い気はせぬようで、とくに警戒もせずについてきた。

大阪と上海《シャンハイ》を行ったり来たりしているという田端の言に坂下はおおいに興を引かれたらしく、また田端のほうも坂下の投機の才に感嘆し、あれやこれやと話が盛り上がった。

美酒と美食になめらかになった彼の舌は、汽車の中ではまだ控えていた私生活のじつにさまざまなことまで披露し、この愉快な宴が終わるころには、私たちは坂下の愛妾《あいしょう》の数まで把握していた。

勘定を払う段になり、田端は財布から十円紙幣を取り出して女中に渡した。

「最近は偽造紙幣なんてものが出回っているようだから、よく見てくれたまえよ」

彼の軽口に、私と坂下は笑った。近ごろ世間を騒がしている偽造紙幣については、熱い討論を闘わせたばかりだからだ。

女中も、厭やわぁと笑いながらも紙幣の裏表をしっかりと確認した。紙幣にはむろん問題はなく、我々は賑やかに店を後にした。坂下は、自分よりはるか年下の田端に奢られたことを気にしていたが、田端が「これはお礼なんですから」と言えば納得した。

仕込みは上々。ここからが本番である。

通りを進み、店からだいぶ離れたところで、田端は声をひそめて言った。

「じつを言いますと、さきほど支払った十円紙幣、あれは偽物なんですよ」

目を瞠る二人を交互に見やり、田端は満足そうに頷いた。

「驚いたでしょう？　なんせ、そこらに出回っているような偽造紙幣とはわけが違います。上海で造ったものでしてね、本物と寸分違わぬほどよく出来ておりますから、今まで露見したことはありません」

坂下は驚きのあまり声もでないようだったが、両眼から酩酊《めいてい》の靄《もや》はすでに吹き飛び、爛々と輝いている。

「今まで？　今まで何度もあれを使ったというんですか」

私が勢いこんで尋ねると、田端は鷹揚に頷いた。

「ええ、上海で知り合った人物からいくらか分けてもらいましてね。どこでも疑われやしませんでした。額面の半分で用意して貰えるので、近々追加を頼もうかと」

「その方を紹介していただくわけにはいきませんか」

私の懇願に、田端は腕を組み、しばらく思案する様子を見せたが、からりと笑って頷いた。

「まァこれも縁でしょうかね。ではこれから行きましょうか、近いんですよ。坂下さんも、もしご希望でしたら」

坂下の喉が上下するのが、うすぼんやりした街灯の下でもはっきりと見えた。


「せんちゃん、暗くないのぉ」

突然、肩を叩かれて、仙太郎は文字通り飛び上がった。

ぎょっとして振り向くと、絹が右手を中途半端に浮かせたまま、目を丸くしている。酒くさい。

「そんなに驚かなくてもいいじゃないのさ。ただいまって言ったのに」

「すまん。気づかなかった」

気がつけば、卓上の蠟燭《ろうそく》は尽きかけている。自分の周囲だけを照らす、うすぼんやりした丸い灯りと闇のちょうど境目に、絹は立っていた。

たしか部屋に戻ってきて、本を読み始めたのは、九時過ぎだった。月明かりだけでは厳しかったので、適当に目についた蠟燭をつけて読み出したが、すでに月は窓からは見えぬ場所へと移動している。

時計を見ると、じき十二時だ。時間を意識した途端、本をもっていた両腕と首が張りを訴える。本を畳の上に放り、首をまわす仙太郎を愉快そうに見下ろし、絹は電燈をつけた。途端に、部屋に白い光がひろがり、闇が消える。単衣《ひとえ》の小袖に咲く鮮やかな薔薇と、紅のはげかかった唇が、視界に突き刺さるように映りこんだ。

「いつも言ってるでしょ。遠慮なく電燈つけてくれていいんだって。わざわざ自分用に蠟燭まで買ってきてさ、そこまでやると謙虚通り越して厭味」

「すまん。癖なんだ」

「アラそう。苦労してきたのねえ。それにしても、ずいぶん熱中して読んでたこと。本好きなの？　それとも、やらしいやつぅ？」

にやにやとのぞきこんでくる絹に、仙太郎は無言で本を差し出した。

焦げ茶色の表紙には、タイプ文字で『白白明　四号』とある。

「ああ、操さまたちが作ってる本ね。去年のやつか」

本を手に取り、絹は卓上に目を向けた。同じく白白明と記された冊子が置かれており、こちらは紐綴じで、題名も手書きである。

「どうしたの、これ」

「倫子さんがくれた」

絹はぎょっと目を見開いた。

「あのドケチの副団長が？　くれた？　嘘でしょ！」

絹は、倫子率いる第三分隊、その中でも精鋭揃いと言われる花桃《はなもも》組の組長だ。倫子と接する機会も多い。あの「わかる？」攻撃も人一倍受けてきたはずだ。

「ゴミだからいらんと放ってよこした。これを読めば、弁天団についてだいたいわかると言われた。主人公のモデルが弁天団の団長らしいな」

今さら目に疲れを感じ、仙太郎は目頭を軽く揉んだ。

自称小説家の操は、同じく文学を愛好する者たちと組み、昨年から文学同人誌を発行しているらしい。執筆者の中には、藤村の名もあった。もっとも月刊で出ていたのは昨年のうちだけで、今年はもう七月だというのに、まだ二冊しか出ていないらしい。

「ああ、そういえば。〝或る少年の告白〟ね」

ぱらぱらと頁をめくっていた絹は、操の連載の箇所で手を止め、懐かしそうに題名を読み上げた。

「読んだのか」

「かろうじて。長い文章読むの苦手だけど、操さまのだものね。当時は六区じゃだいぶ評判になったっけ。弁天団団長の鳥羽茂《とばしげる》が主人公だってんで、このテの本のわりにはよく売れて、それで途中からちゃんとした印刷になってるってわけ」

「鳥羽茂」

はじめて聞く名を口にして、眉が寄った。

「或る少年の告白」は、「私」の一人称で話が進むが、この「私」の名は戸部稔《みのる》という。

「もう少し捻ってもいいんじゃないか」

「あんまり捻ったらわからないじゃないのさ。出てくる連中もそのまんまで、あんまり弁天団の内情に詳しいから、千倉操も弁天団の残党だろうなんて言われてたっけ。笑っちゃうよねえ」

「元弁天団というのは、間違っちゃいないだろう」

「そうだけど、まさか紅紐団の団長だとは思っちゃいないでしょ。うちの団の中でだって、操さまが団長だって知っているやつは多くないんだから」

会合の際には操も団員の前に姿を現すが、その際は紅紐団団長にふさわしい女装姿らしい。

女に女装というのもおかしいが、操の場合はそうとしか表現しようがなかった。

あいにく仙太郎はまだ見たことはないが、せい子たちが目を輝かせて語ったところによると、絢爛《けんらん》たる美女だそうだ。男装の時は常に和装の彼女だが、女装時は華やかな洋装だという。想像がつかない。

「せんちゃん、なんで急に弁天団のことなんか知りたくなったの」

「単に、団長がどんな話を書くのか見てみたかっただけだ。団長が厭がっていたから余計に」

「いい根性してるわねぇ」

「それに、弁天団が潰れたのは二年前だろう。姉は紅紐団にはいなかったらしいが、弁天団とはなんらかの関係があるかもしれないしな」

弁天団は、五年前に現れ瞬く間に六区を席巻し、二年前に突然消えたという。倫子の言葉を信じれば、配下の少女たちの反乱に遭って、ということらしい。当時を知る藤村に確かめてみると、「まあ内部抗争で崩壊ってのは、あのテの集団ではおきまりだしな。女が原因てのもありがちだ」と笑い混じりに肯定していた。

浅草に来て一月経つが、倫子に聞くまで、仙太郎は弁天団のべの字も知らなかった。しかし当時から六区にいて、不良たちの事情に多少通じていた者ならば、弁天団の内部抗争は覚えているという。毎日街のどこかで喧嘩が起きて、瀕死の団員が辻便所で発見されるという事件まであったらしく、なかなか凄まじかったらしい。

そこまでの騒ぎになったのに、仙太郎に誰も言わなかったのは、故意ではない。誰もがただ単に忘れていたのだ。

浅草六区では、あまりにありふれたこと。毎日いたるところで何かが起きるこの地では、たとえ凄惨な殺人が起きたとしても、数ヶ月後には忘れ去られる。そのころにはどこかの劇団が、さらに血みどろの舞台に仕立て上げ、ただの娯楽として消費されてしまう。

通りに立つ幟や看板には、酸鼻《さんび》きわまる絵や文字がこれでもかとばかりに描かれて、人々の興味をそそる。逆に言えば、きわめていなければ、ここでは見向きもされないのだ。常に新鮮なネタにとびつくのは、藤村たちだけではない。六区の住人誰もがそうなのだ。

「まだ姉捜しを諦めてないのね。感心なこと」

ぱらぱらと頁をめくり、絹は愉快そうに喉を鳴らした。

「当たり前だ。そのために身を粉《こ》にして働いているんだ」

「はいはい。しかし弁天団の連中ねえ。ほとんどとっつかまったわよ」

「辰雄はもう出てきてただろ。この主人公——いや鳥羽か、こいつはまだ収監されたままなのか？」

「まあ団長ともなるとなかなかね。いろいろやらかしてたし」

「鳥羽を知っているのか」

「もちろん。そのころはあたし、どこのギャング団にも属してなかったけど、鳥羽は有名人だったからね。いっつも手下引き連れてカフェーに来てたし。女には一見やさしかったけど、倫子さんに言わせれば女衒《ぜげん》の百倍たちが悪いって。裏じゃ相当あくどいことやってたし」

実際、頁の大半を、弁天団――小説内では「沙門団」での悪行に割いている。育ちがよく人望もあつい帝大生の裏の顔は凄まじく、六区に現れ一年たらずで少年ギャング団を掌握《しょうあく》してからはますます非道ぶりに拍車がかかり、欲望のままに盗み、犯し、暴れまわった。

しかし、ある青年が沙門団に現れてから、彼の無軌道な放埒《ほうらつ》は徐々に姿を変えていく。

「田端明夫ってのが片腕のようだが、これが辰雄か？」

以前、金龍館でぶちのめした男のことを思い浮かべる。元弁天団で面識があるといえば彼だけだし、倫子の話では幹部扱いだったというが、小説内の描写とはずいぶん差がある。

案の定、絹は笑い飛ばした。

「まさか。あいつはただの腰巾着よ。鳥羽茂とつきあいが長いのと、ツラだけはよかったから、まあ弁天団内ではそれなりの地位にはいたようだけどね。田端明夫ってのは、たぶんアキラのことだね」

「アキラ？」

「地味な人で、カフェーにもあんまり来なかったから、あたしは正直あんまり覚えてないんだけど。悪知恵はよく働いたから、鳥羽には気に入られてたみたい」

「そうみたいだな。こいつが現れてから、偽造紙幣詐欺やら大がかりな計画が増えている」

「そうね。そのころ、偽造紙幣が大量に出回っていたのは、ほんとうよ」

それは覚えている。大がかりな偽造詐欺集団が摘発されたという記事は、新聞で見た記憶がある。三年ほど前だ。

「じゃあ実際にやってたのか」

「やってはいたんじゃやない？　摘発された連中と関係があったかどうかは知らないけど、似たような事件はたくさんあったし。ああ思い出した、たしか勘定で偽造紙幣を使って信用させる場面があったよね。あれ笑ったわ、そりゃ問題なく払えるわよ、本物使ってるんだものね」

絹は声をたてて笑ったが、それからはたと気づいた様子で、気まずそうな顔をした。

「ごめん。まだそこまで読んでなかった？」

「いや、再読だから問題ない」

作中の計画はそこそこ手がこんでいた。

カモである坂下をまんまと引き入れた田端と戸部は、その足で偽造紙幣を融通してくれるという田端の知人のもとに向かった。最初は知人も「誰にでもわけられるものではないのだが」と難色を示したが、田端が再三頼みこむと、とうとう折れた。

「五日後に上海から新しい紙幣が届くので、五日後のこの時間にまた来てくれ。ただし、こういう商売だ。君たちにはここの住所も知られてしまったし、警察にたれこまれては困る。前金として、希望額の半分、置いていってはくれないか」

坂下が疑問を抱く前に、田端は酒に酔って安易にここまで連れてきてしまった不用心をわび、すぐに千円を預けた。「私」も迷わず五百円預けるのを見て、坂下も慌てて財布を出した。彼は、太っ腹なところを見せるように二千円支払ったという。

しかしいざ紙幣を受け取る前夜、坂下の家に突然、刑事が現れる。彼らは、上海から偽造紙幣を持ち込んだ男が逮捕され、捜査の結果、共犯者が多数検挙されたと語った。

自分も共犯として逮捕されると知った坂下は震え上がり、「たしかに紙幣をわけてもらう約束はしたが、今回が初めてで、まだ一枚も受け取っていない」と必死に訴えた。刑事は、内金を支払ったならば同罪だと取り合わなかったが、坂下が家を隅々まで調べてくれてもいいと懇願するに至り、難しい顔で相談を始めた。

坂下にとっては永遠にも思われるような時間の後、刑事は「現物を受け取っていないならば、初犯ゆえ特別に見逃す」と恩着せがましく言った。

ただし、すでに詐欺グループは逮捕され、金は全て押収されているから二千円は戻ってこない。ここで見逃したことが露見すれば自分たちの顔も潰れるから、この件に関しては決して口外してはならない、金は諦めろ――刑事に念を押され、坂下は頷くほかなかった。

前科がつくよりは、泣き寝入りのほうがはるかにマシだ。そう言い聞かせるしかない。

みごと二千円を分捕った戸部と田端は味をしめ、何度か同じ犯行を繰り返した。足がつかぬよう東京で仕掛けることはなく、たいていは名古屋と大阪で行ったらしい。日によって、汽車でカモを物色する役が田端に変わることもあったが、彼らはいつも二人一組で行動した。上海帰りの売人やら刑事などは、適当に雇ったらしい。

これでだいぶ儲けたようだが、いかんせん手間がかかりすぎる。しかし、ゴロツキだらけの少年ギャング団に飽き飽きしていた戸部は、このゲームにすっかり夢中になり、田端と二人で、次々と大がかりな詐欺を仕掛けたという。大学で学ぶよりもよほど充実した時間だったと作中でしみじみと語っていた。

「へえ、再読。よっぽど気に入ったのねえ」

絹はすでに本に興味を失ったようで、さっさと帯を解き、薔薇の咲き乱れる単衣を脱ぎ捨てた。最近気づいたが、絹は洋画のようなはっきりとした柄のものを好むようだ。

仙太郎はできるだけ襦袢姿を目に入れないようにし、誌面のタイプ文字に集中した。

「気に入ったというか、気になる点がある。実際にこんな計画を実行して、警察に捕まらなかったやつが、なんであっさり操さんたちに負けてブタ箱入りになったんだ」

「さあねえ。油断してたんじゃない？」

「それと、この詐欺の手口。なんとなく、団長に似てないか。変装で全く別の人間になりきるところとか」

「それは詐欺の基本じゃないの？」

「それはそうなんだが……」

うまく説明できない。詐欺の手口などそうそう目にする機会はないから、それしか知らないと言えばそれまでだが、どうもひっかかる。

「ま、似ていてもおかしくないんじゃないの？　操さまはもともと、鳥羽の女だったわけだし。やり口も見てるでしょ」

仙太郎は驚いて顔をあげた。襦袢の襟元もくつろげて、団扇《うちわ》で顔をあおいでいる絹がいた。反射的に目をそらしかけたが、絹があまりに平然としているので、白い胸元から意識を引きはがして顔だけを見る。

「そうなのか」

「うん。当時は花蛇《はなへび》おマサって呼ばれてた。あ、この名前、死んでも操さまの前で口にしたら駄目だよ。半殺しにされるから」

「花蛇おマサ……」

微妙な表情でつぶやくと、絹が笑った。

「言いたいことはわかるけど、本人がそう名乗ってたわけじゃないから。売春組ではダントツのトップで、今の花桃組でも誰もかなわないんじゃないかなぁ」

「この小説には出てこないようだが」

操の小説にも女性は出てくるが、ただ主人公のそばを通り過ぎ、気ままに弄《もてあそ》ばれるだけの、名もなき女ばかりだ。

「そりゃ操さまとしては、屈辱の歴史なんて書きたくないでしょ。それに、鳥羽にとっちゃ女なんて有象無象《うぞうむぞう》程度の扱いだったと思うよ。その小説はあいつの視点だけで進むんだから、この上なく正確」

絹は意地の悪い笑顔で言った。なるほど。言われてみれば、ここまで徹底して没個性にしているのは、意図を感じる。

「紅紐団は弁天団にいた女たちが中心になって組織されたからね。鳥羽たちは過去の連中だけど、操さまたちは今の六区で生きているわけだし。書けないよねえ。けど、鳥羽もこんな小説書かれてると知ったら怒るだろうなぁ。今ブタ箱だからいいけど」

「辰雄あたりが知らせてるかもしれんぞ」

「あいつが文学同人誌なんて読むわけないじゃん！」

けらけらと笑って、絹は床に転がっていた酒瓶を手に取った。ウイスキーだとかいう名は聞いたが、においがきつく、味も受けつけないので、仙太郎は初日にすすめられて以降いっさい口にしたことはない。彼女はこれが好きなようだった。

いつのまにか左手には洋杯《コップ》ももっていて、水のように注ぐ。そこから口に運ぶまでは完全に表情が消えているが、いったん飲み込んでしまえば、緊張が解け、とろけた顔になる。

「ほどほどにしとけ」

「今日は早く帰ってきたでしょ。全然飲んでないの。ちょっとぐらいいいじゃない。あ、そうだ、明日はあたし泊まりで、明後日はそのまんま店に行くからさ」

「わかった」

あっさり頷くと、絹はあからさまに不満そうな顔をした。

「ちょっとぉ、もうちょっと何か訊いてよぉ」

面倒くさい。仙太郎はため息をついた。絹はだいたい、店で客に誘われ、そのまま待合や相手の家に行くことが多いが、あらかじめ予定が決まっているということは、明日の相手は客ではなく情人なのだろう。もっとも、その情人も何人いるのか知らないが。

「誰と会うんだ？」

ひとかけらも興味はなかったが尋ねてやると、目に見えて絹の顔が輝いた。

「うふふ知りたい？　小松さん！」

「……誰だっけ」

「もう！　前に話したじゃない！　帝國文化院《ていこくぶんかいん》の小松さん！」

ああ、と仙太郎は気のない相づちを返した。

砂壁を背景に艶然と微笑む、紅玉の首飾りをぶらさげた貴婦人に目を向ける。たしかこの絵を売った美術商とやらが、そんな名前だった。

なんでも、帝國文化院は今年の春に東京の新名所として建設された丸《まる》ビルに本社をもつ、美術品を扱う会社なのだそうだ。本来、会社相手の仲介業者なので個人への売買は行っていないが、売れ残った小品などを、関係者の友人知人に格安で譲ることもあるという。丸ビルに入っているなら、そう胡散臭《うさんくさ》い会社でもないのだろうが、絹が名品だと絶賛するこの肖像画が仙太郎にはさほどよいものには見えないために、どうにも心証は悪かった。

「この絵のほかにも買ってるのか？」

「何点か。天袋の中にあるよ。これが一番好きだから、これだけ飾ってるけど、他のは新しい家に移ったら飾るの。応接間とかにね！」

「よくそんな金があるな」

「花桃組の稼ぎ頭に何言ってらっしゃるの。あたしは、そこいらのサラリーマンよりずっと稼いでるんだからね」

「そりゃすごい。だが、飾らない絵を買ってもしょうがないだろ」

「だから、一軒家に移ったら飾るんだってば。小松さんだって、どうせ二人の財産になるものだから、しばらくきみに預かってもらうだけだからってぇ」

はだけた襦袢姿で少女のようにもじもじ恥じらう姿に、頭が痛くなった。

「それカモにされてないか？」

「失礼ね！　あたしたちは好き合ってるの。そりゃたしかに、あたしは最初あの人をカモにしてたけどね。布地や宝石、すごくたくさん貢《みつ》いでくれたんだから。絵ぐらい買わなきゃ申し訳ないぐらいよ」

目をつり上げて反論され、仙太郎は「そうか」とあっさり引き下がった。こういうことには、へたに口を挟まないほうがいい。

まあ問題があれば、倫子や操あたりがさばいてくれるだろう。

「そういや、前に富代さんも結婚するんだって言ってたが。熱海から帰ってきてからは何も言わないな」

「ヤダ知らないの、その旅行で別れたんだって。思ったより吝嗇《ケチ》だったから捨ててきたっていうけどさ、どう考えても捨てられたのは富代さんのほうなんだよねえ。ま、あの人いつもあんなんだから放っておけば」

結婚するの、と嬉しそうに笑っていた富代の顔を思い出し、仙太郎は「ちょっと可哀想だな」とつぶやいた。

「女給の行く末なんてみんなあんなもんよ。とっとと決めないからああなるの。肝に銘じておきなさいよ」

「俺は関係ないだろ」

「あたしはせんちゃんを帝都一の女給にする夢を諦めてない」

「諦めろ。俺は今、タイピスト養成所で頭がいっぱいだ」

そう返してから、自分が情けなくなった。さすがに絹も、憐れむような目で「たいへんねえ……」と頷き、酒を呷った。

「まあでも、タイピスト養成所に通えるような女は、うちにはあんまりいないからさ。出世頭として頑張って。めざせ職業婦人」

「めざしてない」

「んもう。ほんっと、やんなっちゃう。女学校も養成所も通いたくても通えない子がいっぱいいるってのに。せんちゃんだって、女に生まれてたら逆に通えなかったかもしれないでしょ」

絹の言葉に、仙太郎は目を伏せた。

その通りだ。女として生まれていたら、まちがいなく小学校を出てすぐに奉公に出されていただろう。もしくは、父の弟子として海に出ていたかのどちらかだ。あるいは仙太郎がごく一般的な成績ならば、男であろうとそうなったはずだ。

父は、「跡なんざ継がなくていい、おまえはうんとえらくなれ」と励ましてくれた。金のことは気にするな、皆がおまえの頭に期待しているんだから、と。

だがもし、ハルが長男として生まれていれば、仙太郎の特権は全てそちらに与えられていたはずだ。ハルも小学校時代は神童と言われるほどだったのだから。

実際、仙太郎はむかし体が弱かったこともあり、頑強で力も強いハルと性別が逆ならば、と嘆かれたことがしばしばあった。それは仙太郎の誇りを抉《えぐ》ったが、ハルにとってはどうだっただろう。

「ちょっと、へんな顔しないでよ。冗談だってば」

絹が顔を寄せ、のぞきこんでくる。酒くささにとっさに顔をそむけ、仙太郎は息をついた。

「いや。絹の言う通りだ」

「なにが」

「俺がタイピスト養成所に通えるのは、男だからだ。妙な話ではあるが。明日からは、もっと心してかかる」

気合いを漲《みなぎ》らせる彼を、絹はぽかんとして眺めていたが、やがて溶けるように微笑むと、

「うん。がんばってね」と洋杯を傾けた。

＊

夜も賑わう六区の喧噪《けんそう》は、俥《くるま》で三十分も走れば遠くなる。

大森《おおもり》で俥は止まり、狭い路地口で絹は身軽に俥を降りた。続いて降りてくる男を待って、身を寄せ合わねば二人並んで歩けぬほど狭い路地を進んでいくと、角を左に曲がったところに、その待合はあった。看板もなく、格子戸の中は暗かったが、男が叩くと、硝子《ガラス》ごしにぼ

うっと灯りがついたのがわかった。

「どなたさま」

「小松だ」

男が名乗ると、すぐに格子戸ががらりと開き、女中が顔を出す。

「今日はまあずいぶんごゆっくりですこと」

「部屋あるかい」

「狭い部屋しかございませんが」

「どこでもいいさ」

女中の先導で、小松は薄暗い廊下を歩く。少し間を置き、絹も続いた。

この待合に来るのは何度目だろうか。数えようとしてすぐに諦め、絹は目の前の大きな背中を眺めた。

あたしは本当にこの男に惚れているのかしら、と考えかけて、またやめた。こういうことはあまり考えないほうがいい。

小松惣治郎《そうじろう》と出会ったのは、『カフェー・ヴェリテ』だった。一年前、友人とやって来た小松は洗練された洋装の紳士で、絹は一目で気に入った。小松も明らかに絹を気に入った様子で、すぐに誘いをかけてきたが、焦らして焦らして三ヶ月目に初めて誘いに乗った。そのころには、絹もすっかり彼に夢中だった。

いつも、逢瀬の約束を待ちわびている時は幸せでたまらない。心底この男に惚れているのだと思う。なのに、ひとたび会うと、違和感がちくりと胸を刺す。以前は体と心がぴったりと寄り添い、全てが小松に向かっていたはずなのに。

十二の時に家を飛び出し、浅草六区にやって来た。最初に男と寝たのは六区に来たその晩のことで、しばらくは十二階下の銘酒店で働いて、警察に捕まって感化院《かんかいん》にも入った。その時すでに、百人以上と寝ていたと思う。出所してすぐ六区に戻り、場末のカフェーの女給として勤め出した。三年前に操と出会い、翌年に紅紐団に入団し、ヴェリテに移ってからは、いいことずくめだった。

この五年で何度、恋に落ちただろうか。寝た数ならば数えるのもばかばかしいが、惚れた人数はそういない。いつも、これが最後の恋だと思う。

小松は、きみと所帯をもちたいと言った。女給相手に、本気でそう言ってくれたのは、最初に恋に落ちた貧乏書生だっただろうか。もう顔も覚えていない。当時はあんなに好きだと思っていたのに。

小松惣治郎は、妻を病気で亡くし、その後は仕事で欧州と日本を行ったりきたりで、女どころではなかったという。店に来る男はみな話を何倍にも大きくするので、しきりに感心してみせながらも三分の一程度にしか信じてはいないが、彼は会うたびに、紅玉の指輪だの珊《さん》瑚《ご》の帯留めだの、美しいものを贈ってくれたし、帝國文化院勤務という大仰《おおぎょう》な肩書きは、絹の警戒を緩めるのにずいぶんと効果があった。

当の帝國文化院にも案内されて、すばらしい美術品の数々を見た時には心が躍った。あまりにも美しくて、伊太利亜《イタリア》の画家が描いたという絵画も何点か購入した。小品のわりにひどく高価なものだったけれど、美術品は心を豊かにするし、どのみち僕ら二人のものになるのだからと言って小松がいくらか援助してくれたので、夢心地で手にしたのだった。

実際、美しい肖像画や風景画は、絹の城を華麗に飾ってくれた。

だが最近はそれも色あせている。

もっと鮮やかなものが、部屋に紛れ込んでしまったからだ。

十五歳の少年が備えたみずみずしい美しさは、キャンバスの上に封じ込められたものと比ぶべくもない。素顔も充分に整ってはいたが、女ものの衣を纏った時の花開くかのような美しさはまた格別だった。

操の命令で、彼を居候させることになったはいいが、あの部屋で仙太郎を見るのは苦痛だった。

ひととおり化粧や身だしなみをたたきこんだ後は、できるだけ家に帰らないようにしている。夜、無防備に眠る姿の伸びやかな若々しさも癪に障るし、朝方に鏡台の前で美少女へと変貌するところも見たくない。

そう思うのに、仙太郎が身支度を始めるといつも勝手に目が覚めて、相手に気取られぬよう盗み見てしまう。

ぴんと芯が通り、若々しくしなやかな筋肉に覆われた白い背中。その気高さと潔癖さときたら、どうだろう。そこに華やかな布を重ねていき、卵のようにつるりとした肌に鉱物を塗る様は、輝かしい命を冒瀆《ぼうとく》するような暗い美しさがあった。

だが、いざ身支度を調えると、そこにいるのは、やはりとびきり美しい少女なのだ。没個性的な流行の化粧を施しても、まっすぐな姿勢と、凛とした強いまなざしは、彼女をひときわ輝かせる。

どれだけ言い聞かせても、歩幅が小さくならない豪快な足取りで出ていく後ろ姿を見送り、絹はいつもみじめになる。

あたしが毎晩、酒と紫煙、どろどろした欲望にまみれて泥のように眠っているというのに。なぜあの子はあんなに軽やかに外へと出て行けるのか。

あたしの部屋にいるのに、あたしと同じ服を着ているのに、あたしと同じ化粧をしているのに、あの子はぜんぜん汚れない。あたしが「おせん」をつくってあげたのに。

夜明け近くに戻ってくれば、仙太郎はいつも静かな顔で眠っている。強いまなざしが消えれば、彼の顔はまるきり子供で、無邪気そのものだ。それも腹が立ち、一度、悪戯《いたずら》をしかけたこともある。が、容赦なくはねのけられた。仙太郎は眠ったままだったが、払う手の力は強く、本能的に拒絶されたのだ、と感じた。

あたしに触られたくないっていうの。激しい怒りにとらわれて、以来、こちらからはいっさい接触しないようにしている。だが、同じ部屋にいる時には、細やかな挑発を繰り返している。仙太郎はそのたびに顔を赤くしたり目を背けたりしているが、手は出してこない。それが、軒を借りている身としての仁義なのだろうとはわかっているが、やはりあたしに触れたくないのかと絹の怒りは深まる一方だった。

「絹？」

怪訝そうな声に、はっと我に返る。いつしか、廊下の途中で立ち止まっていたらしい。薄暗い廊下の先で、小松がこちらを見ていた。

彼はいつも、この待合を使う。職場も家も有楽町が近いが、そちらのほうの待合は使いたくないらしく、また絹の縄張りである浅草も厭がった。そんなわけで二人で会う時は、いつもわざわざ大森の待合までやって来る。

長い廊下を歩き、「ここしかあいていないんですよ」とすまなそうに通されたのは四畳半の狭い部屋だった。女中が茶をいれにそそくさと出ていくと、絹は「ここでこんな狭い部屋は初めてね」と鼻を鳴らした。小松は苦笑し、座布団の上に腰を下ろす。

「世の中は不景気だと言うが、ここはますます繁盛しているようで羨ましいかぎりだ」

「狭いとなんだか息苦しいわ、少し開けていい？」

答えを待たずに、絹は障子を開けた。白い小石を敷き詰めた坪庭には灯籠《とうろう》が灯り、ぐるりと取り巻く植え込みを照らしている。絹は濡れ縁に腰を下ろすと、一日立ちっぱなしですっかり固くなった足から、無造作に足袋《たび》を抜いた。すると、ちょうど煙草をくわえたところだった小松が、悲痛な顔でとんでくる。

「駄目じゃないか、脱いでしまっては」

「ああごめんなさい、今日はあんまりにも疲れちまって。左は残っているわよ、はい」

絹はまだ足袋に包まれたままの左足を、小松にむかって突き出した。この小松は、足袋から順番にゆっくりと剝《は》いでいくのが何より好きなのだ。はじめのうちはぞくぞくしたこの習性も、今となっては白けるばかりだ。

小松の手に左足を預けたまま、なんとはなしに上を向く。植え込みを隔てて、向かい側の二階の窓を見上げる形となる。ちょうど人影が影絵のように揺らめいていた。島田を結った女だ。坪庭の情緒もあって、まるでよく出来た芝居でも見ているような気分になった。

小松にも見てごらんなさいよと言いたかったが、彼は彼の儀式に熱中している。邪魔しては悪いと影絵を眺めていると、島田の女にもうひとつ影が重なった。

あらあら、と緩む口許を押さえた絹は、すぐにぎょっと目を見開いた。

影がおかしい。

重なっていた影が少し離れたと思ったら、女の首がのけぞった。そこから左右に細いものが伸びており、女は助けを乞うように手を差し伸べた。が、すぐに腕はぱたりと落ち、そのまま影は再び重なり、ゆっくりと倒れていく。

「絹ちゃん？」

いつしか絹は呼吸まで止めて見入っていたらしく、小松の呼びかけで我に返った。途端に息苦しさを覚え、ぜいぜいと息をつく。

「こ、小松さん。あれ……」

絹は震える指で、二階の障子を指し示した。

しかし今は何も見えない。障子を内側から照らしていた灯りも、今はない。まるで、最初から灯りなどついていなかったように、しんと静まり返っている。小松は怪訝そうに首を傾げた。

「あの部屋がどうした？」

「ついさっき、首を絞めているような影が見えたんだけど……」

「ほう」

小松は眉を寄せてしばらく二階を注視していたが、やがて唇をねじ曲げ、下卑《げび》た笑いを浮かべた。

「なんの物音もしないね。事故ならもっと何かありそうだから、まあ、そういうことじゃないかね？　世の中には、いろいろな嗜好《しこう》の人間がいるからねえ」

「まあ厭だ。あたし、縛ったり苦しいのだけは絶対にごめんだわ」

絹はことさら顔を歪めてみせた。絹ちゃんにそんなことは絶対にしないよ、と小松が慌てたように言ったが、ろくに耳に入っていなかった。

頭の中には、さきほど見た光景がこびりついている。

のけぞった細い首から伸びる紐。実際に見ていたのは、ただの影絵なのに、絹の目には白い肌に食いこむ紅い紐がはっきりと見えていた。

4

カタタタタ、と軽快な音がこだまする。

ひとつかふたつならばその音も小気味が良いが、何十台ものタイプライターがいっせいに音を立てるともはや嵐のようだ。

眉間に皺を寄せつつも、仙太郎は教壇の教師の指示に従い、キイの上で軽快に指を走らせる。両隣の学生も、そして前方の学生も、みな一心不乱に同じようにタイプを打っていた。

狭い教室に詰め込まれた生徒たちが授業に打ちこむ光景は、懐かしさを覚えさせるものだった。

四月までは、故郷の中学校で友人たちとこうして毎日机を並べていた。もっともあちらは全員男だらけで、こちらは女ばかりという差異はあるが、ふとした瞬間に胸が締めつけられる。

もう戻れなくともよい。そう考えて、退学を申し出た。

だが、学校生活は、本当に楽しかった。友人たちはみな愉快で、勉強は楽しく、教師たちにもこのままいけば一高も狙えると言われ、向学心に燃えていた。周囲からの期待も心地よく、家族のために、そして故郷の誉れとして邁進《まいしん》することになんの迷いもなかった。

それが、一夜にして崩れた。

母が崖から飛んだのは、仙太郎が春休みを終えて、中学三年生に進級して間もないころだった。

葬儀の間、父はずっと、全てハルのせいだと喚《わめ》いていた。母の薬代がかかるのに、ハルが家族を見捨てて逃げ出したせいで、なにもかもが狂ったと。この時はじめて仙太郎は、母が薬代を気にしてここ数ヶ月はろくに医者にかかっていなかったことを知った。

忌引《きび》きの期間を終えて学校に戻ると、ほとんどの者は同情を寄せてくれたが、前々より折り合いの悪い上級生に冷ややかに挑発された。

『おまえ、たいしたもんだよ。姉貴二人を苦労させたうえ一人は死なせて、母親も死んで、よく自分ひとりのうのうと戻ってこられるなぁ。自分が母親や姉貴を追い詰めたとは、これっぽっちも考えないのか？』

頭が真っ白になった。そして気がつけば自分の手は血まみれで、顔は腫れ上がって視界も極端に狭くなっており、それでも相手が地面に伸びたままぴくりとも動かないのはかろうじて見てとれた。

仙太郎は腕の骨にひびが入り、相手は肋骨《ろっこつ》と右腕と前歯二本が折れていた。

申し訳ないことをしたと思う。我を忘れたのは、図星だったからだと、今ならばわかる。

自分の中に、容赦なく相手を半殺しにするような凶暴性が存在していたことに衝撃を受け、仙太郎は自ら退学届を出した。むしろ学校側が慌てて、ひとまず停学という形に落ち着いたが、この宙ぶらりんのままでは戻るつもりはない。

もう、蓋をしたままではいられなかった。

ハルが行方をくらましてから、家族の崩壊は始まった。父に賛同するのはためらわれるが、それは事実だろう。

だが、行方をくらました理由は？　それはひょっとして、自分ではないのか？

消える直前、自宅に戻ってきていたハルがどんな顔をしていたか、仙太郎はあまりよく覚えていない。昔と同じように、ただ明るく笑い、父と喧嘩をし、母をいたわり、妹と弟の世話をあれこれと焼いていた。それしか覚えていない。いつものように、小言の多い、しっかりものの姉の姿しか。

何か思うことがあるのなら、姉ははっきり口にするほうだった。だが、何も言わなかった。なぜ？

もっとも、尽きぬ疑問と感傷に胸が騒ぐのも、授業の間だけだ。終業の鐘が鳴った途端に、そんなものは吹き飛んでしまう。

「郁子《いくこ》さん、待ってちょうだい」

「今日こそはつきあってもらいますよ」

授業が終わって大急ぎで帰り支度をしていたところに、気がつけば左右を固められている。両脇を交互に見やれば、対照的な容姿の女学生が、同じような笑みを浮かべてこちらを見ている。

右側の背の低いほうは名を太田静江《おおたしずえ》といい、名字の通りややふっくらとして愛らしい容姿をしているが、性格は名前とは対照的にたいそう賑やかだった。左側のすらりと背が高いほうは目黒《めぐろ》かほるで、静江より口数は少ないが、それでも仙太郎の倍は喋る。彼女たちに言わせれば、仙太郎の口数は少ないというよりもほとんど無に近いらしいが。

「ごめんなさい、静江さん、かほるさん。早く帰らなければならなくて」

仙太郎は蚊の鳴くような声で、両脇を固める「友人」たちに訴えた。

「ええ、今日は補講はないって先生からうかがってるわ。だから今日ぐらいはつきあってくださってもいいでしょ、郁子さん」

ここでの仙太郎の名は、阿部《あべ》郁子といった。埼玉の女学校に通っていたが、一刻も早く職業婦人になりたいと願うあまり中退し、浅草の叔父夫妻の家からこの養成所に通っている

――という設定らしい。

タイピスト養成所の生徒の多くは、女学校を出ている者が多い。紅紐団にも倫子のように女学校を出ている者はいるが、皆すでに仕事をもっており、養成所に入れるような人材は限られているらしい。中学三年の仙太郎ならば学力もそこそこつりあうし、大人びて見えるので女学校中退の十六歳ということでいけるだろうとのことだった。

かくして仙太郎は、入団を正式に認められた翌日には阿部郁子として新橋の養成所に放り込まれた。

編入して、半月が経過した。今のところ、ぼろは出ていない。タイプライターという未知の機器には悪戦苦闘しているが、とにかく寸暇を惜しんで勉強しているおかげで、生徒たちとあまり接触せずに済むのはありがたかった。

なにしろ、ここにいるのは「女学生」である。紅紐団でも、裏表の激しい女子の生態にだいぶ慣れたつもりだったが、女学生という生物はまた違う恐ろしさをもつ妖怪だ。

男だらけの中学校とは、似ても似つかない。なんだって女子はこうも距離が近く、雀のようにやかましく、根掘り葉掘り訊きたがるものなのか。

タイピスト養成所に来るような生徒は他人にかまっている暇はないだろうという予想はあっさりと覆《くつがえ》された。編入初日から、『台所から街頭へ』のスローガンのもと、開けた世界へ羽ばたこうとしている勇ましき雛たちの機銃掃射のごとき質問攻撃を喰らった仙太郎は、すっかり弱り切っていた。

「私はずいぶん無理を言って編入させていただいたのです。一日も早く追いつかなければ。今日も知り合いのタイピストの方に見ていただく予定で……」

仙太郎は弱々しく反論したが、両脇を固められた時点でほぼ結末は見えていた。

静江の手が、勢いよく仙太郎の右腕に巻きついた。いきなり手が絡みついてきたために、仙太郎は急ぎ包んだ風呂敷を取り落としてしまう。

あ、と短い声とともに、本が床に落ちる。その際に、折り癖がついていたのか頁が開き、ひらりと紙が舞い落ちる。

「何か落ちたわ。……あら」

屈んで紙を拾ったかほるが、目を見開く。ぱっ、と仙太郎の頬に朱が散った。

「あ、ありがとう。返していただけますか」

「これ、読売の〝丸ビル美人伝〟よね？」

かほるが、ざらりとした感触の薄い紙を振る。記事部分を切り抜いた新聞には、若い女性の顔写真が載っている。興味津々の顔で、静江も身を乗り出した。

「あらほんとだ。しかも花恵《はなえ》さまの回じゃない！　郁子さん、これ持ち歩いてらっしゃるの？」

「……恥ずかしい……」

仙太郎は真っ赤な顔を本で隠した。心底、恥ずかしい。自分の下手な芝居が。

読売新聞の〝丸ビル美人伝〟。その名の通り、今年の春に完成した丸ノ内ビルヂングで働く最先端の職業婦人たちを紹介する、人気連載だ。

その初回、とりあげられているのは、定森《さだもり》花恵。年齢二十歳。流行の断髪に和装姿で微笑む彼女は、「誰もが認める丸ビルの華」との見出しに違《たが》わず、いかにも今どきの美女だった。

「恥ずかしがることないのに。ここには花恵さまに憧れている人、いっぱいいるんだから」

「他にも切り抜きもっている人いたわよね。郁子さん、定森花恵さまがここの卒業生だってことはご存じ？」

仙太郎に迫る二人の口調はいつもより熱を帯びている。

「……はい。一番有名なタイピストですし……」

「そうそう。帝都に養成所は数々あれど、ここを出た卒業生は優秀と評判で、ひっぱりだこなの。その中でも花恵さまは別格」

まるでわがことのように、静江は誇らしげに胸を反らした。

「わ、私も、あの、定森さまのような職業婦人になりたくて。お守りのようなもので……」

しどろもどろに釈明すると、かほるは鷹揚に微笑み、ようやく記事を返してくれた。

「わかるわ。私たちにとっても、憧れだもの。この記事が出てから、この養成所にも志望者が殺到したのよ」

「そうだわ！　今から丸ビルに行きましょうよ」

突然、目を輝かせて静江が叫んだ。切り抜きを本の間に挟み風呂敷に包んでいた仙太郎の腕を、勢いよく摑む。

「運が良ければ花恵さまとお話しできるわ。今日はあちらも半ドンだもの。ね、行ってみましょうよ。もしお会いできなくても、丸ビルでご飯食べればいいわ」

「いいわね。何かあったらいつでも来てねとおっしゃってたし」

仙太郎に反論する間も与えず、かほるももう一方の腕をとる。

「そ、そんな。突然ご迷惑でしょう」

「大丈夫。花恵さまは、熱心な後輩には本当に親身になっていろいろ教えてくださるの。きっと郁子さんにも親切にしてくださるわ」

両側から、機関銃のように言葉がぶつけられる。耳も痛いが、それ以前に、あまりくっつくのはやめてほしい。小袖と袴姿という典型的な女学生の恰好で隠してはいるものの、女にしてはあまりに硬い体がばれるのではないかと心臓に悪い。ついでに言えば、腕に当たる、自分にはない明らかなふくらみが、さらに辛い。

「あのう、もちろんいずれはお会いしたいんですけれど、今はまだ早……」

「決まりね、かほるさん。丸ビルでオムレツ食べましょう」

「いいわね。その後は資生堂に寄ってソーダファウンテンね」

反論もむなしく、仙太郎は二人の女学生によって教室から連行された。その様を、まだ教室に残っていた生徒たちは、憐れみと好奇心をもって見送った。

妙な時期に編入してきた仙太郎——阿部郁子は、当初は生徒たちの好奇心をかき立て、次々と話しかけられた。しかし仙太郎は、どれほど尋ねられても「女学校を中退して、今は叔父夫婦の家にいます」としか答えなかったし、服装も極端に地味でほぼ毎日同じという点から、わけありと察せられて次第に避けられていった。

生徒たちの間では、「両親が不慮の事故で亡くなり親戚に引き取られ、女学校をやめさせられて、すぐにでも働きに出すべくむりやりこんな時期に養成所にねじこまれたかわいそうな郁子さん」という設定ができあがっているらしく、仙太郎も知っていたが、否定も肯定もしなかった。

それぞれ適切な距離をとりつつ見守っている中、全く意に介さずに近づいてきたのが、太田静江である。

彼女は、その出自じたい、ここでは異色だ。父は貴族院議員で、「これからは女性も手に職をもつべきだ」という考えらしく、花嫁修業なんぞよりタイプライターの技術を身につけたいという娘の願いを、あっさり聞き入れたのだそうだ。父親の太田裕一郎《ゆういちろう》は、地方から裸一貫で上京し、大戦期の好景気に乗って荒稼ぎをし、先日貴族院議員入りを果したという立志伝そのもののような人物で、だからこそ娘の教育にも誰より開明的でありたい、ということらしい。開明的というよりも頭のネジが緩んでいるのではないかと仙太郎は思うが、とにかく静江は、女学校を中退してまで養成所にやってきた仙太郎の境遇を深く憐れんでおり、何かと構ってくる。

かほるのほうはしばしば静江のお節介をたしなめていたが、仙太郎が深入りはさせないがとくに拒否はしていないと気づくと、一緒に声をかけてくるようになった。

本音を言えば鬱陶しいが、これも計画のうち。

目的を達成するまでは、耐えろ。仙太郎は自分に言い聞かせながら、二人に引きずられ、絶え間ないお喋りという拷問を受けながら丸ノ内へと向かうのだった。

東京駅丸ノ内駅舎の正面に、今年の二月、巨大なビルヂングが建築された。地下一階、地上九階の合わせて十階という、前代未聞の規模を誇る。

鉄筋コンクリート造りのビルの偉容は一瞬息を呑むほどで、六区の中でもどうにも突飛な印象が否めない十二階とは違い、周囲の景観とも調和した白いビルから漲《みなぎ》る生気を感じるのは、ここが街の中心として立派に機能しているからだろう。

丸ノ内ビルヂング。名前だけは聞いていたが、いざ訪れるのは初めてだ。

最近開発がめざましいこのあたりは、浅草とは全く違った活気がある。遊興に特化した浅草とは違い、ビジネス街らしい一本筋が通った緊張感があった。

「きれいね」

丸ビルを見上げ、仙太郎はしみじみとつぶやいた。

十二階のようなもの悲しさはどこにもない。建てられた当初は、あの忘れられた巨大な建物も、こんなふうに輝いていたのだろうか。

「郁子さん、はじめてでしょ。まだ少し時間あるから、中、入りましょ！」

目をきらきらさせた静江に腕を引かれ、仙太郎はうろたえた。

「入って大丈夫なの？　商業ビルでしょう？」

「企業が入っているのは上階で、地下は商店街なの。お洒落なお店がたくさんあって見応えがあるわ」

会社と商店街が一緒に入っているとは。そんな建物、はじめて聞いた。安全面は大丈夫なのだろうか、と心配しつつ、二人に背中を押されて生まれてはじめて丸ビルの中に足を踏み入れる。

外観はどちらかというとそっけないが、内装はなかなかに豪華だ。床はタイルで、壁一面は大理石。見上げれば柱やクリーム色の天井には精緻な彫刻が施され、金のアクセントがきいている。丸ノ内の人々は、浅草の人間よりずっと速く歩き回り、その数も土曜日の昼ということもあってかなりのものだったが、ビルの中は妙に静かだった。

誰も、下駄を履いていないのだ。丸ノ内ビルヂングは下駄履き厳禁で、下駄で通勤して来た者は草履に履き替えねばならない。

奥のエレベーターに進むと、婦人の花形職業のひとつ、エレベーターガールがにっこりと出迎える。美人だ。

「下へ参ります」

鈴を転がすような声だった。他の客にまじってエレベーターに乗り込むだけで、仙太郎は胸が高鳴った。十二階にもエレベーターはあるが、あまりの遅さと息苦しさに一度で懲《こ》りた。が、こちらはさすがにスムーズだ。そもそもあちらには、エレベーターガールなどという洒落た存在はいなかった。

「地下一階でございます」

エレベーターガールの声とともに、扉が開く。

地下は食堂と店舗が並び、地上階は数多くの企業によって占められている。ここに勤める人数は二万を超すという。

時間は午後一時。昼食をとりにきた人々で、ごった返している。一階から地下一階に行くのにわざわざエレベーターを使う必要があったのか疑問に思うが、おそらく静江からすれば、田舎から出てきた郁子が喜ぶと思ってのことなのだろう。反応を期待しているようだったので、「とても速くて綺麗なエレベーターね」と微笑んでおいた。

「ああ、やっぱり週末は駄目ねぇ」

目当てらしい喫茶店の前に長蛇の列が出来ているのを見て、静江が絶望的な声をあげた。

「ぜひここのオムレツ、食べてほしかったんだけど。人生観が変わるわよ」

「そんなに」

「そんなによ。私たちも、花恵さまに連れてきてもらったの。極楽が見えたわ」

かほるが得意げに言った。

「花恵さまは、お仕事が終わって出てくるまでにお支度でお時間がかかるから、せっかくだから待ち時間に食べたらいいと思ったんだけど。でも残念。また今度ね」

静江は気を引き立てるように軽く肩を叩き、人波をかき分けつつ、この店には何があって、とガイドよろしく説明してくれた。紳士洋品店があったのでひょいとのぞくと、男装の女性店員がいて、なるほど倫子はこれに対抗していたのかと納得した。目が合うと、にっこり微笑まれる。やはりマスカラが重そうだ。

丸ビルの床面積は相当なもので、歩き回っているだけでそれなりに時間を食う。再びエレベーターの前まで戻った時には、小一時間が過ぎていた。

エレベーターで一階に戻り、広々としたホールに出た時はほっとした。ふと、視線を横に向けると、各階の案内をしたためたプレートが掲げられている。

なんとはなしに眺めていると、見覚えのある名が目にとまった。

『帝國文化院』

あ、と声が出ていたのだろう。「どうしたの、郁子さん」と、かほるも怪訝そうにプレートをのぞきこむ。

「ああ、ごめんなさい。上って、行けないのかしら」

帝國文化院。絹の情人が勤めている会社がそんな名前ではなかったか。

「そちらは開放されていないから、関係者以外は難しいでしょうね。なにか気になるところでも？」

「気になるってほどでもないけれど、この帝國文化院って聞いたことがあると思って」

四階の箇所を指し示すと、かほるは首をかしげた。

「さあ？　名前からして、文部省あたりと何か関係があるのかしら」

首を傾げたかほるの後を引き取ったのは、静江だった。

「ああ、美術商よ」

「よくご存じね、静江さん」

かほるが感心したように言うと、静江はまんざらでもなさそうな顔をした。

「お父様の会社に飾る絵のことで、何度か家に来てたから覚えてるだけよ。郁子さんもご存じなのね」

「知ってるというほどでもないの。ただ、知り合いの家に素敵な絵があって、たしか仲介がそんな名前だったなと思ったの。ちょっと胡散臭い印象があったけれど、丸ビルに入っているぐらいだから、信用できるのでしょうね」

　どんな悪徳業者かと案じていただけに、ほっとした。絹があれだけ幸せそうに語っていたのだから、まともであるのに越したことはない。しかし、静江は「どうかしらねぇ」と皮肉っぽく笑った。

「前はよかったけれど、最近は態度が変わって、ふっかけてくるようになったみたいよ。ここに入るために、ずいぶんお金を使ったのかもしれないわ」

「なるほど。たしかに丸ビルに入るのは、大変でしょうね」

　女給にまで、小品を流してるくらいだからな。そう言ったら、父親の会社が取り引きをしているという静江はどんな顔をするだろうか。

「でも、今をときめく丸ビルに、となればやっぱり信用が増すじゃない」

　かほるは頬に手をあて、うっとりとホールを見回した。背広姿の男にまじって、華やかな和装の女たちがホールを歩いている。六区とは明らかに層が違う。

「やっぱり人間は、器から見るもの。今は厳しくとも、すぐ取り返せるわよ、きっと」

「だといいけれど。ものはよかったみたいだからね。ところで、そろそろ時間よ。ここだと邪魔になるから、外で待っていましょう」

　ホールの時計を見上げ、静江が二人を外へと促した。

　正面入り口の脇に身を寄せ合い、ひたすら待つ。中から出てくる者たちが、面白いように次々とそのまま間近の駅に吸い込まれていくのを眺めていると、突然、仙太郎の視界がぱっと明るくなった。

丸ビルから出てきた女性の一団が、いっせいに白いパラソルをさしたからだった。

「さすが」

仙太郎の口から、感心とも呆れともつかぬつぶやきが洩れた。

紅紐団の中でも、花桃組を筆頭に身を飾ることに多大な興味を払う一団は、普段からパラソルをさしている。パラソル万引きをきっかけにそれまでの日常から外れ、紅紐団まで転がり落ちてきた少女もいた。今でこそ着道楽で、パラソルも何本も持っているという彼女は、当時は少ない給金をやりくりし、自分で服をつくってお洒落を楽しんでいたが、パラソルだけはどうにもつくれず、思いあまって万引きしてしまったのだという。

なぜそんなにパラソルが重要なのか、そんなに日をよけたいなら番傘でもさしたほうが確実ではないかと仙太郎は思うが、彼女たちは口を揃えて「パラソルがなければ、恥ずかしくて外なんて歩けない」と主張した。全く理解できないが、とりあえず彼女たちにとって、パラソルが命と同じぐらい大事な小物であることは伝わった。

丸ビルのパラソル集団は、華やかな笑い声をたてつつ道を進む。自分たちが注目を浴びる存在であることを充分理解しているのだろう。どこか誇らしげな、見せつけるような態度だ。

その中にあって、際だって目をひく女がいた。彼女はむしろ一歩ひいた形で、きゃらきゃら笑い合う仲間たちを眺め、話をふられても相槌をうつ程度で、とくに上等な着物に身を包んでいるわけではなかったが、とにかく目立つ。

　緑の濃淡の縞に白い渦巻き模様が浮かぶ夏銘仙、濃紺の帯に赤と白の帯揚げ。半襟は黄色。難しい組み合わせだが、女は絶妙なバランスでとびきり粋に着こなしていた。おそらく帯揚げがあと一ミリ多く出ていれば、あるいは半襟の面積が異なれば、途端にちぐはぐな印象になるだろう。

　パラソルの淡い影の中で微笑む顔は、どこまでも白い。生来の白さもあるのだろうが、一目見てわかるほど化粧が濃かった。だがそれが、よく似合っている。

　仙太郎は、とっさに倫子を思い浮かべた。似ている。しっかりと鏝《こて》をあてた耳隠し、瞬きをするのもしんどそうな重たげな睫毛、紅い唇。が、よくよく見れば似ていると思ったのは化粧の仕方がそっくり同じなだけで、造作はまるでちがう。

　倫子は、どれだけ白粉を塗り込めても、マスカラを重ねても、内側からにじみ出る強烈な自負心と男顔負けの才気が勝った。どこかアンバランスで、それが倫子の魅力でもあった。

　この女は逆だ。一言で言えば、凄みがある。綻《ほころ》んだ口元に滲む色気ときたらどうだ。

　仙太郎は一瞬、自分がどんな恰好をしているのかも忘れ、彼女に見入ってしまい、慌てて顔を引き締める。女装した時は人形たらんと心がけているが、今おそらく自分は「仙太郎」の顔になっていた。

無表情に戻って、改めてじっと見つめる。

しゃなりしゃなりと歩く姿も堂に入っている。仕事を終え、これから皆でダンスホールにでも繰り出すのだろうか。そうした華やかな場にも充分堪えうる装いだ。

——あれが、定森花恵。

丸ビルで一番有名なタイピストだ。

この丸ビルでは、タイピストや事務員、店員など、女性の勤務者が全体の一割を占める。華麗なる職業婦人が集う、女性にとっての夢の国でもあった。

その美貌、センス、タイピストとしての能力の高さ。そして自信に満ちた言動。もともと丸ビル内でも非常に有名だったらしいが、新聞記事を機にファンが増え、女性誌にまで特集されたそうだ。

——丸ビルのタイピスト、定森花恵と接触せよ。

それが、仙太郎に与えられた仕事だった。


「最近うちのシマが荒らされてること知ってる?」

入団とタイピスト養成所潜入が決定した直後、倫子はもう何本目かわからない煙草を吸いながら説明を始めた。灰皿はすでに二回替えられている。

いいえ、と答えかけた仙太郎の脳裏に、ある光景が浮かぶ。浅草にやってきて間もないころの夜。辻便所の屋根から見た、夜の女たちの攻防。倫子との出会い。

「ひょっとして、売春の件でしょうか」

「そう。昔から、外の女が勝手に営業かけることはあったんだけどさ、去年の秋ぐらいから急に増えて、最近は目に余る。これは個別でやってるんじゃない、どこかの組織がのっとりかけてるんじゃないかと思って、探ってたわけ」

ね、と先を促すように、倫子は操を見た。

「外のお客さん何人かに話を聞いてみたんだけどね。全員ってわけじゃないんだけど、共通項があったんだ。それが、タイピストってこと」

「それも、新橋の養成所出身の。時々、まだ養成所にいる見習いもいる」

「そこに定森花恵が関係してると？」

仙太郎の言葉に、操は頷いた。

「丸ノ内には、売春専門の少女ギャング団がある。その元締めが定森花恵だと、僕らはにらんでいるんだよ」

「それとなく警告はしているけど、のれんに腕押しでねぇ。そもそもあそこは、うちとは性質がまるで違うから、表にはいっさい出てこない。とぼけられたら終わりね。別に丸ノ内で好き勝手やるのはかまわないけど、人のシマにまで送り込んでくるのはやり過ぎよ」

「警察に突き出せばいいのでは」

「ばっか、少女ギャング団としてそれだけはやっちゃいけないよ。うちだって売春やってんだしね、あいつらみたいに阿漕《あこぎ》なことはしてないけど、一方を突き出したらこっちも共倒れになるに決まってる。抗争はサツを喜ばせるだけなんだから」

倫子はいらいらと煙草を噛んだ。

紅紐団は義賊のような意識が強いらしく、薬のたぐいはいっさいやらないと明言しているが、少女に売春をさせることに関しては全くためらいがないのは仙太郎にとって不思議だった。実際、悪いという意識はこれっぱかしもないのだろう。むしろ第三分隊の面々には、紅紐を支えているという強烈な自負心すら感じられる。

「だから、確たる証拠がほしい。それで誰か送りこみたかったんだ。浅草に来て日が浅くて、面が割れてる可能性がほとんどないきみはうってつけなんだよ」

養成所に入る直前に交わした会話を思い出し、仙太郎はじっと定森花恵を見つめた。

年齢は二十。操たちと同じだ。花の盛りの色香を惜しげもなく撒き散らす彼女に、静江が恐れず声をかける。

「花恵さま！」

タイピストの一団が止まり、いくつもの目がこちらに向けられる。

「まあ、静江さん。かほるさんも。あら？」

定森花恵はにこやかに後輩を順番に見つめ、最後に仙太郎に目をとめた。

「はじめて見るお顔ね。養成所の？」

仙太郎は、かほるに肘をつつかれ、静江とともに前に出た。

「はじめまして、定森さま。私、阿部郁子と申します」

「先日から養成所に来てるんですよ」

かほるのうわずった説明に、定森花恵は目を瞠った。

「まあ、こんな時期に？　それは大変だこと」

「おうちの事情で、女学校をやめてこちらに来たんですって。まだ来てまもないですけれど、とても優秀で先生方も驚いてます」

静江さん、とかほるが小声でたしなめた。初対面の相手にもかまわず事情を話してしまうあたり静江らしいといえば静江らしい。定森花恵も困ったように苦笑した。

「静江さん、お外でそんなにべらべら喋っては駄目よ。郁子さん、でしたかしら。大変でしたのね。でも、あの養成所はとてもいいところよ。きっとあなたの将来の助けになるでしょう」

落ち着き払って微笑む姿には、余裕がある。こうして突然声をかけられるのも、珍しくないのだろう。

「ありがとうございます。一日も早く、定森さまのように自立した女性になれるように努めます」

「私なんて。この時期に編入が許されるだなんて、さぞ優秀なのでしょうに」

「そうなんです、花恵さま。私たちも感銘を受けて、ぜひ花恵さまにご紹介したくって。もしよろしければ、話を聞かせてやっていただけないかしら。あっ、いえ、ご予定があるならもちろんまた別の機会に」

静江は一見遠慮しつつも、目には期待をこめて花恵を見つめている。かほるも同様だった。どうやらあくまで自分はダシで、この二人が花恵に会いたかったのだな、と仙太郎もようやく理解する。

卒業生の定森花恵は、タイピスト養成所の生徒にとっても、憧れのスターだ。だからだろう、皆どことなく、花恵と化粧が似ている。

「まあ、そういうことでしたら喜んで。あなたたち、先に行っててちょうだいな」

花恵はその名のごとく花のように微笑んで、同僚たちに別れを告げた。静江とかほるが手に手をとり、無言で喜びを爆発させている。

「では皆さん、場所を変えましょうか。皆さん食べ盛りですものね、カツレツなどいかが」

「喜んで！」

静江とかほるは、ほとんど涙ぐんでいた。二人の激しい反応に、仙太郎が若干ひいていると、花恵はにわかに顔を曇らせた。

「あら、郁子さんはカツレツはお気に召さなかったかしら？」

「い、いえ。ただ、あのう、恥ずかしながら私、あまり持ち合わせが……」

「なにを言っているの。後輩に払わせるなんてことはしませんよ。それにあなた、ずいぶん痩せているのじゃなくて。こんなに綺麗なのにもったいないわ」

白い手が伸びて、仙太郎の頰に触れる。ひんやりした感触に、震えが走った。彼女の手が冷たいのか、それとも自分の頰がそれだけ火照《ほて》っているのか。

花恵は顔を寄せ、じいっと仙太郎を見つめた。青みをおびた白目に、茶褐色の虹彩《こうさい》、黒々とした瞳孔。腹の底まで見通すような視線だった。

それに、この香りはなんだろう。絹も甘い香りを漂わせていたが、もっと大人びた、蠱惑《こわく》的な香りだ。

「ああ、郁子さん。あなた、ほんとうに綺麗ねぇ」

紅い唇が、目の前で、にゅうと横に伸びた。

「まるで、つくりものみたいだわ」

潜入して一月と経たぬうちに標的に接触できたのは、上出来ではなかろうか。

服装は地味に。二枚の単衣銘仙を日替わりで着て、袴はずっと同じ。持ち物は清潔だが全て古びたものを。そして、一刻も早くタイピストとして社会に出て稼がねばならぬという悲壮感と健気《けなげ》さを醸し出すように。

操の要求は、やたらと細かかった。どこまでこなせたかはわからないが、とにかく全て指示通りにして過ごしたところ、教室でも目立って華やかな静江とかほるが接近してきた。そして、やはり指示通り、頃合いを見て定森花恵に強く憧れているということをアピールすると、あっさり丸ビルに連れていってくれた。

できすぎだ。操たちは養成所にどういう生徒がいるか、ある程度は把握していたのだろうが、その上で一番効果的な駒を配置した。手慣れている。宝石強盗の件もそうだ。

操の小説を読んだ時にも感じたが、おそらく操自身、弁天団の鳥羽茂とともに、詐欺事件のいくつかに関わっていたのだろう。

「郁子さん、どうしたの。ぼうっとして」

心配そうな声に、はっと我に返る。

気がつけば、三対の目がじっとこちらを見ていた。正面に花恵、右斜め前には静江、隣にはかほるが。声をかけてきたのは、静江だった。

「ああ、ごめんなさい。こういうお店、はじめてだから緊張してしまって」

とっさに笑顔を繕い、珈琲を口に運ぶ。

店に入ってから二時間。カツレツは非常に美味で、おかわりがしたいぐらいだったが、その後の時間が苦痛だった。

珈琲を飲みながら、花恵がタイピストの心得を話してくれるのはいいが、しょっちゅう脱線する。いや、脱線はしていないのかもしれない。花恵が話しているのは、「〝丸ビルの〟タイピストの心得」なのだから。

職場で何を求められているか。振る舞いで留意すべきこと。お洒落のこつ。最近の流行。着物。洋服。化粧品。カフェー。

それら全て、丸ビルの華たる存在に不可欠らしい。実際、静江とかほるは目をきらきらさせて聞き入り、仙太郎にはさっぱり理解できない質問をとばしている。仙太郎はひたすら相づちを打っていたが、途中から我知らず逃避していたらしい。

「郁子さん、まだ東京にいらしたばかりですものね。それにいつも、授業が終わると大急ぎで帰ってしまわれるし」

隣に座るかほるが、気遣わしげに言った。

「そうなの。大変そうね。でも今はお辛いかもしれないけれど、自分で働いて収入を得られるようになると、体も心も楽になるわ」

慰めるような花恵の言葉に、仙太郎はうつむいた。

「ええ、その日を心待ちにしています。自立すれば、自由になれます」

視線を感じる。痛ましげな色。いい感じだ。

「ええ、もうちょっとよ。あなたならあっというまに職場の華になれてよ、郁子さん」

「私は、華になりたいわけではないのですが」

「まあ、郁子さん。タイピストになるということは、華であることを求められるということよ。男性に求められるものを提供するというのも、男社会ではとても大事なの」

噛んで含めるように花恵は言った。

「女性解放運動、女性の権利がどうこう言うけれどね。結局、私たちが出ていくのは男が支配してきた社会なのよ。民権運動家の大家のおっしゃることはごもっともだけれど、実際に職場で地歩を固めていくには、言葉は悪いけれど先輩である男たちに媚《こび》を売って、その中でできることを徐々に広げていかなければ。言っちゃあ悪いけど、運動家の言うことは現実味がないわね。男にさんざんな目に遭わされてきた怒りは、とてもわかるんだけれど」

「そういうものでしょうか」

「そうよ。たとえば、私がいまだにこうして和装で会社に行っているのも、手段のひとつ」

すると静江が、待ってましたとばかりに口を挟んだ。

「それは気になっていたんです。タイプ打つ時、袖が邪魔ですよね。私たちは襷《たすき》掛けしてますけど、花恵さまも？」

「ええ、もちろん。出陣前に皆で白い襷をキリリとね」

襷掛けの仕草をしてみせる花恵に、静江とかほるは、きゃあと声をあげた。今の動作のどこに、きゃあと叫ぶ要素があるのか、仙太郎には全くわからなかった。

「それはそれで勇ましいけれど、丸ビルの皆さんがというと意外な気もしますね。花恵さま、時々洋装でいらっしゃるでしょう」

「皆さんに会う時はたまにね。でも会社では必ず和装よ。もちろん私たちだって、洋装のほうがいいと思っているの。布もうんと少なくて安く済むし、なにより動きやすいもの。でもねえ、洋装は男の人たちが厭がるのよ」

花恵は苦笑まじりに言った。静江が口をとがらせる。

「納得いきません、自分たちはさっさと洋装に切り替えたくせに」

「男なんてそんなものよ。いいものは自分たちが独占するだけ。まあ、恰好ひとつでいらぬ摩擦を抑え仕事が円滑に進むなら、安いものでしょ」

「私、あえて洋装で行きたいわ」

「それはそれでいいと思うわ。まあ和装は和装でも、ちょっと流行を取り入れたり、小物に凝ったりするだけで、仕事をする気があるのかと嫌味を言われたりするからね」

「この間、『婦人画報』の対談でも同じことを言ってましたわ。本当に腹立たしいことです」

普段はおっとりしているかほるも、目に険《けん》を滲ませている。理不尽に怒る後輩二人を、花恵は穏やかな目で見やった。

「そんなものよ。彼らが求めているのは、自分に従順に従う母か妻。それだけ。彼らの領域と自尊心をいささかも損なわない存在なの。明治、いえ江戸からなにも進歩してないのよ。

まあ、適当に合わせて、もちあげて、うまくやっていくことね。だから、職場の華であるということも大事なのよ、郁子さん」

花恵の目が、急にこちらを向く。仙太郎は自信なげにうつむいた。

「おっしゃること、納得いたしました。でも、私にはたぶん無理です。花恵さまがたのように、お洒落なんてとても……」

「大丈夫よ。最初は地味すぎるぐらいのほうが、好感を持たれるわ。私は派手になりすぎてしまって駄目ね」

「花恵さんたら。相変わらず、ずいぶんおもてになってると聞きましたけど」

「いいかげんな噂よ。ところで皆さん、お洒落のことだけではなくて、肝心の仕事についてもちゃんと聞いてくださいな」

花恵はいたずらっぽく笑い、あっさりと話を変えた。この華やかな一団の中にあってひときわみすぼらしい仙太郎が、服装の話題に気まずい思いをしているととってくれたのだろう。気まずい思いをしているのは確かだったが、二重の意味でありがたい。仙太郎はほっとして、彼女の話に耳を傾けた。

＊

「で、最後は千疋屋《せんびきや》？　なんで女ってのは、店をはしごしてまで喋り続けるのかしらねえ」

冷ややかな声とともに、倫子に煙草の煙を顔に吹きつけられる。あんたは女じゃないのかよ、と胸中で毒づきつつ、表向きは小さくなって「申し訳ありません」と謝罪した。

仙太郎がカフェー・ヴェリテに到着したのは、午後五時をまわっていた。不可抗力だったとはいえ、二時の予定から三時間も遅れたのだから、倫子の説教地獄が徹夜コースに突入しても文句は言えない。

一方、操のほうはのんびりと笑っている。もっとも、笑っていない顔を思い出すのが難しいぐらい、彼女はいつも笑顔をはりつけているので、実際なにを考えているのかは全く読めない。

「定森花恵に近づけと言ったのは僕なんだから、咎《とが》めるわけがないよ。むしろ、彼女にだいぶ気に入られているようで何よりじゃないか」

「お友達が積極的でよかったこと。予定より接触は早いわね。それにしても、みすぼらしい恰好の生徒に、一、二を争う派手な二人が接触してくるとはわかりやすいこと」

「つまりその静江とかほるが、定森と通じている可能性が高い」

定森花恵は、丸ビルのタイピストだけではなく、養成所の後輩も引き込んでいるというのが二人の予測だった。

「しかし、太田静江はどうでしょうか。彼女の家は資産家です。金に困ることはありませんから、定森に協力する理由は薄いと思います」

「良家の子女でも売春に手を出す女は山ほどいるけどね。むしろ、そういう娘のほうが、大胆な行動に走ることもある」

「倫子みたいにね」

小声で口を挟んだ操を、倫子は横目で睨みつけた。

「あんたに言われたくないわ。静江は保留として、かほるのほうは確定かしらね」

「あまり家のことは話しませんが、見栄えは相当気にする性格です。静江ほどではありませんが、毎日めかしこんで来ますし。まれにですが、静江に対抗心を燃やしているようなところも見受けられます」

ふむ、と操は思案するように顎《あご》に手をあてた。

「ごく一般の家庭の子女にしては金回りがよすぎる、か。それはくさいね。なら、かほるのことは今以上に注意してくれ」

「わかりました。ですが、本当に俺に声をかけてくるでしょうか」

「それは問題ないよ」

「なぜそう言い切れますか」

知らず詰問するような口調になったのは、それだけ養成所の生活が負担だからだ。これで成果がなかったらと思うと、気が遠くなる。

「きみがとびきりの美人だからさ、郁子さん。定森花恵が放っておくはずがないよ」

操は自信たっぷりに言った。聞かなければよかった。

「そんな顔しないでくれよ。きみにとっても有意義な経験になるはずだよ」

「賭けてもいいですが、なりません」

「まあまあ。あ、そういえば、お姉さんが見つかりそうだよ」

ふてくされていた仙太郎は、勢いよく顔をあげ、操を見た。操は相変わらず真意の見えない顔で笑っている。

「……本当ですか」

「紅紐団の情報網に感謝してくれよ。だからもうちょっとの辛抱だ。成功したら必ず、会わせてあげよう」

鼓動が早くなる。正直、この女はなぜこちらが入団したのか忘れているのではないかと疑っていたが、きっちり仕事はしていてくれたらしい。

「必ずですね」

念を押すと、「約束するよ」と操は頷いた。

今ならタイピストでも電話交換手でも何でもできそうな気がした。

5

ヴェリテを出たところで、「せんちゃん」と呼びかけられる。

風に乗って漂う甘い香りはよく知るものだ。振り向くと、果たしてそこには絹の姿があった。

「せんちゃん、お疲れ様。なんだか久しぶりねえ」

そういえば今日は、店内で絹の姿を見かけなかった。

一昨日の夜、「明日は泊まりで、直接店に出るから」と言われていたはずだが、もし絹が普段通り店に出ていたなら、倫子がいても一度ぐらいは近づいてきたはずだ。

「なんだ。今日休みだったのか？」

「不可抗力でね。急にお休みになっちゃった」

「風邪でも引いたか？」

「ううん、警察に行ってた」

こころなしか誇らしげに絹は言った。

「警察？　なんで」

「もう、せんちゃんはやっぱり反応がない。みんなもっと食いついてくれたのにさ」

唇を家鴨《あひる》のように突き出し、絹はすたすたと歩き出した。なんとはなしに、仙太郎も隣に並んだ。

「副団長から説教くらった後なんだ。反応する気力がない」

「短いほうだよ。操さんがいてくれてよかったね。あたしはゆうべ、まあ日付としては今日なんだけど、待合で心中現場を見ちゃってさあ」

これには仙太郎もさすがに目を見開く。ようやくまともな反応が返ってきたことが嬉しかったのか、絹は仙太郎の顔を見て笑った。

「びっくりでしょう？　心中は当世の流行りだって言うけど、その瞬間を見た人間となるとそうそういないよね」

「何人もいてたまるか。本当に心中か？」

「うん。もっとも障子越しだからはっきりとは見てないんだけどね。それでいろいろ訊かれたの。殺人かもしれないってことだったんだけど、遺書もあったしやっぱり心中だったみたい。女の首を絞めて、男は服毒自殺だって」

「災難だったな」

「でも影絵だし、なんだか舞台を見ているみたいだった。今もまだ物語の中にいるみたいでさ。せっかくだから操さまにお話ししようと思ってヴェリテに駆けつけたんだけど、窓から倫子さんとせんちゃんがいるのが見えたから、入らなかったの。そっちも災難だったねえ」

「人生で一番疲れた」

「あはは、お疲れじゃあちょっと息抜きしない？　せんちゃん、十二階が好きなんだよね」

絹は仙太郎の手を取った。やわやわとしたぬくもりに、心臓が跳ねる。

「行きたいのか？」

「うん。十年ぐらい前に行ったきりでさ。連れて行ってよ」

「もう閉まるぞ」

「急いで行けば大丈夫だって。ほらほら！」

腕を引かれ、仙太郎は小走りに十二階を目指した。

そういえば紅紐団に入ってから、一度も十二階に行ってなかったな、と思い出した。

「うわあ、こんなんだっけ。全然覚えてないわぁ」

最上階の窓から下界を見下ろし、絹は歓声をあげた。

閉館まぎわの十二階には、人気《ひとけ》はない。風はさほどでもないと思ったが、やはりここまで来ると、建物がぎしぎしと揺れていた。

「十年前に来たんだったか」

「うん。お母さんに連れてきてもらった。妹と一緒に。花屋敷が楽しかったのは覚えてるんだけど、十二階はなんだか暗くて疲れてつまんなかったっていう記憶しかないんだよね」

それも正直な感想だろう。九歳とさらに小さい子供連れなら、母親は十階までのエレベーターを使ったのだろうが、あの中はやたらと空気が薄い。仙太郎は一度乗って懲りた。階段は階段で暗くて長いので、子供には退屈だろう。

しかしそれから十年経った今、絹は賑やかに階段を上りきった。最後まで軽やかな足取りで、とは言えなかったが、一度も休まずに展望台へと到達した。

「街が玩具みたいねえ。富士山見えるんだっけ？」

「晴れていれば」

「ふうん。あたしの実家、どのへんかなぁ」

「どこだ？」

「下谷《したや》」

下谷ならば近いが、仙太郎は一瞬、方向を指し示すのはためらった。下谷といえば万年《まんねん》町《ちよう》。帝都を代表する貧民窟のひとつだ。

どこだろうと言いつつも、絹はべつだん知りたかったわけではなかったようで、窓から窓へと飛び移ってはあまさず眼下の街並みを見やり、最後には空に目をやった。

「空が近いねえ」

「浅草に来た当初はよく来た」

「何もないのに」

「俺の故郷は、空と海ばっかりだからな。景色が開けてないと、ときどき不安になる」

「へえ。せんちゃんの故郷って福井のほうだっけ？」

「ああ」

「ちょっと羨ましい。下谷から浅草だと、たいして距離がないもの。でも私は根性なしだから、もっと遠いところに住んでたら、浅草に来ようなんて思えなかったかもしれない」

絹の経歴を思い出す。たしか十二で浅草に流れてきて、捕まって感化院にも二度送られたという筋金入りだ。紅紐団に入ったのは二年前だというから、最初から操たちの庇護《ひご》があったあやとは違う、言わばたたき上げだ。掏摸などはほとんど経験がなく、十二歳から売春一本でここまで来たらしい。

「空は近いけど、ここは寂しすぎるね」

空を見上げたまま、絹はぽつりと言った。

「そうかな」

「こんな寂しいところによく来たなんて物好きね。あたしは、人がたくさんいるところが好き。なんだかここにいると、皆に忘れられてしまったような気になっちゃう」

「まあ十二階じたいがそんなものだからな」

「そうだね。昔は帝都一なんてちやほやされて、今は誰にも見向きもされない」

絹はしばらく、夜の闇をじっと見つめていた。金網に手をかけ、食い入るように。その横顔が次第に鬼気迫ったものに変わってきたので、声をかけようかと思った矢先、

帰るに家はあるけれど
愛する人が待つじゃなし

突然、絹が歌い出した。目を丸くしている仙太郎をよそに、彼女は声をはりあげ、続けて歌う。

世の冷たさを身にしめて
此処《ここ》に集いし我が同志

生まるる時は違っても
斃《たお》るる時は同じぞと
互いに誓う団結の
紅紐団に栄えあれ

　ここまで聞けば、さすがにわかる。

「いかが？」

　歌い終えた絹は、肩で息をしつつ、気取ったお辞儀をした。

「団歌があるとは知らなかった」

「どの団にもあるよ。最近あんまり歌わなくなったけど、結成記念日には必ず歌う」

「少女ギャング団なんだからもっと柔らかい曲調でもよさそうなのに」

「歌劇団みたいな？　ナンセンスよ、せんちゃん。あたしたちはあくまでギャング団なんだ」

　絹はことさら厳粛な顔をして言ったが、突然情けなさそうに眉尻を下げ、おなかに手をあてた。

「力いっぱい歌ったらおなかすいた。喉も渇いた。せんちゃん、なにか食べに行こう」

「奢りなら」

「せんちゃん、将来立派なヒモになるよ」

　好きなことを言うだけ言って、絹はさっさと階段を下りていく。

　何がしたかったのか、さっぱりわからない。仙太郎は首を捻りつつ、ついていく。展望台には、十分もいなかった。

　絹は一言も喋らずに、ゆっくりと階段を下りていく。上る時は妙にはしゃいでいたが、今は一段一段ゆっくりと、踏みしめるようにして下りていく。背後からその様を見ていた仙太郎には、ひとつ下るごとに、彼女の体が重くなっていくように感じられた。

「ねえせんちゃん、紅紐団のこと、あたし本当に家族だと思ってるんだけどさ」

もうすぐ地上に着くというところで、それまで黙々と階段を下りていた絹が口を開いた。

「紅紐団は、少女のものでしょ。大人になったら、出ていかないといけない。団規では団員は十二歳以上二十一歳未満とあるから、操さまと倫子さまも今年いっぱいで出て行っちゃうんだよ」

「少女ギャング団って言うぐらいだから、それはしょうがないんじゃないか」

絹は振り向いた。泣きそうな顔だった。

「あたしも、来年には出ていく。ここ追い出されたらどこ行けばいいんだろう」

「紅紐やめても女給は続けられるだろう」

「こんなのいつまでもやれるもんじゃないよ。せんちゃんみたいにタイピスト養成所に通えるならいいけどさ。あたし、小学校しか出てないし」

その言葉は、仙太郎の胸を衝いた。

姉たちも、小学校しか出ていない。それが普通だとはいえ、少なくともハルは進学を心から望み、父と大げんかをしていた。女性解放運動とやらにかぶれやがって、ろくなもんじゃねえ。父は毎日そう吐き捨て、姉が小遣いをためて買った本を捨てることもあった。

ハルが消えたのは、成績のよい弟を進学させるべく、親戚一同が援助をするという話が出た直後だった。

あれから彼女はどんな人生を歩んだのだろう。何を考え、いま何をその手で摑んでいるのか。灼《や》けるように、知りたかった。

浅草で見たのは、家を捨てた、あるいは家に捨てられた少女たち。女のなりをして、彼女たちの中で過ごしているうちに、仙太郎は冷水を浴びせられたような感覚に陥ることがしばしばあった。

自分がもし、女として生まれてきたら。幼いころから、男に生まれればよかったのにと嘆かれながらさまざまなものを奪われ、それらを全て身近な男にあっさりと横取りされてしまったなら。

それを諦めることが、父たちの言うように「大人になる」ことなのか。

なぜ仙太郎の進学には援助が得られて、母の薬代は得られなかったのか。

当時の仙太郎は、進学できる喜びでいっぱいだった。姉のぶんまで勉強し、早く出世して故郷に錦《にしき》を飾るのだと意気込んでいた。

その意気込みも間違いではないと思う。だが、もう少し踏み込んで考えられなかったのだろうか。

「まだあと一年ある。考える時間はあるだろう」

返すべき言葉を探し、結局口をついて出たのは、ありきたりなものだった。なんとそらぞらしい響きだろう。こんなものなら、何も言わないほうがましだ。

「うん。そうだね」

絹も同じことを思ったろうに、返事は明るかった。

罪悪感が胸を刺す。

紅紐団に入ろうが、自分は結局のところ部外者にすぎない。いずれは男に戻り、ここを離れることになる。そしてもう、二度とこの世界に関わることはなく、今これほどに鮮明な思いも次第に忘れていくのだろう。

そのことが、ひどく残酷なことのように感じられた。


その数刻後、仙太郎は布団の上で茫然としていた。

記憶が、ない。

十二階を出た後、絹と蕎麦を食べたことは覚えている。その際に、勧められるままに酒を飲んだことも。

昨年、未成年者の飲酒を禁じる法律が出たはずだが、この六区ではほぼ有名無実化している。警視庁には少年犯罪課が開設され、不良たちの素行に目を光らせているというが、ここには星の数ほどの店がある。自身もれっきとした未成年である絹は、警察の目が届かない店をいくつも知っているようだった。

それはいい。蕎麦も酒もうまかった。洋酒のよさはわからなかったが、店で絹の勧めた酒は蕎麦に合い、すっきりとした味わいですするすると杯を重ねてしまった。

そして、今に至る。

明らかにここは、つい先ほどまでいたはずの蕎麦屋ではなかった。

低い天井、右手には障子、左手には襖《ふすま》。灯りは、顔の近くに置かれた行灯《あんどん》ひとつきり。六畳ほどの部屋にあるのは、卓袱台《ちゃぶだい》と重ねられた座布団、鏡台ぐらいで、唯一の布団は仙太郎の背中の下にある。

そして上には、絹の顔があった。はだけた襦袢からこぼれ落ちる豊かな乳房が目に入った途端、カッと全身が燃え上がり、仙太郎は慌ててもがいた。びくともしない。

「おはよう、せんちゃん。このまま朝まで寝られたらどうしようかと思った」

この淫靡《いんび》な空気に不似合いな明るい笑顔で、絹は仙太郎を見下ろしている。

「……何をしている?」

「見てわかるでしょ」

「わかるが、なんでこうなってる」

「せんちゃんが酔っ払っちまったから、下宿まで帰るの難しくて。待合で休んでいくかって尋ねたら、うんって言うから」

待合。その名を聞いた瞬間、ただでさえ熱い頬がさらに熱を帯びた。

「このまま朝まで寝ちまうのかと思ってた。まあそれでもよかったけど、起きたんなら楽しもうよ」

絹の手が伸び、仙太郎の襦袢を脱がしにかかった。そもそもいつの間に、小袖を脱がされていたのだろう。

「いや待て、おかしいだろう。どいてくれ」

「何がおかしいの？　待合に来たらやることなんてひとつじゃない。あ、でもそういえば、あたしたち見た目は女どうしじゃない？　入る時、ちょっとぞくぞくしちゃった」

聞きたくもないことを聞かされた。しかし、それでもこういう場所は問題なく入れるのか、と感心した。いや、感心している場合ではない。

「せんちゃん、下宿じゃ全然手ぇ出してこないじゃない？　あたしが誘っても、乗ってこないし。あそこじゃ女装趣味の弟ってことになってるし、壁薄いから声なんて丸ぎこえだし我慢してるのわかるけどさぁ、そんなのあそこの連中みんなわかってるから平気なのにさ。でも待合なら問題ないでしょ？」

「そういう問題じゃない。どけ。暑い」

「失礼ね。こういうのは暑くてなんぼ。ねえせんちゃんて、まだ女知らないよね？　それとももう誰かと寝た？」

仙太郎は必死に押しのけようとしたが、酔っているせいかろくに力が入らない。

「ああ、でもせんちゃん、お堅いからなー。やっぱり清らかな乙女がお好みかな。女給なんてアバズレはごめんかな?」

「そういうことじゃない、そもそもおまえ、小松はどうしたんだ。朝まで一緒だったんだろうが」

「それはそれ。あたし今、せんちゃんと寝たいんだ」

「俺は寝たくない。いや、普通に眠りたい。どいてくれ」

「ちょっとぉ、この状況でそれ? いやだせんちゃん、女のナリしてたら中身までそうなっちゃったの? それとも最初からそっちの嗜好?」

「ちがう。頭が痛いんだよ」

目覚めた時からぼんやりとした頭痛があったが、体が熱くなるにつれ、頭の中に割れ鐘が仕込まれたようになってきた。

「大丈夫、しばらくすればなおる。あのね、これはせんちゃんにとっても大事だと思うの」

絹は上にずりあがり、体を伏せると、仙太郎の体を抱き込んで頭を撫でた。やわらかい乳房が顔に押しつけられ、仙太郎は息を止めた。

頭が痛い。全身が心臓になったようだ。

「生身の女、よく知らないでしょ。やっぱり、ちゃんと女になりきるにはじかに女に触って、よく確かめたほうがいいと思うんだよね。操さまが、あたしの部屋にせんちゃんよこしたのも、そういうことだと思うんだ。ほらぁ、女形は女遊びをして芸を磨くって言うじゃない」

「女形になりたいわけじゃない。姉貴を捜すために、こんな恰好をしているだけだ」

胸と腕に囲われた中、せめて顔を逸らそうともがくと、絹はあっさりと上体を起こした。

「こんな恰好って。いやいややってるみたいに言わないでよ」

「楽しんでると思うか」

絹はさも驚いたように目を瞠った。

「自覚ないの？　意外にお馬鹿さんねえ、せんちゃん。捜すだけなら、他にも手段あるでしょう」

「じゃあどうすればよかったんだ。時間も限られてる中で、一番効率がいいのを選んだだけだ」

「あたしは頭が悪いからわからないけど。せんちゃんは、優秀なんでしょう？　操さまが褒めてた。だったら考えつくんじゃない？」

操の名に、茹《ゆ》だっていた頭がわずかに冷える。

そうだ。紅紐団にいる間、同じ団員とこんな関係になるのは間違いなくまずい。操や倫子の逆鱗《げきりん》に触れるだろう。そうなれば全ての努力は水の泡だ。

「最初に女装したのは、そのほうが稼ぎやすいからだっけ。そうだね、実際にそういうガキは他にもいる。でも、紅紐団に入るために女になりきるなんて考えつかない。つまりせんちゃんは、女になってみたかったのよ」

「そんなわけあるか。考えたこともない」

語気荒く言い返すと、「言い方変えようか」と絹は微笑んだ。そして、ぐっと顔を近づける。

「男であることから逃げたかった。これならどう？」

右手が伸びて、頬をゆっくりと撫でる。とっさに振り払った。指はあっさり離れたが、触れられた箇所は、未だにざわついていた。

乱暴に手を振り払われた絹は、気分を害した様子もなく、宙に浮いた白い指先をじっと見つめた。

「触るとやっぱり男の子だねぇ」

「顔触っただけでわかるのかよ」

「わかるよ。あたし、お化粧の勉強はすごくしたって言ったでしょ。母ちゃんの話、したっけ？」

絹は指をぺろりと舐める。紅い舌から、目が離せなくなった。

「すごい別嬪で有名だったんだって。昔の写真見せてもらったら、本当に綺麗だった。でも、あたしが知っている母ちゃんは、ちっとも綺麗じゃないんだ。いつもくたびれててぼろぼろでさ。糞親父は毎日飲んだくれて暴れてるし。いま四十過ぎなんだけどもうおばあちゃんみたい。毎日あっちが痛い、こっちが痛いってうるさくてあたしたちに八つ当たりして、大嫌いだった。でも一日だけ、夢みたいな日があったの」

「……夢」

「そう。母ちゃんが、化粧師にお化粧してもらったんだ。そうしたら、昔の写真みたいに綺麗になって、誰もが驚いた。あたし、あんまり綺麗で感動しちゃって、母ちゃん綺麗って一日中言ってたの。母ちゃんも最初は何言ってるのって照れていたけど、途中から、絹もかわいい、世界一かわいい私の娘よって言ってくれるようになった。その日は本当にやさしかった。綺麗だと女の人はやさしくなるんだなあって思った。だからあたし、勉強したの。いろんな人を練習台にして」

それまで幸せそうに語っていた絹の顔が、ふいに暗くなった。

「でもさ、やっぱり無駄なんだ。人間、いくら外側だけ繕っても、触らないとお互いのことなんてわからないんだよ。だからせんちゃん、わたしに触らせて。わたしのことも、うんと触って」

再び、蛇のように手が伸びてくる。今度は両手だった。

青い闇をかき分ける、病的なほど白い腕。花のように開く指。

仙太郎は、今度は逆らわなかった。

口づけが落ちる。開かれ、潜りこみ、引きずられる。絡められた箇所からおのれが溶け出し、ただのどろりとしたかたまりになっていくのを感じる。しかし高揚すればするほど、頭の痛みもいや増し、最後の最後で自我を手放す妨げになっていた。

頰から顎を辿っていた手が、首へとさがるのを感じる。すると片方の手がふいに外れ、しゅるりと音がした。薄目をあけると、絹が自身の腰紐をほどくところだった。

「そういえば、昨日心中した人ね。女の人は芸者さんで、二十三歳だったたって」

唇がわずかに離れ、熱い吐息にまじってかすれた声が落ちてくる。

「すごく綺麗な人だったんだって。みんな、あたら花の盛りをって嘆いていたけど、あたしはその人、すごく賢いと思うな」

「……なんで」

「だって、花の盛りだからこそ死に意味がある」

仙太郎は目を見開いた。

枕の高さのぶんだけ浮いていた首の後ろを、何かが走った。そう思った直後、凄まじい力で首が絞め上げられる。視界には、腰紐の端を両手にもち、うっとりと微笑んで仙太郎の首を絞める絹の顔。とっさに腕をあげようとしたが、いつのまにか絹の足の下に挟み込まれていた。

殺される。

命の危機を察して、熱に浸っていた体が目を覚ます。それまでどれほどもがいても無駄だったというのに、腹の底で爆発するような力を感じ、仙太郎は腹筋だけで跳ね起きた。その勢いのまま頭突きをお見舞いすると、絹は蛙がつぶれたような声を出し、仙太郎の上から転げ落ちる。

「いったぁ……。いきなり頭突きはないわ」

「それはこっちの台詞だ！　何しやがる！」

「過激だった？　こういうので興奮する人もいるんだよ。せんちゃんお酒飲んでたし、少し過激なほうがいいかと思って」

へらへらと絹は笑っていたが、仙太郎は血走った目で睨みつけるのをやめなかった。

今のは、遊びなんかではない。絹は、本気だった。

「理由はなんだ」

「だから、こういうのが……」

「なぜ俺を殺そうとした。目障りだったか」

仙太郎の深い怒りを感じたのか、絹の顔から薄ら笑いが消えた。

「目障りなんて、とんでもない。あたしはせんちゃんが好きだよ」

「ふざけるな」

「本当だよ。言ったでしょ？　花の盛りで死ぬのが一番賢い」

再び、目がとろりと溶ける。嬉しそうに仙太郎の首を絞めていた時と同じ目。仙太郎は首を振った。

「酔ってるんだな。たちが悪い」

「酔ってないよ。あたし、せんちゃんなら一緒に死にたい」

「俺は厭だ」

絹は寂しそうに笑う。

「せんちゃんだって、今がいっとう綺麗なのに」

「心中は恋人とするものだろう」

世界から切り取られてしまったようなこの密室の中で、今の絹の目を間近で見ているのはまずい。魅入られそうになる。仙太郎は彼女の肩を押し、距離をとった。

「小松さんかぁ。ううん、ちょっとねえ」

「結婚するんじゃないのか」

「小松さんはそう言ってたね」

まるでひとごとのような言いぐさに、違和感を覚える。以前はあんなに嬉しそうに話していたではないか。

「……何かあったのか」

おそるおそる尋ねると、絹はきょとんとして彼を見返した。

「すごい顔」

「いきなり死のうと言われれば当たり前だ」

「それもそうか」

絹は四つん這いになり、壁際に寄せられている卓袱台へと向かう。

「喉渇いちゃった。せんちゃん、お水飲む？」

水差しを手に振り向いた顔は、いつもの絹だった。さきほどまでの得体の知れない暗さは、どこにもない。

それがかえって不気味で、仙太郎は首を横に振った。

「少し飲んどいたほうがいいのに。喉、痛いでしょ」

いたわるように笑って、絹は杯に注いだ水をうまそうに飲んだ。

やがて彼女が、胎児のように体を丸めて寝息を立て始めるまで、仙太郎は生きた心地がしなかった。

第三章　花　蛇

1

翌週末は、あいにくの雨だった。

暦は七月下旬、梅雨はまだ明けていない。高い湿度がそのまま滲んでしまったような雨が、軒先を濡らしている。

朝いちばんに雨戸ごと窓をあけた仙太郎は、重い息をつく。ただでさえ気分が重いのに、天気もこれでは。

ちらと背後を見ると、布団の上では絹がうつぶせに眠っている。傍らにまるめられた大量の布をもって、洗濯へと向かう。女ものの洗濯をするのに抵抗とすさまじい羞恥を覚えたのは最初のうちだけで、今はなんとも思わなくなった。

なにしろ、今は自分も日常的に女ものを着ているのだ。気にしてなどいられない。

洗濯を終え、近くの蕎麦屋に朝食をとりに行き、部屋へと戻る。いつもと同じ日常。絹を起こさぬようにはたきをかけ、箒《ほうき》で掃き、軽く雑巾がけをする。それだけで、全身汗だくになった。

絹は、まだ起きない。

自分とちがって、彼女は眠りが浅いから、おそらく何度か目を覚ましているだろう。狸《たぬき》寝入りか、起きるのが面倒でうとうとしているのかはわからないが、こちらとしてもありがたい。化粧を終え、単衣を纏い、帯を締めたところでようやく、「おめかしして。デエト？」と背後から声をかけられた。

顧みると、布団の上に横たわった絹が、頬杖をついてこちらを見上げている。いかにも寝起きといった腫《は》れぼったい目にかさついた唇、乱れた髪。襦袢は半分肩から落ちている。

「養成所の同級生の家に招かれている」

「あら素敵。職業婦人の卵のお友達ができるなんて素敵ねえ」

寝転がったまま絹は手を布団の横に伸ばし、煙草を探りあてた。くわえて燐寸《マッチ》で火をつけると、湿った空気にほろ苦い香りがまじる。

「火の始末は気をつけてくれ」

「せんちゃんに言われるまでもありません。ここはあたしの家です。遅くなるの？」

「わからない。絹は」

「あれ、言ってなかった？　あたしは今日から熱海です」

うふふ、と笑み崩れる顔を横目に見る。

「聞いてなかった。帰りは」

「明後日。今日明日あたしがいないからって寂しくて泣かないでね。ねえ、帯それじゃ地味じゃない？」

絹は顔をしかめて、締めたばかりの帯を見ている。

「貧乏女学生の設定だから、これぐらいでいいだろう」

「お金がなかろうと、お呼ばれにそれは地味すぎる。行き先、太田議員の家でしょ」

「……なんで知ってる」

「昨日、操さまに聞いた」

仙太郎は短く舌打ちした。

太田静江からは、前々から自宅のお茶会とやらに誘われていたが、仙太郎はいつも理由をつけて断り続けていた。定森の裏稼業に関する誘いなら行くのにやぶさかではないが、おそらく静江のほうは無関係だとにらんでいるので、時間の無駄だ。しかし、先週ともに定森花恵と会ってからはすっかり友人認定で、なかなか断りにくく、うまい方法はないかと操に相談したところ、

「なんで断るんだ。そこは行かなければ意味がないだろう」

と逆に叱られたため、しぶしぶ週末のお茶会とやらに参加するはめになった。

「結構なおうちなんだから、もうちょっと華やかにしていこうよ。こっちの帯」

絹はずるずると布団から這い出て、勝手に帯を選んで渡してよこした。仙太郎から見ると派手だが、おそらく絹の感覚のほうが正しいのだろう。仕方なくまき直すと、絹が手早く結んでくれた。

「はい、できあがり。濡らさないでよね」

ぱん、と尻を叩かれ、にこやかに部屋から追い出された。

下宿の外は、雨に濡れていた。朝方よりも勢いを増している。仙太郎は傘をさして大通りまで急ぎ、俥を呼んだ。

行き先を告げ、俥におさまると、ようやくほうっと息をつけた。

さきほどまでの会話を反芻《はんすう》する。互いに、おかしなところはなかったはずだ。

先週、待合を出た時には、絹はすっかりいつもの彼女に戻っていた。しばらくは仙太郎もいつ首を絞められるか恐々としていたが、仕掛けてくる様子はない。あの晩のことを完全に忘れているようだった。少なくとも、そのように振る舞っていた。

仙太郎も、一度は出て行ったほうがよいと考えたが、以前ならばともかく養成所に通っている現在は入り用なものが多いので、辻便所や土管に潜り込むというわけにもいかない。また藤村に頼んで劇団の物置で寝起きさせて貰おうかと考えつつ、うやむやのまま一週間が過ぎた。

そもそも、操はなぜ絹と自分を住まわせたのか。化粧や着付けを学ばせるのに一番適任だったのはわかるが、相手は十九、こっちは十五、間違いが起こらない可能性のほうが低い。

「操さまが、あたしの部屋にせんちゃんよこしたのも、そういうことだと思うんだ」

待合で絹がそう言ったものだから、翌日には仙太郎は操のもとに突撃した。真意をただすと、彼女は首を傾げて、「そりゃそうさ。なんだ、まだ寝てなかったのかい」と驚いたように言ったものだから、頭が痛くなった。わかっていたつもりだったが、紅紐団幹部の貞操観念はおかしい。猛然と抗議をすると、

「そりゃ絹に確認をとった上でのことだよ。絹がきみのことかわいいって言ってたから決めたんだ。それにこっちとしても、きみと絹がいい仲になってくれればという思惑があった。小松のこと、聞いただろう？　人の恋愛に口を出すほど野暮じゃあないつもりだけど、あいつはどうも胡散臭くてね。絹もずいぶん貢いでる。もうちょっと将来のために貯めるべきだからと上納金の金額を減らしたんだけど、そのぶん奴に回すから意味がないのさ」

少女ギャング団と世間では呼ばれてはいるものの、年長者には職業婦人も多い。絹のような女給だけではなく、店員、電話交換手といった「まっとうな」花形職業の者までいるらしい。団員は十二から二十までと決まっており、まだ団に入って間がなく自力で稼げない年少の子供たちは、紅紐団の金でまとめて養っているという。おかげで紅紐団の中には、露天で生活している者は誰もいなかった。

同伴を多くこなし、荒稼ぎしている絹は、「かわいい妹たちだから」と子供たちのために金を使うことも惜しまなかったが、明らかにどうかと思うものにまで惜しまないのは問題だった。

「だから、あわよくばきみに心移りしてくれればいいと思ったんだけど。ままならないものだねえ」

ひとごとのように言う操に平手の一発でもお見舞いしたかったが、「団長でも、思い通りに人を動かせないことはあるもんですね」と皮肉を言うにとどめた。入団試験とやらから、操にはいいように駒扱いされているので、むしろ鼻を明かしたような気になって、何がなんでも絹とは一線を越えまいと決意を新たにした。

絹のことは、待合の件があるまでは、じつのところ憎からず思っていた。雑用をすべて押しつけてくるとはいえ、女給として売れっ子なだけあって、いつも明るく、よく気がつく。慣れぬ女装に気をはって、心身の消耗が激しかったころも、こちらが気を遣わぬよう振る舞ってくれる彼女には救われた。からかいまじりに誘いをかけてくるようなことはあっても、基本的にはこちらに干渉することはなく、そっとしておいてくれたのも助かった。

それが、あの晩だけおかしかった。心中への憧憬が、一時的なものならばいい。小松との間に何かあってのことなら、早々に解決してほしかった。

刻一刻と勢いをましていく雨をかき分けるように、車夫は道を進んでいく。跳ね上がる泥水に、通行人が慌てて道の両脇に飛び退くのを横目に見ながら、雨着を着ているにもかかわらず、仙太郎は絹が見立てたお召しが濡れぬよう、俥の上でいっそう身を縮こめた。

俥が向かうのは、太田裕一郎の屋敷である。神田の太田邸、と言っただけで通じてしまったのには驚いた。

太田静江の父、太田裕一郎は、名の知れた人物だ。

群馬の出で、中学を中退して代用教員をつとめていたが、ある日一念発起して東京に出て、わずか二十年で巨万の富を築いて数年前に代議士に当選したという大物だ。さらに貴族院の多額納税議員選挙にも晴れて当選し、代用教員から貴族院議員という夢のような出世を果たしたことで、立志伝中の人として新聞や雑誌でも頻繁にとりあげられたという。明治の御代ならば、こうした大出世は珍しくなかったが、このご時世では貴重である。

彼には息子と娘が二人ずついて、静江は二番目の子、長女にあたる。貴族院議員の娘がタイピストとは正気の沙汰《さた》ではないが、ベストセラーになった自叙伝でも、未来を見据えて行動することや意志を貫き通すことがなにより大事と説いていることもあり、信念と行動が一致していると賞賛するむきもあるらしい。もっとも、それ以上に批判もあるようだが、自身が代用教員だったためか教育に熱心なことは事実で、とくに孤児院などの支援には力を入れている。

やがて雨のカーテンをかきわけて、白い外壁と青い切妻屋根をもつ洋館が現れた。

左右に激しく揺れる楡《にれ》の木を控えた門をくぐり、車夫は巧みに俥をまわす。

仙太郎は、小さな巾着をもつ手にぐっと力をこめ、車寄せの白い円柱を見上げた。簡素だが、柱頭には葉をモチーフにした洒落た彫刻が施されている。その奥の両開きの扉には、優美なステンドグラスがはめこまれていた。

車寄せに俥が停まると、見計らったように扉が開いた。小柄な、いかにも人のよさそうな顔をした中年の女中が、傘を掲げて飛び出してきた。仙太郎は車夫の助けを借りて俥を降り、迎えに出た女中に頭を下げ、雨着を脱いで館の中へと足を踏み入れる。

玄関ホールは、昼だというのに煌々《こうこう》と灯りがついていた。どこかで見たような西洋の彫像と、大きな絵画が出迎える。欧州のどこかの街角を描いたものだった。これも帝國文化院で手に入れたのだろうか、とふと気になった。

そこからまっすぐ延びる廊下を進む女中の後について、仙太郎はしずしずと歩いた。完全に西洋ふうのこの館が、洗練されているものなのか、成金まるだしなのか、判断するセンスは自分にはない。ただはっきりしているのは、太田静江のあの鷹揚な無邪気さは、まちがいなくここで培《つちか》われたものだということだ。やはりどう考えても、彼女は定森花恵を崇拝はしていても、裏稼業に手を出すことはしないだろう。

紅紐団に身をおいてみて感じたことは、その手の女は、いかに優雅に着飾っていようと、やはりどこかに切実なものが滲んでしまうということだ。絹しかり、定森花恵ですらそうだ。

罪悪感ではない。みじめというのでもない。自信に満ちみちていても、どこか痛みを感じてしまうのは、自分が男だからだろうか。

静江には、そういうところがいっさいない。彼女はここで、あらゆるものを与えられ、その中から自分で好きに選ぶ権利がある。

「いらっしゃい、郁子さん！　お待ちしてましたわ」

奥のサロンに入ると、珍しく洋装の静江が満面の笑みで迎え出た。縹《はなだ》色のワンピースが、このじめじめした空気の中でひときわ爽やかだ。

「お招きありがとう、静江さん。素敵なお召し物ね。洋装もお似合いだわ」

「ありがとう。郁子さんが来てくださるっていうから、今いちばんお気に入りの服を着たの。ねえ、郁子さんもお洋服着ましょうよ。仏蘭西《フランス》人形みたいなお顔してるんですもの、きっと似合うと思うの」

「ありがとう。他の方々は？」

今日は、かほるの他に、養成所の同級生が何名か来ることになっている。時間より少し遅れてきたはずだが、サロンには静江以外の姿はなかった。

「郁子さんが一番乗りよ。この雨ですもの、俥もなかなかつかまらないのでしょうね。郁子さんとたくさんお話ししたかったから嬉しいわ！　さあ、こちらにどうぞ」

にこにこと仙太郎の腕を引き、奥の暖炉の前に並べられた長椅子へと案内する。長椅子は、赤い線の合間に規則正しく桃色の花を配置した布を張ったもので、肘掛けなどの飾りも凝っている。目の前の丸テーブルには、脚のついた大きな銀皿が載り、そこには色とりどりの菓子が載っていた。

「天気がよければお庭でお茶を頂きたかったんだけど。薔薇は終わってしまったけど、木槿《むくげ》と百日紅《さるすべり》が綺麗で」

仙太郎の斜め前の椅子に腰をおろした静江は、勢いよくしゃべり出した。適当に相づちをうっていると、控えめなノックに続いて扉が開く。盆をかかげもった女中が入ってきた。背が高い。さきほどとは違う女中だ。カップから湯気がたっている。

失礼します、と小声でことわり、女中はテーブルの近くで足を止めた。その時はじめて仙太郎は、女中の顔をまともに見た。

「あっ」

我知らず、声が漏れた。ティーセットをテーブルに移していた女中が、怪訝そうに顔をあげる。

これといって特徴のない顔だった。

いや、嘘だ。まず意識がいくのは、この大きな目のはずだ。強い意志の光、反抗の炎が燃える双眸《そうぼう》。それならば、記憶にある。

それに、このやや鷲鼻の鼻。大きな口。高い頬骨。

なにもかも、仙太郎のよく知るものだった。似ているどころではない。

——鈴木ハル、その人だ。

「郁子さん、どうかなさったの？」

静江の声に、仙太郎は我に返った。瞬きをする。

すると途端に、目の前の輪郭がぼやけ、仙太郎の知る面影が消え去ってしまう。

眼鏡の奥に隠された大きな目には光はなく、知性を感じさせる高い鼻梁《びりよう》もただもったりとして見えて、唇は曖昧な笑みを浮かべている。一筋の乱れもなく結い上げられた黒髪とあいまって、ごく平凡な、やや寂しい印象を与える中高の顔が、ぼうっと仙太郎に向けられていた。

それぞれの部位は、たしかに姉に似ていた——いや、そのものだったが、印象がまるで違う。途端に胸がざわついた。似ているのに全く雰囲気が違うというのは、こんなにも気持ちを落ち着かなくさせるものなのか。

「ごめんなさい、なんでもないの。女学校時代の先生に似ていたから、ちょっとびっくりしてしまって」

仙太郎が慌てて謝罪すると、静江は愉快そうに女中を見た。

「あら佐恵《さえ》さんたら、学校の先生してらしたの？　知らなかったわ」

「何をおっしゃるんです、お嬢様。あたしが尋常小学校しか出ていないことはご存じでしょうに」

「でも佐恵さんなら先生をやっていたと聞いても、みな信じちゃうわ。郁子さん、こちらの佐恵さんね、とっても優秀なの。家庭教師の先生よりよっぽど物知りだし、そうそう、今年の正月明けにね、お父様がいらっしゃらない時に突然外国のお客さまがいらして、言葉がほとんど通じないし困っていたら、佐恵さんが全部訳してくださって。もう皆びっくり」

「ですからそれはたまたま私が港の出身で、海外の船員と話す機会も多かったからです。それに全部なんておおげさです、半分以上は何を言っているかわかりませんでした」

はにかむ佐恵を、仙太郎はじっと見つめた。

「すごいわ。港というと、どちらの？」

「敦賀《つるが》です」

「ああ、欧亜国際連絡列車がありますものね」

敦賀からウラジオストックを経由し、シベリア鉄道を通って欧州各地へと結ぶ、国際路線だ。

敦賀には、行ったことはない。だが、仙太郎の故郷から一日もあれば行ける街ではあった。そして敦賀に出てしまえば、国際連絡列車があるため、金ケ崎駅（現・敦賀港駅）から東京までは一本だ。

なるほど、姉は四年前、敦賀経由で東京に向かったというわけか。仙太郎は醒めた目で、女中としての顔を崩さぬ女を観察していた。こちらに気づいている様子はない。当然だろう、こちらは女の姿だ。だが本当に気づいていないのかどうか、はかりかねる。姉が覚えているのは十一歳の弟で、あのころよりこちらもだいぶ背が伸びたし、頰から顎にかけての丸みも失ったが、造作はそう変わるものではない。化粧と鬘で、家族の目を完全にくらませられる自信はなかった。

「それでお父様に気に入られちゃって、会社のほうに引き抜かれてしまったのよ。まったくお父様ったら。佐恵さん、こき使われてない？」

気遣わしげな静江の視線に、佐恵はとんでもないと言いたげに首をふった。

「お父様には心から感謝しております。こんな得体のしれない女を雇ってくださって」

「うちの親父は、実力主義者なのよ」

静江は、急に蓮っ葉《はすっぱ》な口調で言った。いかにも、使ってみたかった、といいたげに誇らしげな顔をしているのがおかしい。

「自分が裸一貫で出てきたし、今までにも家柄だとか何だとかでさんざん馬鹿にされてきたから、人を採用する時には実力と人柄以外見ないんだって。だから佐恵さんがそれだけ優秀ってことよ。私としてはこっちに戻ってきてほしいんだけど」

「なぜ今日はこちらにいるの？」

仙太郎が尋ねた相手は静江だったが、答えたのは佐恵だった。

「静江お嬢さまの新しいご友人にお会いしたかったんです。それはそれはほめておいででしたから」

「まあ。光栄です」

仙太郎は微笑んだ。目には、姉にしか伝わらぬであろう棘《とげ》をこめて。

「郁子さん、私はじめてあなたにお会いした時、佐恵さんに似ていると思ったの。だから是非にでも紹介したくって」

仙太郎はぎょっとして静江を見た。

「似ています？」

「まあ、お嬢様。こんなお綺麗な方と私のような女が似ているだなんて、お気を悪くさせてしまいます」

「なんというのかしら、雰囲気かしら。ぱっと見て、アラ似てるわって思ったのよ。そりゃあ、よく見たらお顔立ちは全然似てませんけれど」

そう言うなり、不意に静江は立ち上がり、椅子から離れてまじまじと二人を見た。そして満足そうに、にっこり笑う。

「ええ。やっぱり、あなたがた似ていてよ」

雨をかいくぐり、仙太郎はカフェー・ヴェリテに飛びこんだ。

案内を待つ間もなく、大股で店の奥へと急ぐ。裾がはだけようがかまってはいられない。果たして、いつもの席に操はいた。煙草をくゆらせ、仙太郎の姿を認めるとにやりと笑う。

「その様子では、会えたんだね」

「……どういうことでしょうか」

操のすぐ隣に立ち、上から睨みつけたが、彼女はまるで構う様子はなく、顎で向かいの席を指し示した。テーブルの上には灰皿のほかに飲みさしの珈琲カップ、そして原稿用紙が十数枚。珍しいことに、ほとんど字で埋まっている。

「どういうことでしょうか」

椅子に座り、仙太郎はさきほどと全く同じ言葉を口にした。

「どうもこうも、きみが見てきた通りさ。鈴木ハル、改め手塚《てづか》佐恵は今、今をときめく太田議員事務所の庶務だ」

「いつから」

「それは聞かなかったのかい？　昨年の師走《しわす》に、臨時女中として雇われてね。その翌月から太田の選挙を手伝うようになって、太田がめでたく四月に貴族院議員に当選してからは事務所の庶務」

「太田がいない時に外国人の訪問があって、そこで通訳をしてみせて、気に入られたとか言ってましたね。出来すぎだ。あなたが得意な茶番のにおいがしますよ」

「気にしすぎだよ。それより、英語が出来たことを意外に思わないのかな？」

「驚きましたよ。いつの間に」

仙太郎は、中学ではじめてドイツ語に触れた。ハルは当然、日本語以外の言葉に触れる機会もなかったはずだ。

「向学心のたまものだね。彼女は本当に頭がいい。好奇心旺盛で、どんなことでもすぐに覚えてしまう。望み通り進学していたら、女性解放運動真っ盛りの我が国においても、じつに有用な人材となったことだろうねえ」

「やっぱり最初から知っていたんですね。姉は弁天団に？」

「おや、個人的には何も話していないのか」

「お茶会でしたから。最後まで、尻尾を見せませんでしたよ。もしくは、俺に気づいていないか」

「それはないと思うよ。僕は、ハルさん以上の変装の達人を見たことがない。僕だってすぐにきみが男だってわかったんだ、ハルさんがわからないはずはないよ」

語る表情に、わずかに陶酔の色が滲んでいる。それは、さきほど太田邸で静江はじめ女学生たちの顔に浮かんでいたものと同じだった。

静江曰く、彼女が女学校卒業後にタイピスト養成所に入ることにしたのは、「佐恵」がきっかけなのだという。女中時代から、寝る間も惜しんで勉強を続けている佐恵を見て、いずれ誰かに嫁ぐのだからと何の目的もなくのんびり過ごしている自分が恥ずかしくなったのだそうだ。はじめて自分の意志で行動した、誰かの役に立てる人間になれるのだ、と目を輝かせる彼女に、かほるたちは賛同をこめて頷き、佐恵は面はゆそうに、だが嬉しそうに微笑んでいた。

似たような光景を、先週も見た。その時、中心にいたのは定森花恵だった。

この年頃の娘たちは、誰かに深く傾倒せずにはいられないのかもしれない。女たちよ社会へ、と煽る声に押されて出てきた彼女たちは、大きな憧れをもちながら、同時に不安でたまらないのだろう。だから、自分より少しだけ上の世代の、成功している女たちに熱狂する。

「言っただろう、この仕事はきみにとっても有意義なものになると。太田静江のほうから寄ってくるとは驚いたが」

「……姉と似ているそうです」

「うん。似てるよ、きみたち。僕も最初、そう感じたから」

「どこがですか」

「見た目じゃないから、うまく説明できないね。ただ、ふとした時の目線や、唇に右の親指の爪をあてる癖とか、同じところはいくつもあるが」

ぎょっとして唇を押さえる。なくて七癖。そんな癖があることすら気づかなかった。だが言われてみれば、姉はたしかにそんな仕草をよくしていた。

「だから姉弟と知って納得した。ハルさんにはきみが養成所に通うことは言ってあったんだが、静江くんがさっそく嬉しそうに編入生のことを話してきたものだから、それは驚いたそうだ。きみの執念と運の強さに敬意を表して、元気な姿を見せて下さったってわけだ」

「それはありがたいですね」

苦々しい口調になるのは、仕方が無い。またしても操に仕組まれたというのが面白くなかったし、知っていながら全くそれらしい反応を示さなかった姉も腹立たしかった。

「この歳まで生きてきてしみじみ実感するが、縁がある人間ってのは、どうあっても出会ってしまうんだよね。静江くんがハルさんに感化されて養成所へ行き、同じころにきみが浅草にやって来たのは、好きな言葉ではないんだが、運命ってやつだったのかもしれない」

「俺も嫌いです、その言葉」

「気が合うね。運命なんて糞くらえだ」

操は短くなった煙草を灰皿に押しつけると、両腕の肘を卓上につき、指を一本ずつ折るようにして手を組んだ。そのむこうから、強い視線が仙太郎を射貫《いぬ》く。

「運不運は、意志の強さで決まるんだ。何がなんでも成し遂げると腹の底から決めた人間と、それに見合う能力をもっている人間に、好機はやってくるのさ。僕はこの二年でそれを痛感した。生まれなんて関係ない。男か女かも関係ない。ただ、覚悟の差なんだよ」

「おおむねは同意します。では、その覚悟とやらで姉はいったい何をしているんです？　議員について何の得が？　婦人参政権獲得の後押しでもするつもりですか」

婦人参政権運動はここ数年盛んになる一方で、今年には各団体が団結し、婦人参政同盟なるものが結成されたらしい。もっとも、婦人参政権運動など、東京に出てくるまでは、仙太郎も全く知らなかったが。

「まあ太田議員が、婦人参政権運動について理解を示しているのは事実だよ。娘の希望を入れて養成所に入れてみたりと、女性への理解があるというポーズをとるのは得意だからね。あと慈善事業に熱心なのも、よく心得ていると思うよ」

含みのある口調で、操は言った。

「どうやら太田議員のことはお嫌いなようですね」

「ちょっとでも実態を知ると、無邪気に尊敬するのは難しいね。知ってるかい、彼はよく六区にやって来るんだ。あやから花を買いにね」

「……ああ、見たことがあります。しまりのない顔をしていました。気のせいかもしれませんが」

「きっと気のせいだね。そうでなければ、孤児院からよく子供を招くという美談もなにやらきな臭くなってしまうからね」

操の口許が歪む。

「まあ、下衆《げす》な推測はおいておこう。彼がわずか二十年でどうやってあれほどの富を得られたか。まずはそこが問題だ」

「彼が創立した農工債券株式会社が大戦景気の波に乗って大儲けしたんでしょう。操さんの〝或る少年の告白〟に登場した坂下某も、そのくちでしたよね」

あの時代、腐るほどいた株成金だ。その多くは、小説に登場する坂下のように後に苦境にあえぐようになったが、太田はその点もぬかりなかったようで、今なお彼の著書『富の研究』は売れに売れているらしい。

操は「読んだのかい」と苦笑して頰を掻いたが、すぐにその笑みを皮肉なものに替えた。

「あの不況の波は、皆に等しく押し寄せた。坂下だけではなく、太田にもね。彼がもっていた株券だって、いくつも紙くず同然になったはずなんだ。なのに、ほとんど影響を受けなかったのはなぜか？」

目を爛々と輝かせ、操は仙太郎の顔をのぞきこむ。

「要は、あの小説と同じ。詐欺だよ。屑同然の株券で、家が傾くほどの大金をだまし取られた奴がごろごろいる。まあ僕は、賢い悪党よりも、善良な愚か者のほうがはるかに罪深いと思っているから、騙されるほうに非はないとは言わないが」

「つまり、あの金は全て、誰かからかすめ取ったものだということですか？　でもそれなら、さすがに表に出ないはずがないでしょう。泣き寝入りする者ばかりとは思えません」

「そこがうまいところでね。彼が狙ったのは地方の小金持ちばかりだったんだ。世情に疎そうな、傾きかけたところに大戦で小金を稼いで浮ついている名家なんて、まさに狙い所だ。彼らは運が悪くて大損してしまったと諦める。いずれは騙されたことに気づくけど、そのころにはもう資産なんてすっからかん、一家離散の状態で、警察に泣きついたところでとりあっちゃくれない。もしくは、名家の体面に拘《こだわ》って、騙されていたことにうすうす気づいていても認めず、訴えもせず、行方をくらますか永遠にこの世から退場するか」

「ずいぶん具体的ですね」

「そういう話をいくつも聞いたからね。この浅草にも被害者がいるんだよ」

操の指が、脇に寄せた原稿用紙の束を指し示す。

「じつを言うと、次の作品の主人公は、まさにその太田がモデルなんだ。前作以上の悪漢小説になるよ」

「……それは楽しみです」

「ああ、ハルさんは出さないよ。安心してくれ。次に会う約束はしてきたかい？」

「いいえ。一対一で会える機会を作ってもらえませんか」

「この仕事が終わったらね」

女給が注文をとりにやって来たが、仙太郎は片手で制し、椅子から立ち上がった。操は、自分の口からハルのことをこれ以上語る気はない。そう判断したからには、長居は無用だった。

操のほうも引き留めることもなく、頬杖をついたまま手を振った。

仙太郎は黙って頷き、その場を後にした。途中で、絹とすれ違う。仙太郎の顔を見て絹はぎょっとしていたが、何も訊かれないうちに黙って黙礼し、足早に店を出る。

夕闇をさらに灰色に塗りつぶす雨が、横殴りに降っていた。

時間は五時。もう夜のようだ。

仙太郎は俥も呼ばず、雨の中をひたすら歩いた。頭を冷やす必要がある。

今日、絹は帰らない。それがせめてもの救いだった。


茫然と仙太郎を見送った後、絹は操の席にとんでいった。操は気のない顔でペンを指先でまわしながら、雨に濡れる窓を見ていた。

原稿を書き出していたら決して話しかけないが、今なら大丈夫だろうと判断して、「操さま」と小声で呼びかける。

「せんちゃん何かあったんですか？　すごい顔をしていましたけど」

操は横目で絹を見やり、小さく笑った。

「運命に会ったんだよ」

「運命、ですか？」

要領を得ない言葉に、絹は首を傾げる。しかし次第に神妙な表情になり、頷いた。

「運命か。なるほど。そういう相手って、いますよね。いい運命か悪い運命かは別にして」

「小松くんはどっちだい」

からかうと、絹はぱっと笑顔になった。

「いい運命に決まってますよう！　あっ今日、念願の熱海に行くんです」

「そりゃいいね。どっちの金？」

「んもう、操さまったら。小松さんに決まってますよ。最近あの人、お仕事もうまくいっているみたいで」

「そりゃあよかった。ゆっくりしておいで」

「はい！　あっ、珈琲新しいのお持ちしますね！」

すっかり冷めてしまった珈琲が入ったカップを、絹は笑顔で盆に載せる。舞うような足取りで去っていく彼女を見て、操は苦笑した。

いつものパターンならば、絹もそろそろ小松に飽きていいころだが、今回はまだ冷める様子がない。

最近は浪費も多少はおさまっているようだし、しばらくは様子を見るか。また貢ぎはじめたら、今度こそ団長命令でどうにかしよう。

「熱海かぁ。いいな」

新しい珈琲を待つ間、操は紫煙を眺め、つぶやいた。

＊

この三日後、新聞の片隅に、ごくひっそりと記事が載った。

『借金地獄の果てに

七月二十三日、熱海の旅館にて、男女の情死体が発見された。朝、仲居が起こしに行ったところ、布団の上で二人は互いの手を紅い紐で結び合わせた状態で、事切れていたという。

所持品から、身元は『帝國文化院』勤務・小松惣治郎（三十三）、浅草『カフェー・ヴェリテ』勤務・相沢絹（十九）と判明。

二人は二日前から同旅館に宿泊し、実に仲むつまじい様子で、死の影など見えなかったと女将《おかみ》は語る。状況から見て、小松がまず相沢を絞殺した後、服毒自殺を図ったと見られている。遺書はなし。

小松は多額の借金をしており、いよいよ駄目かもしれんと周囲の者に零《こぼ》していたという』

2

花売り娘の大きな目は、ガス燈のぼんやりした明かりのもとでもはっきりとわかるほどに赤かった。

「お花、いかがですか。仏蘭西人形のドレスのようなカーネーション」

声もいつもに比べて張りがない。籠の中には、大量のカーネーション。儚げな風情を通りこして今日の彼女は湿っぽいので、人も自然と遠ざかる。

「そんなんじゃ売れないだろう」

声をかけると、あやはのろのろと仙太郎に顔を向けた。

「仕事する気分じゃないもの……」

「全部でいくら？」

「一円」

「ふっかけるな」

文句を言いつつ、仙太郎は一円札を出した。あやは目を剝く。

「どうしたの」

「かっぱらった金時計が、いい値で売れた」

あやは、差し出されたままの一円札をじっと見つめていたが、蚊の鳴くような声で「ありがと」と言った。籠を一度地面に起き、袖をまくりあげると、左腕に巻かれていた紅の繻子のリボンがあらわになる。それを手慣れた様子でほどくと、二十本近くはあるカーネーションを器用に束ねてしまう。花の根元に、赤い蝶がとまったようだった。

「はい。半額でいい」

「それはありがたいけど、リボンは」

「また貰うからいい。括《くく》れるのこれしかないし」

紅紐団の証は、その名の通り、紅いリボンだ。常に身につけよと命じられているわけではないが、あやはいつも、左腕に巻きつけていた。よほど手を高くあげなければ見えないが、仙太郎にはまんまと一度盗まれている。団の証を奪われたことで、あやも大目玉を喰らったようだが、今も毎日結ぶのをやめない。

これがあると、一人で立っていても、皆と繋がっているような気がして嬉しいから。以前、そう言っていた。

その大事なリボンで花束を結ぶとは、よほどのことだ。

「本当にいいのか」

「いいってば。早く行きなよ」

あやは強引に仙太郎へ花束とおつりを押しつけると、空になった籠を手に提げ、去っていく。小さい背中がいっそう小さく見えた。

絹が熱海で死んでから、一週間。あやはずいぶん参っている。絹とは所属する組は違うし、あやも滅多にヴェリテには来ないのでほとんど接点はないように思えたが、絹もオペラ好きで金龍館によく来ていたと聞いて納得した。

仙太郎は花束を抱え、ごったがえす夕暮れ時の仲見世を足早に進む。絣《かすり》の筒袖姿の少年が両手に余るほどのカーネーションを抱えている姿は目を惹くらしく、微笑ましげに声をかけられるのが気恥ずかしい。いっそう足を速めて『カフェー・ヴェリテ』に駆け込んだ。

足を踏み入れた瞬間、むせかえるほどの甘い香りに包まれる。顔をしかめて見回せば、いたるところに色とりどりの花が活けられていた。目立つのは百合《ゆり》だ。

「いらっしゃいませ」

顔見知りの女給が、笑顔で仙太郎を出迎える。彼女の目は、仙太郎の顔ではなくまずカーネーションに注がれ、笑顔が寂しげなものに変化した。

「それは絹に？」

「はい。もういっぱいのようですが……」

「お花はどれだけあっても嬉しいものよ。きれいなカーネーションね、ありがとう」

女給は花束を受けとり、あたりを見回した。どの花瓶ももういっぱいだ。

「これ、ぜんぶ絹さんに？」

「ええ。絹ちゃんも喜ぶわ。千倉先生なら、いつもの席にいるけど」

「いえ、今日はこれだけ渡しに来たので」

女給にカーネーションを手渡すと、仙太郎は踵《きびす》を返した。

今回ばかりは操も本気で参っている。最初に仙太郎に悲報を知らせたのは他ならぬ操であり、明らかに目が腫れていた。このままでは同居人ということで警察に行かねばならぬ可能性が高く、そうなるとおのずと家出少年ということが露見するので、いそぎ操の部屋に移されたのだった。操の部屋といっても、彼女は六区にいくつもねぐらをもっているらしく、その中でほとんど使わぬ納戸《なんど》のような場所だったが、絹の部屋でこれ以上寝起きするのは耐えられなかったため、助かった。

部屋に案内されて以来、操とは顔を合わせていない。養成所には変わらず通っているが、とくに報告するようなこともなかったし、どんな顔をすればいいのかわからなかった。仙太郎は、絹の一番近くにいたのに、みすみす死なせてしまったのだから。

店を埋め尽くす百合は、常連客のものもあるだろうが、ほとんどが紅紐団からのものだろう。中には、あやのように、紅いリボンを巻きつけているものもある。

紅い繻子は、血よりも濃い絆を表すもの。

遺体は下谷の両親が引き取ったという。魂があるとしたらどこへ帰ったのだろう。本物の血のもとか、それとも紅い繻子の絆にか。少なくとも、心中相手の小松のもとではないのは確かだ。

死の先までともにありたいと願うほど、彼を愛しているようには見えなかった。店や部屋で小松のことを語る時は、いつもとびきり幸せそうで苦笑を誘われたが、十二階や、あの待合で見せたぞっとするような虚無こそが、絹の心を正しく表していたのだろう。

あれから、何度悔やんだことか。

思い返せば、絹は明らかに、仙太郎に救いを求めていた。何かあったのだと気づいていたくせに、そして絹の目がひどく虚《うつ》ろなことも知っていたくせに、未知のものへの恐怖に怯えて、何もできなかった。

ただ、いつも通りの日常を演じることに精一杯で、絹もそれにつきあってくれた。

そして、誰にも何も言えぬまま、あっさりと死んだ。

紅紐団の中には、殺されたのだ、と騒ぐ者もいた。それはちがうと仙太郎は思う。

絹は、心中に憧れていた。真っ暗な未来に耐えられず、花の盛りで散りたいと本気で切望していたのだ。

おそらく、相手は誰でもよかった。美しい死を演出してくれるなら、誰でも。小松は、希望からはやや歳をとっていただろうが、仙太郎に断られた以上、絹は小松の手をとるほかなかった。

生と死の境は、こんなにもあやうい。その境界線に立つものは、ほんのわずかな風の向きで、たやすくいずれかに偏ってしまう。それは自分の意思というよりも、運のようなもので、右から吹けば生、左から吹けば死といった程度の違いなのだ。

母が死んだ時、予兆はいっさい感じることができなかった。

だが絹の時には、一緒に死のうと迫られまでしたのだ。なのになぜ、自分は何もしなかったのだろう。

紅紐団の少女たちは、あやうい。皆、若さに溢れ、威勢もよいが、その基盤は驚くほど脆《もろ》いのだ。

彼女たちを繋ぐ紅の紐は、血よりも濃い。それはつまり、その程度の血の繋がりしかもてず、帰る場所をもたないということ。

今この瞬間だけを生きるということは、常に綱渡りをしていることと同じなのだ。

ヴェリテを出てほどなく、重くたれこめていた雲から、ぽつぽつと雨が落ちてきた。仙太郎は足を止め、天を見上げた。

顔を打つ雨は、次第に勢いを増してくる。

これならば誰にも見えまいと、仙太郎はようやく泣いた。

＊

梅雨は明けたはずが、週末からずっと雨が続いている。

分厚い雲に覆われ、湿気とともに地表に縫いつけられたような不快感は、仙太郎をずいぶん消耗させた。単衣だろうと、女性ものの着物と袴は暑いのだ。

消耗したのは彼だけではないらしく、太田静江が珍しく二日続けて欠席した。夏風邪だそうだ。

「静江さんがいないと、なんだか静かねえ」

昼食時、かほるはしみじみと言った。欠席しているというのに、最近の癖でかほると仙太郎は静江の机に集まってしまったが、一番にぎやかな人間がいないと、場がもたない。かほるも仙太郎もすすんで喋るほうではなく、ひたすら話し続ける静江を間においてようやく会話が成立するようなところがあった。

仙太郎も、そうね、と頷いて、後は食べることに専念した。塩むすび五個に、沢庵《たくあん》、煮豆。これがいつもの昼食だ。

絹が突然消えた時には食欲が失せたが、二日もすると腹の虫が鳴り止まず、心情などいっさいかまわず生きようとする肉体の力に、いっそ感動した。

ひたすら塩むすびを握っている時は無心になれるし、かつては苦痛だった養成所での時間も、今はむしろ救いになっている。タイプライターの無機質な音を聞いているとこれまた無心になれるし、休み時間に静江やかほると他愛ない会話を交わし、食事をするのは、いい気晴らしになった。

「郁子さんて気持ちいいぐらい食べるわよね。そんなに痩せているのにねえ。ほれぼれするわ」

この日もあっというまに塩むすびを五個たいらげた仙太郎に、かほるが感心したように言った。

「おかげで食費が馬鹿にならないと、いつも嘆かれているの。自分のお小遣いもほとんど食費に消えるわ。おかげで何も買えない」

仙太郎は自嘲に口を歪め、袖をひろげて見せた。青と黒の縞銘仙。週に三度は同じものを着ている。

「お洒落なお二人と一緒にいると、恥ずかしいわ。これまであまり気にしたことなんてなかったんだけれど」

今日のかほるは、濃紺と白の変わり市松に桃色の花をあしらった、涼しげだが女らしい小紋を着ている。はじめて見るものだ。

「郁子さんのお気持ちはよくわかるわ。静江さんはおうちが裕福でいらっしゃるから、それはたくさんの着物をお持ちで、周囲の人たちもそうでしょう。私の家は余裕がないから、新しい着物なんて夢のまた夢で、毎日羨《うらや》んでたわ。花恵さまたちとお会いしてからは、いっそう憧れが募ってしまって」

「花恵さま、素敵だったわね」

「そうでしょう。あんなふうになりたいわ」

「本当に。道のりは遠いけど」

仙太郎が疲れたように微笑むと、かほるは急に表情を引き締め、周囲を見回した。こちらに注意を向けている者はいないとわかると、顔を寄せ、潜めた声で囁いた。

「ねえ、郁子さん。あなた、早く自立したいと言っていたわよね」

「ええ」

「もし、心からそう願うなら、今すぐかなう方法があるわ」

仙太郎は大きく目を瞠り、かほるを見た。

――ようやく、来た。

その喜びを押し殺そうとするあまり、逆に表情がこわばる。

「お金は、大事よ。自分で稼げるお金があるというだけで、私たちの心は自由になれる」

「……ええ、その通りね。でもどうやって？」

半信半疑といった体の仙太郎に、かほるは自信たっぷりに微笑んだ。

「心から願うなら、教えてあげるわ。相応の覚悟が必要なものだから」

授業が終わるなり、仙太郎は養成所を飛び出し、丸ビルへと向かった。雨はすでにあがり、薄日がさしていた。

先日と同じように、出入り口で終業を待つ。じりじりしながら待っていると、果たしてパラソル軍団が現れた。

しかし最初にやってきたのは花恵たちではなく、見知らぬ女性たちだった。この丸ビルには数え切れぬほどの企業が入っていて、そのほとんどでタイピストが働いていることを考えると、途方もない数だ。

「あら？　郁子さん？」

目の前を過ぎゆく大輪の白い花をいくつも見送っていると、馴染みのある声が仙太郎の仮の名を呼んだ。

振り向くと、花恵が取り巻きをつれて出てきたところだった。

「花恵さま。突然、申し訳ありません」

深々と頭を下げると、花恵は足早に近づいてきて、気遣わしげに眉を寄せた。

「郁子さんならいつでも大歓迎よ。どうしたの？　泣きそうな顔をしているわ」

「実は、ご相談したいことがあって」

「何かしら？　ああ、場所を移しましょうね。どこか行きたいお店はある？」

花恵は仲間たちに会釈をして先に行かせると、仙太郎の手をとってゆっくりと歩き出した。

「花恵さまとお話しできるならどこでも」

仙太郎が震える声で答えると、花恵はにっこりと微笑んだ。

彼女が仙太郎を連れていったのは、歩いて十分ほどの洒落たミルクホールだった。薄暗い店内には静かな音楽が流れている。クラシック音楽だということはわかるが、曲名は全くわからない。なんとなく聴いたことがあるような気がするので、きっとショパンだろう。中学校ではほぼ優等をとってはいるが、音楽だけは徹底的に才能がないらしく、いつも可だった。とくにクラシック音楽を聴くと三分以内に睡魔が襲ってくるので、クラシックはとにかく全部バッハかショパンということにしている。単に、この二人の名前が覚えやすかったからだ。

しめやかな雨に似た音色が室内の空気を濡らす中、仙太郎は睡魔に負けないよう、かたく拳を握り、掌に爪を食いこませた。

ここからは、大事な戦いだ。

「お恥ずかしい話なんですけれど……私、お金がなくて」

ミルクセーキに少しだけ口をつけた後で、仙太郎はうつむいて切り出した。

対面に腰を下ろした花恵の前には、ミルクをたっぷりいれた珈琲が置いてある。が、彼女は全く口をつけず、じっと仙太郎を見て話が進むのを待っていた。

「学生だし、贅沢なんてできないってわかってるんです。こうしてタイピスト養成所に通わせて貰ってるだけでも幸せなことだということも。でも、静江さんやかほるさんを見ていると、時々とても辛くって……」

「かほるさんから、聞いたのね」

静かだが、ごまかしを許さぬ響きだった。仙太郎はいっそう目線を落とした。

「はい。今日、静江さんはお休みで」

「そう。かほるさん、いつもあなたのことを気にしていたの。あんなに綺麗で、真面目なのに、気の毒だって」

「はい、感謝しています。それで、その……」

腿《もも》の上にひろげていた手巾《ハンカチ》を右手で握りしめ、呻くように言った。

「無理しなくてもいいのよ。ここに来たということは、お金がほしいということでしょう?」

包み込むような口調だった。はい、と蚊の鳴くような声で返事をすると、やさしく髪を撫でる感触があった。

「大丈夫。最初は誰でも怖いものよ。でもねぇ郁子さん、純潔なんていつかはなくなるのよ。最初はちょっと抵抗があるでしょうけど、本当に最初だけよ。後はむしろ楽しくなってくるばっかり。数時間ちょっと一緒に過ごすだけで、相手は喜んで、私たちは大金が手に入る。

そして綺麗になれる。相手はますます喜ぶ。こんなに効率がいいことってないでしょう？」

花恵は歌うように言った。笑顔は明るく、口調は軽い。養成所の生徒たちと、千疋屋でお喋りをしていた時と全く同じ調子だ。

「職場の華ですから、綺麗でなければ――ですよね」

「そうそう。そうあるためには、お金はいくらあっても足りないの。馬鹿な話だと思わない？　男のわがままで金も面倒も倍以上かかる和装で通してやっているんだから、給金だってもっとあげてくれたっていいのに。だから、男たちにも少し助けてもらうのよ。これは当然の権利」

「権利……ですか」

「そうよ。かほるさんもずいぶん苦しんでらしたけど、この仕事をするようになってから、顔つきがまるで変わったわ。自信に満ちて、本当に綺麗になって。私が保証するわ、郁子さんはもっともっと綺麗になれる」

熱っぽい目に見つめられ、仙太郎ははにかんで視線を逸らす。実際に、この女に見つめられるのは苦手だった。

「そうでしょうか。でも、何も知りませんし、やっぱり怖くて……」

「絶対に危険なことはないと約束するわ。私、客は厳選しているの。とくに郁子さんの相手なら、私、いつも以上に慎重に選ぶから。安心して」

花恵の両手は、仙太郎の右手を握りこんだままだった。困惑して手を見やると、花恵は「あら」とはじめて気づいたような顔をして、右手を解放した。

「もちろん無理強いするつもりはないわ。あなた次第よ、郁子さん。でも皆、最初は怖がっていても、一度やってしまえば、なんだこんなものなのって拍子抜けするの。例外は見たことないわね。かほるさんだって、なあんだって言ってたわ」

たしかに、かほるは「どうってことはないわよ」と笑っていた。紅紐団にいる少女たちとはまるで違う、ごく普通の家庭に生まれ育った娘が、衣服や化粧品のためにあっさり純潔を捨てるという事実が、その時まで仙太郎にはどうしても信じられなかった。

しかし、かほるはあっけらかんと笑っていた。なぜかわからないが、仙太郎は深く傷ついた。

「かほるさんは、月に二度ぐらいの頻度かしら。これは郁子さんの都合で決めてくれていいわ。まずは一度やってみることよ。それでどうしても合わなければそれきりにすればいい。こちらは決して強要しないわ。一回でも報酬は渡すし、それだけでも少しは助けになるんじゃないかしら」

だいたいこれぐらいね、と花恵は、テーブルの上に指で数字を書いた。予想以上の金額に、仙太郎は目を剝いた。

「……こんなに？」

「こんなに」

紅紐団の花桃組の規定より、ずっと高額である。丸ビルのタイピストという独自のブランド力によるところもあるのだろうが、それにしてもすさまじいぼったくりだ。倫子に報告したら、怒髪天《どはつ》を衝《つ》くにちがいない。

仙太郎は眉根を寄せてうつむき、しばらく考え込んだ。といっても、答えははなから決まっている。

ゆっくり三十数えた後、仙太郎は顔をあげた。

花恵は案の定、余裕の微笑みを浮かべていた。こちらの答えなど、最初から知っているというように。

仙太郎は一度大きく息を吸い込み、マスカラで縁取られた目をまっすぐ見つめて言った。

「よろしくお願いします、花恵さま」


花恵が指定したのは、週末の午後だった。

平日の夜は仙太郎が家から出るのは難しかろうということで、土曜の三時に、仙太郎は言われたとおり、三越の前で待っていた。

週末ということもあって、人出が多い。家族連れが目立つが、浅草とはずいぶんと客層が違う。最大の違いは、女性の服装だろうか。浅草ではほとんど見かけない洋装を、日本橋となるとそこここで見かける。

数日ぶりの太陽は、ここが見せ場とばかりに燦々《さんさん》と輝き、闊歩《かっぽ》する人々を照らしている。晴天はありがたいが、炙《あぶ》るようなこの日射しは遠慮したい。仙太郎は取り出した手巾で額の汗を拭い、明るい笑い声をたてながら三越の中に吸い込まれていった家族連れを見た。だいぶ丸い体を良質の三つ揃いに包んだ紳士に、いくらか年下の和装の妻、そして洋装の子供が二人。娘のほうはおそらく今の仙太郎と同じぐらい、弟はその二、三歳下といったところだった。

笑顔に包まれたその家族に、ふと、幼いころの光景が重なった。

仙太郎の一家が、こんなふうに揃って着飾って出かけるのは、正月ぐらいだった。着飾るといってももちろん華美なものではなく、母や姉が縫ってくれた新しい着物を着るだけだったが、まだ硬い生地の感覚がこそばゆく、心が浮き立った。

最後に一家揃って初詣に行ったのは、四年前の正月が最後。その直後、姉は消えた。

今は二度と戻らぬ光景。

家族に幸せをもたらすはずだった待望の男児は、あの家をずたずたに引き裂いただけだった。

「郁子さん、お待たせ」

明るい声に、仙太郎ははっと顔をあげた。道のむこうから、手をあげて花恵がやって来る。

「あら、怖い顔。緊張しているのかしら」

笑う花恵は、淡い緑のワンピース姿だった。体の線が出ないゆったりとしたシルエットに、腰の下あたりには橙《だいだい》色がかった桃色の太いリボンがアクセントとして巻きついている。大きくあいた襟元からすんなりと伸びる白い首には真珠が巻きつき、足下はベルトつきの薄いベージュの靴、手にした小さなハンドバッグも同色のものだった。

洋装の時にはパラソルは差さないらしく、かわりにブリムが極端に小さい帽子を小粋にかぶっている。パリで流行っているクロッシェという帽子なのだと、以前聞いた。

「今日もすてきなお召し物ですね、花恵さま」

この一月ですっかり婦女子の服装に詳しくなってしまった自分にげんなりしつつ、仙太郎はひとまず褒めた。

「ありがとう、郁子さんも素敵よ。きっと相手の方も気に入るわ。さ、行きましょうか」

花恵は親しげに仙太郎の手をとり、歩き出す。

かほるの〝初仕事〟の時にも、花恵がついてきたという。心強かった、とかほるは話していたが、単に土壇場になって女が逃げ出さないようにするためだろう。

花恵はいつものように、仙太郎の気を引き立たせるようなことをあれこれ喋りながら、日本橋通りを我が家の庭のように闊歩する。手を放したかったが花恵はしっかり仙太郎の腕を搦めとっていた。傍目《はため》には、仲の良い友人どうしにしか見えないだろう。誰が、これから売春に向かうなどと思うものか。

「そんな硬い顔をしないで、郁子さん。本当に、なんでもないことなんだから。貞節なんて、男の都合で正しいことのように押しつけられているにすぎないの。今は女性解放の時代なのよ、古い価値観に囚《とら》われていては駄目。私たちは最先端の職業婦人。これからは女の時代なの！」

歌うように語り、花恵はぐいぐいと仙太郎を引っ張っていく。仙太郎は適当に相槌を打ちながら、ひそかにあたりをうかがう。ここからではわからないが、紅紐団の団員が数名、後をつけているはずだ。

花恵が〝仕事〟に使う場所をつきとめ、売春の契約が成立したところで踏み込む。そう説明された。

警察でもあるまいし、わざわざそんなことをせずとも、花恵と直接話でもすれば済むことではないのかと疑問に思ったが、倫子は「素直に会う相手じゃないわよ」と吐き捨てた。

あいつらには人情ってもんがない、金のことしか頭にない。紅紐団の少女たちは、丸ノ内の女をそう言って嫌う。先方からすれば、こちらは未だに江戸を引きずった、泥臭い連中ということになるだろう。

たしかに花恵を見ているかぎり、同じ少女ギャング団でも性質は紅紐団とはまるで違うと思う。まず花恵は団歌なぞ作らないだろう。

「私たちは、自分の力で生きていくのだもの。でもどうしてもお金に困った時には、ちょっとこの仕事で助けてもらう。それだけ」

そう言っていたかほるもまた、花恵を先輩として慕いはしても、彼女や仲間たちを家族と思うことはないだろう。

自分も花恵の世話になることになったと仙太郎が打ち明けた時に、彼女はいたく喜び、屈託なく自分の経験談を話してくれた。その表情からも口調からも、罪の意識も後悔もみじんも感じられなかった。

「不安でしょうけど、大丈夫よ。皆、やっていることだもの。問題ないわ」

複雑な思いで考え込む仙太郎の表情をどうとったのか、かほるは何度もそう言って励ました。

皆そうしている。皆やっている。なんの根拠もない、だがなぜか絶大な効力をもつ魔法の呪文。

充分に聡明な少女が、目先の金につられ、考えるのをやめて飛び込んだ先にあるものが、いいものだとは思えない。

かほるは仙太郎にとって、仕事のために忍び込んだ養成所で出会った知り合いに過ぎない。花恵の悪事を暴けば、養成所にも彼女にももう用はない。

それでも、わずかな時間でも友として接していたのだ。あまり、彼女の悲惨な未来は見たくない。

そのためにも、そろそろ花恵にはおとなしくしてもらわねばならなかった。

京橋《きょうばし》までやって来たところで、小路に入る。しばらく歩いて出た十字路に面し、「センツラルホテル」と古びた看板を掲げた四階建ての建物があった。ごくそっけない長方形の箱で、くすんだ黄土《おうど》色の壁面には西洋の紋様を真似た飾りが走り、洒落た洋館を気取ろうとしていたが、全体的に薄汚れているせいで、かえって安っぽく見えていた。

エントランスの近くには、壮士ふうの男が二人立ち、なにやら声高に口論している。見てくれの恐ろしさと声の大きさに恐れをなしてか、ホテルの近くにはほとんど人がいなかった。

彼らの傍らを平然と通り過ぎた花恵に続き、仙太郎もロビーへと足を踏み入れた。薄暗い。出迎えた豪奢なシャンデリアは、おそらく創設当初はそのまばゆい光で客の目を驚かせたにちがいないが、今は光も鈍い。内装は重厚で、趣味は悪くなかったし、お仕着せを着たボーイの態度も洗練されていたが、寂れた雰囲気は誤魔化しようがなかった。

最近は、雨後の竹の子のように、西洋ふうのホテルが建てられている。このセンツラルホテルはブームに先んじて建てられたものらしく、ほんの数年前までは隆盛を誇っていたにちがいないが、今はより洗練されたホテルに客を取られてしまったのだろう。

だからこそ、花恵のような女に目をつけられる。

いわゆる「立ちんぼ」ならば、裏町の格安の宿を使うだろうが、危険も大きい。このホテルはそこそこ立地がよく、安全で、秘密が漏れにくい。美しき職業婦人が副業に励むには、もってこいだ。

「どうしたの、郁子さん」

立ち止まってあたりをうかがっている仙太郎に、先を行く花恵も足を止めてふりむいた。

「ちょっと、人が少ないなと思って」

寂れている、というだけではない。明らかに人が少ない。

ロビーだけではない、ホテルの外もだ。いくら大通りから外れているとはいえ、それなりに人通りはあるはずなのに。追ってきているはずの紅紐団の仲間たちの姿も見つからない。

「いつもこんなものよ。それに、あんまりたくさんいて、じろじろ見られるのも厭じゃない。さ、行きましょう。三階よ」

花恵は仙太郎の手を引き、エレベーターに乗り込んだ。

三階に到着し、扉が開くころには、仙太郎の頭の中に鳴り響く警鐘は、無視できぬほど大きくなっていた。手首をつかむ花恵の指の力も、容赦がない。今までにも手を繋ぐことはあったが、これほど明白な脅しをこめて握られたことはなかった。にもかかわらず、顔にはいつもと同じ、人好きのする笑みがはりついている。

一歩、また一歩と目的の部屋に近づくたび、仙太郎の心臓は跳ねた。

そしてとうとう一番奥の扉の前で足を止めると、花恵は仙太郎の手をつかんだまま、もう一方の手でノックをした。誰だ、と低い応《いら》えがある。

「花恵です。連れてきました」

ほどなく、チェーンを解除する音がして、真鍮《しんちゆう》のノブが回った。開いた先には、若い男が立っていた。

「やあ、こんにちは。待っていたよ」

さきほどの誰何《すいか》の声とは違う、穏やかな声だ。短く刈り込んだ頭髪に、愛嬌のある大きな目。身長も仙太郎とさほどかわりなく、一見少年にも思えたが、頬の線の鋭さはれっきとした大人のものだ。年の頃は、二十代半ばといったところだろうか。白いシャツになんの変哲もない薄茶のスラックス。革靴はよく磨かれ、上等なものだ。

この手の客などたいてい脂下《やにさ》がったおやじだろうと思っていただけに、坊ちゃん然とした若者に出迎えられ、仙太郎はあっけにとられた。

「お待たせしてごめんなさい、シゲさん。彼女が噂の郁子さんよ」

「話に聞いていたよりずっときれいだね。はじめまして、郁子さん。今日はどうぞよろしく」

シゲさんと呼ばれた男は、にこやかに手を差し出した。一瞬ぽかんとした仙太郎は、花恵に小突かれ、慌てて同じように右手を出して握手をした。体つきは華奢《きやしや》だが、手は大きい。

そのまま強引につかまれて中に引き入れられるかと思いきや、男はあっさりと手を放し、「さあどうぞ入って」と、体をずらして客人を迎え入れる隙間をつくった。

拍子抜けしたまま部屋に足を踏み入れた仙太郎は、すぐに動きを止めた。

てっきり、客は一人だと思っていた。

が、ベッドの奥にあるソファにはもう一人、座っている。しかもその顔には見覚えがある。

端整といって差し支えない、優男ふうの顔立ち。しかしこちらを見上げる笑顔は、明らかに好奇心や好意から生まれるものではなかった。

「やあ、また会ったなお嬢さん。俺のことを覚えているかい？」

この声も記憶にある。が、仙太郎は首をふった。

「いいえ。どこかでお会いしましたか？」

「嘘言っちゃいけない、俺を見て息を止めたろ。俺の目はごまかせないぜ。金龍館では世話になったなぁ。おかげでまた数日警察にぶちこまれて、今じゃ浅草もろくに歩けなくてね。こんなところで失礼」

ゆらりと男が立ち上がり、仙太郎は反射的に体を引いた。

が、すでに背後のドアは閉じられ、退路を塞ぐように花恵が立っている。振り向くと、花恵は微笑み、仙太郎の体を前に押した。

「しっかりして、郁子さん。ここまで来て怖じ気《おけ》づいちゃ駄目よ」

「……通してください、花恵さん。二人なんて聞いていません」

「そういうこともあるわ。大丈夫、報酬も倍だから。お金、困ってるんでしょう？」

「おいおい、無視は困るな」

男が苛立ったように声をあげた。

「郁子、ねえ。俺が聞いた名前はおせんだったが。そういやあ、倫子に引き渡せと言った時も無視されたっけなあ」

男はベッドをまわりこみ、ゆっくりとこちらに近づいてくる。仙太郎を迎え入れた男は、壁に背を預け、面白そうに二人のやりとりを見ている。彼のことはひとまず無視して、仙太郎は花恵を睨みつけた。

「どういうことですか、花恵さん」

「それを訊きたいのは私のほうなのよ、郁子さん」

花恵は悲しげに眉を曇らせた。

「目をかけている後輩に親切にしていたつもりが、この人たちが、郁子さんは悪名高い紅紐団の一員だなんて言うんだもの。私たちの動向を探って、警察に突き出すために送りこまれたなんて、脅すのよ。怖くって。だからここで疑いを晴らしてくださるでしょう、郁子さん」

花恵は怯えた顔をしているが、口許にはおさえきれぬ笑みがある。仙太郎はどうにか舌打ちをこらえた。いつから気づいていたのだ、この女狐《めぎつね》は。

「脅しなもんか。俺たちはそうやって潰されたんだ。力じゃかなわないからって、仲間を買収して背後から撃たれた。仁義もない、卑怯な奴らなんだ。なあシゲ」

「ん？　ああ、そうかな」

シゲと呼ばれた男は明らかに生返事とわかる声を出した。仙太郎が入ってきてから、一瞬も視線を外さない。

「それより、これから交流を深めようっていうのに、自己紹介もなしじゃあ味気ない。辰雄はすでに顔見知りのようだけど、僕は違うからね」

舞台上の俳優のように、彼は大仰に礼をとる。

「改めまして、はじめまして郁子さん。僕は鳥羽茂。最近こっちに来たんだ。辰雄とは昔から何かとつるんでいてね」

「……鳥羽、茂」

声がかすれた。口の中がいつしか干上がっている。

「知ってるだろ？　そうだ、シゲは、おまえらが潰した弁天団の団長だ」

念を押すように、辰雄は言った。

仙太郎は、今度こそ表情を変えぬよう気をつけながら、鳥羽茂を見た。

——これが、元帝大生だという団長か。

背はさほど高くはなく、体つきもどこか薄っぺらい。もっともそれは、二年ほど続いた刑務所生活のせいかもしれない。笑顔の中まったく目が笑っていないこと、やさしげな姿の中に得体の知れぬ不気味さを感じるのは、どことなく操と似ている。

「驚かないね。なかなか肝が据わったお嬢さんだ。それとも単に、僕のことを聞いていなかっただけかな？」

鳥羽茂はにこにこと尋ねたが、仙太郎は何も答えなかった。業を煮やした辰雄が仙太郎の胸ぐらをつかみあげる。息苦しさに、眉が寄る。

「おい、シゲが訊いてんだよ、答えろよ！」

「やめろ、辰雄。乱暴はいけない」

鳥羽は手を伸ばし、横から辰雄の腕をつかむ。辰雄は鼻白み、「どの口が言うんだか」とぼやいたが、素直に腕を放す。鳥羽は彼の腕をつかんだまま、慌てて襟元をなおす仙太郎に微笑みかけた。

「郁子さんだったね。僕らはきみと話をしたいだけだ。手荒なことはしない」

「話？　私、お喋りするために呼ばれたんですか」

「そうだよ、なにせ僕らはずっと娑婆《しゃば》から離れていたからね。六区で何が起きたか全くわからない。知りたくとも、僕は出入り禁止を食らっているし、辰雄も追い出されてしまっただろう。だからいろいろ知りたいのさ。仲良くしようじゃないか」

爽やかな口調とは裏腹な、粘着質な視線に体を撫でられ、ぞっとする。本能的に身を引きかけたところで、

「それじゃあ楽しんでね、郁子さん。うまくいくよう祈っているわ」

先手を打つように花恵は仙太郎を押しやり、すばやく扉を開けて出て行った。

予定ならば、ここで紅紐団の仲間たちが雪崩れこんでくるところだ。だが気配のかけらもない。

花恵と会ってから漠然と感じていた予感は、ここにきて確信に変わった。

仲間たちは、花恵の手下によって足止めを喰らっている。ホテル前のあの壮士連中も、おそらく花恵の息がかかっているのだろう。仲間たちは、ホテルに踏み入ることすらできないにちがいない。

「まず座ったら？　珈琲でも頼む？」

鳥羽はやんわりと言った。仙太郎は一度目を瞑り、息を吐いた。

ここは逃げても無駄だ。扉を開けられるとも思えないし、あのぶんでは廊下に出ても、見張りがいるだろう。

仲間は頼れない。ここは、一人で切り抜けねばならないのだ。ならば時間を稼ぎつつ、活路を見いだすしかない。

「結構です。お話とは？」

「立ったまま話す気はないよ。座って」

促され、仙太郎は一人がけの椅子に腰を下ろした。鳥羽はその向かい側の長椅子に座り、辰雄は仙太郎の背後に立つと、椅子の背もたれに手をかけた。

仙太郎は慎重に二人を観察した。先日はあっさりと辰雄をのすことができたが、先方が油断していたというのが大きい。身のこなし自体は悪くはなかったし、今日は簡単にはいかないだろう。

鳥羽茂のほうも、のんびりしているように見えて、隙がない。どれほど腕が立つのかは知らないが、仮にも浅草を仕切っていた少年ギャング団の団長ならば、無力ということはないだろう。

「阿部郁子ってどこから出てきた名前？　真佐子《まさこ》が作ったのかな」

鳥羽は、テーブルの上の白磁のポットから、ティーカップに飴《あめ》色の液体を注いだ。

「真佐子？」

「花蛇おマサって名前、聞いたことないかな。六区で知らぬ者なしと言われていたんだがなあ」

「こいつ、浅草に出入りするようになってまだろくに経っていないそうだからな」

背後からの馬鹿にした声が腹立たしく、仙太郎は表情を引き締めて言った。

「六区での一年は他の十年に相当するとか。弁天団の名も今は知らぬ者が多いそうですね」

途端に、うなじがちりちりした。背後に立つ辰雄の気配が一変したが、鳥羽がなだめるように右手をあげた。

「浅草っ子は飽きっぽいと言うが、それも当然だ。あの地には、ないものがないし、次から次へと新しいものが入ってくる。どんなにもてはやされたものでも、翌年にはみな忘れ去っている。それを認められないのは、一時は頂点にいた人間のみだ」

「あなたも忘れられないんですか。浅草を牛耳っていた時のことを」

挑発を向けても、鳥羽は「いやいや」と老人のように遠い目をして否定した。

「当時は若かったからね、思い上がってやんちゃが過ぎたと反省しているよ。だから僕自身は、再び浅草に戻りたいとは思わない。今は、東京の他の街にもどんどん新しいものが出来ているからね。ここも充分刺激的だ」

嚙んで含めるような口調だった。なぜこんな教え諭すような言い方をするのだろうかと疑問だったが、背後の気まずそうな咳払《せきばら》いを聞いて、なるほど辰雄に言っているのかと思い至る。辰雄は、浅草に戻りたいのだろう。なにより、茂に返り咲いてほしいのだ。

「つまり、丸ノ内に鞍替えしたということですか」

「今は、堅実にやっているよ」

「堅実にやって、定森花恵と出会うとは奇妙な縁ですね」

「彼女はいいお嬢さんだ。まぁ今回は、ちょっとばかり利害が一致したってところでね。さて郁子ちゃん、まずはきみの本名を聞かせてもらえるかな」

「鈴木せん」

「それも偽名のようだね。ま、いいけども」

茂はカップを口に運んだ。満足いく味だったのか、幸せそうに目を細める。

「僕はさっきも言ったとおり浅草に舞い戻る気はないし、丸ノ内との抗争にも興味はない。真佐子や倫子とは長いつきあいだったから、一度は酒でも飲みながら昔話に興じたいとは思うが。僕も、無学な子供を使う難しさは身にしみていたからね。扱いやすい一面、すぐに暴走するんだよ。よくぞ二年であそこまでまとめたものだと賞賛したいね」

いかにも感心したように、鳥羽茂はひとり頷いた。あからさまに紅紐団を下に見た態度は愉快なものではないが、もう戻る気はないという言葉に嘘はないように思われた。

実際、彼はすでに二十代も半ばで、少年ギャング団というにはいささかとうが立ちすぎている。巷の少年少女ギャング団は、幹部は二十代どころか三十、あるいは老練な詐欺師や裏事情に通じている職人が占めていることもあるが、鳥羽はいまさらあの地で子供を使って遊ぶつもりはなさそうだった。

「では、何が目的でこんなことを」

仙太郎が尋ねると、茂はカップを置き、膝の上に手を組んで、ぐっと身を乗り出した。間近から顔をのぞきこまれると、とっさに目を逸らしたくなる。鳥羽茂は、厭な目をしていた。

「明《あきら》の行方を知りたい」

「……アキラ？」

「田中《たなか》明。知ってるだろう？」

聞いた名だ。たしか小説では、田端明夫と呼ばれていた。鳥羽の腹心だ。

「知りません」

「おい、とぼけてもいいこたねぇぞ」

背後から、肩をつかまれる。ぎりぎりとこめられる力に、眉が寄った。

「とぼけていません。行方以前に、明という人物を知りません」

痛みに顔を歪ませる仙太郎を、鳥羽は探るように見つめている。わずかな変化も見逃すまいとする目だった。

やがて息をついて体を引くと、辰雄にむかって顎をしゃくった。

「離してやれ、辰雄。真佐子のことも知らないんだ、おそらく本当だろう」

途端に肩から圧力が消える。

「ふん。おまえ、こんなことやらされるわりには、全く信用されてねえんだな」

「まあまあ。おせんさん、僕が教えてあげよう。田中明といってね、弁天団の元副団長だった男だ。当時は、親友だった。少なくともそう思っていた。遺憾ながら」

自嘲気味に、茂は唇の片端をつりあげる。

「二年前の抗争の話は知ってるだろう。倫子たちは、女が男に勝ったと吹聴しているようだが、事実は違う。僕らは明に陥《おとしい》れられた。彼は、土壇場で真佐子についたんだ。こっちの情報は筒抜け、でも僕は最後までまさか明が裏切っているとは思わなかった。悪いことをしたと思っているよ」

最後は、仙太郎の背後の辰雄に向けられた言葉らしかった。背後で、辰雄が身じろぎする気配がした。

「そういう話は、聞いていませんが」

仙太郎が正直に答えると、茂は「だろうね」と肩をすくめた。

「あいつら、自分に都合の悪いことは全部隠しやがって。明の糞野郎がいなきゃ、あいつらなんて敵でもなんでもなかった」

辰雄の声は、怒りに震えている。なにもかも初耳だった。

「なぜ、その人は裏切ったんですか」

「あいつは、もともと真佐子に惚れてた。シゲから奪うために、俺たちを裏切ったんだよ！」

すぐ背後で怒鳴られては、たまったものではない。顔をしかめて反射的に耳をふさぐ仙太郎を見て、鳥羽は苦笑した。あるいは、仙太郎の背後にいる辰雄の形相を見て笑ったのかもしれない。

「それは憶測にすぎない。まあ、明と真佐子が親密だったのは事実だね」

「だから俺は言ったんだ、あんたは明を信用しすぎだと！　俺たちに比べれば新参もいいところで、得体もしれなかった。なのに、重用するからああなるんだ」

「だって、僕の話を理解できるのは、あいつだけだったんだ。僕の計画に意見もできて、要求される役割を完璧にこなせるのもあいつだけ。おかげでずいぶん稼いだだろう」

「だが、結局弁天団の金は全部あいつが持ち逃げしたようなもんじゃないか！」

田中明とやらについて口論を始めた二人を前に、仙太郎はたった今得た情報を急いで頭の中で整理した。

弁天団団長・鳥羽と、真佐子——千倉操が恋仲だったことは、絹から聞いている。

そして、弁天団副団長の田中明のことも。帝大生の鳥羽をして、学はないが知恵がまわるといわしめるのだから、相当頭は切れたのだろう。

この三人の三角関係がこじれて、明は親友を裏切った。以前、倫子が語っていた弁天団崩壊の経緯の話も考えあわせると、操は鳥羽の恋人ではあったが、自分を含め女団員の扱いには深い憤りを抱いていたのだろう。もしくは、恋人と思っていたのは鳥羽のほうだけだったのかもしれない。

明の離反で鳥羽たちは陥落し、最終的に警察のご厄介になるはめになった。

そして当の明は、行方知れず。操たちが遠くへ逃がしたと考えるのが妥当だが——。

「ああ、これは失礼。つい熱くなってしまった」

膝の上でこぶしを握りしめ、押し黙っている仙太郎に気づき、鳥羽は人のよい笑みを浮かべた。こういう顔は、操とじつによく似ている。

「きみが明のことを知らないことはよくわかったよ。まあその可能性は充分に考えていたから、かまわない」

「では解放してくださいますか」

「それはできない。もともと、きみは人質として呼んだんだから」

仙太郎は、口の端をかすかに持ち上げた。

「私を囮に、団長がたを呼ぼうと？　訊きたいことがあるなら、浅草に出向けばいいじゃないですか」

「僕は浅草出入り禁止なんだって言っただろう。辰雄が一度、倫子に直談判したようだけど、まああいつに口で勝てる奴はこの世にはいないから」

「それには同意します」

思わず、深く頷いてしまった。鳥羽は小さく噴き出した。

「きみも苦労しているようだ。相変わらずキツいんだね。もともと母親があれだからねえ、口は立つんだ。それでも昔はもう少しかわいげがあったけど」

意味がわからずきょとんとしていると、相手は憐れむように目を細めた。

「きみは本当に何も知らないんだな。倫子の母親は、有名な女性運動家なんだよ。聞いてないかい」

「……全く」

「倫子は、女は家庭から解放されるべきだ、と幼いころから教育を受けてきたそうだ。母親は実際に家庭から解放されていたようでね。毎日、集会だ講演だと、ほとんど外に出て、母親らしいことはいっさいしなかったそうだ。反発か、母の関心を引きたかったのか、倫子は女学校からの帰りに六区に入り浸るようになってね。ばれて退学、家からも勘当されたんだよ」

仙太郎の知る倫子からは想像もできない過去に、ただただ、目を丸くする。追い打ちをかけるように、辰雄がせせら笑う。

「こっちからすりゃ、性根の据わった地方からの家出娘なんぞより、あのテの自分は賢いと思ってる女が一番籠絡《ろうらく》しやすいんだ。あっというまに転落したぜ」

「そこで転んでもタダでは起きず、自力でタイピスト養成所に行ったのは凄いけどね。神田の養成所だから、きみが行っているところとは違うが。ま、立派に自立した最先端の女性になって、母親も泣いて喜んでいるんじゃないかな」

つまり、「阿部郁子」の経歴は、倫子を下敷きにしていたのだろう。洋品店の店員である倫子が妙にタイプライターに詳しかった理由も、わかった。養成所を出ていながらタイピストとして採用されなかったのは、おそらく素行の問題だろう。

「そのぶんではおせんさん、真佐子の経歴もまったく知らなそうだね」

「はい」

「聞きたいだろう」

「……べつに」

いっさい感情をこめずに答えたが、数瞬遅れたことで、こちらの本音など丸わかりだったのだろう。鳥羽は口に手を当て、喉を鳴らした。

「強がらなくていい。彼女の本名は西條《さいじょう》真佐子。水上《みなかみ》の名家の出でね」

これは、納得した。無頼を気取っているが、操の所作は際だって美しい。それなりの家の出なのだろうということは、容易に想像がついた。だからこそ、紅紐団の少女たちも、彼女に憧れるのだ。

「蝶よ花よと育てられた彼女だが、女学校時代に人生を一変させる事件が起きた。さて、なんだと思う？」

面白がるような視線に、「破産でもしたんですか」と適当に返事をしたら、おおげさに驚かれた。

「ご名答。さすが、真佐子が贔屓《ひいき》にしている子だけあるね」

さすがも何も、欧州大戦が終わり、空前の好景気が突然終わってからは、破産の話を聞かない日のほうが少ないぐらいだ。誰だって真っ先に思いつくだろう。

「親父殿が、投資ですっからかんになってね。まあ話を聞けば、明らかに詐欺なんだが、戦争景気の時はみな気が大きくなって次々と投資したからね、口がうまい奴にかかれば財布の紐も緩くなるってもんさ。まして、ただ先代からの財を受け継いだだけで、なんの才覚もなかったような輩はね。真佐子はよく言っていたよ。悪人より、善良な愚か者のほうがよほど罪深いとね」

その言葉は、つい先日、操の口からも聞いた。

「親父は蒸発、屋敷は抵当に入れられ、家族は母親の実家を頼ったが居心地は最悪で、真佐子は単身東京に出てきた。そこからはおきまりのコースさ。僕は、女給をやっていた真佐子に声をかけて、弁天団に引き入れた。彼女はそれはもう、稼いでくれたよ。本が好きで、頭の回転も速くてね。評判を聞いた文学者や芸術家も群《むら》がった。吉原の太夫や赤坂の芸者に負けぬ美貌に才知、だがずっと気さくで楽しめるとたいそうな評判だった」

「文学者……」

操は自称小説家だ。仙太郎のつぶやきにこめられたものを正しく見抜いたのだろう、辰雄が露骨に馬鹿にした口調で吐き捨てる。

「まあ、あいつが小説なんて書き出したのもそのせいだろ。それが俺たちを虚仮《こけ》にする話だってのが許せないがな」

「あれはひどいねえ。小説というよりただの実録じゃないか。人がいない間にあれはない。さすがに僕たちも黙っていられなくてね」

鳥羽は困ったように笑い、仙太郎を見た。

「おせんさん。あまり彼女たちを信じてはいけないよ。口ではどう言おうと、やっていることは僕らとなんら変わりないのだから。くわえて重要なのは、僕は彼女たちを裏切ったことはないが、彼女たちは裏切ったということだ。いいかい、やつらもしょせんは少女ギャング団なんだよ」

「私もその一員ですから、覚悟はしています」

「ブラボー」

鳥羽はおおげさに拍手をした。

「その覚悟があるなら、僕らもきみに気を遣う必要はいっさいないということだね。嬉しいよ」

直後、仙太郎の腕が横に強く引かれる。よろめいたところを抱え込まれそうになったので、とっさに身を捻った。しかしある程度反撃を予想していたと見え、辰雄は力に逆らわず、仙太郎が身を起こしかけたところで今度は足払いをしかけてきた。

緩んだ手をとっさにはたき落とし、仙太郎は片足で弾みをつけ、テーブルの上に飛び乗った。カップとポットが派手に倒れ、茂は目を見開く。その一瞬の硬直を見逃さず、仙太郎は茂に正拳突きを喰らわせると、そのまま彼を踏みつけるようにして長椅子のほうへと渡った。

「シゲ！　てめえ、ふざけんな！」

辰雄は仲間を気にしつつも、怒りを優先させて、仙太郎を追う。仙太郎は伸びてくる手をかわし、ベッドも飛び越え、辰雄と距離をとる。そのまま扉へ飛びついてもよかったが、向こうに人の気配がある。おそらく、開かないだろう。確実に二人を仕留めてから、ゆっくり出るほかない。

「ふざけてないから。応戦してるだけ。話をするだけなら、逃げないけどね」

懐から取り出したナイフを逆手に構え、腰を落とす。こういう時、女ものの着物は面倒だ。普段の格好ならば、茂と辰雄を同時に攻撃することも可能だっただろうが、この恰好ではどうしても動きが制限されてしまう。

「はあ、身が軽いんだね。牛若丸みたいだ」

鼻からだらだらと血を流しながら、茂が立ち上がる。

「仕留めたと思ったのに」

仙太郎のつぶやきに、茂は笑った。

「ちょっとだけポイントをずらしたんだ。完全に避けられればかっこよかったんだけどね。ところでこれ、何かわかる？」

その右手には、いつのまにか黒い塊が握られていた。

仙太郎は目を見開いた。

実物を見るのは初めてだが、知っている。銃だ。

「わかったら、ナイフ下ろして、こっちへおいで。悪いようにはしないから」

茂は相変わらず笑っているが、顔の下半分を血にまみれさせた笑顔は、ただ恐ろしいものでしかない。辰雄は「あーあ」と苦笑し、お手上げだというように両手をあげた。

「おとなしくしたほうがいいぜ、お嬢ちゃん。俺が喚《わめ》いている間に観念しておけばよかったのにさ」

「冗談だろ、だったらもう少しスマートに迫れってんだ」

仙太郎が乱暴に吐き捨てた直後、茂は急に人が変わったように声をあげて笑った。

「いいね、そういうほうが僕好みだよ！　マサが間諜《かんちょう》に仕立てるだけあるよ、久々に楽しめそうだ」

これは、ちょっとまずいかもしれない。

仙太郎は唾を飲み込み、茂の命じるまま、ベッドへと足を進めた。

3

廊下に出た花恵は、ハンドバッグから煙草を取り出した。一本くわえて火をつけ、閉めたばかりの扉に背を預け、ゆったりと煙を吐き出す。

扉のむこうはしばらくは静かなままだったが、煙草を吸い終わるころにようやく何かを蹴倒す音や割れる音が聞こえてきた。

「郁子さん、がんばるじゃない」

が、すぐに音はやんだ。花恵の顔からも笑いが引く。

「私をだしぬこうなんて、十年早いのよ」

郁子の顔じたいは、とても好ましかったのに残念だ。あれだけの器量ならばずいぶん稼いでくれるだろうし、そのうち自分のパートナーにしてあげてもよかったのに。

だが、すでに紅紐団の手垢《てあか》がついていたのなら仕方がない。すでに茂たちから充分な報酬は貰っているし、これで終わりだ。

「じゃ、見張りよろしくね」

いつのまにか廊下の左右に現れていた護衛に声をかけると、花恵は煙草を手にエレベーターホールへと向かった。

角をまがり、ホールに出たところで足を止める。

女がひとり、立っていた。

ひどく目立つ女だった。エレベーターホールには他に誰もいなかったが、もし日本橋の雑踏の中にこの女が放り込まれても、花恵はすぐにわかっただろう。

すらりとした長身に、鮮やかな赤のワンピースがよく似合う。今風の化粧をほどこした顔は、銀幕の女優のようだった。ななめに被った白い帽子には、赤い幅広のリボンがまきついている。不自然なほど長く垂れたリボンが、窓から流れるぬるい夏の風にあおられ、蝶のように舞っていた。

「定森花恵さんね？」

紅い唇から零れた低い声は、耳に心地よい。花恵はごくりと唾を飲み込んだ。

「ええ。どなた、と訊くのも野暮かしらね」

すると女は、意外そうに目を瞠った。

「あら。私をご存じなの」

「もちろんよ、花蛇おマサ」

かつて、浅草六区にその人ありと言われた美しい少女がいた。

不良少女たちの憧憬の的、弁天団の花蛇おマサ。弁天団リーダーの恋人である彼女は、ギャング団の稼ぎ頭であり、また六区に集う芸術家たちのミューズでもあった。

当時まだタイピスト養成所にいた花恵は、頻繁に六区に出入りしていたこともあって、マサを何度か見かけたことがある。まさに今目の前にいる通り、最先端の洋装に身を包み、自信に満ちあふれた顔で歩いていた。

三年前――弁天団が崩壊する一年ほど前に、マサは忽然と姿を消した。

弁天団の団長たちが捕らえられ、後継組織として少女ギャング団が成立したが、そこにも六区に咲いた徒花《あだばな》の姿はなかった。

団長の名もしばらくは明らかにならず、一年ほど前にようやく、マサが戻ってきたらしいという噂が耳に入った。

しかし、マサを見た者はほとんどいないという。彼女が現れるのは、紅紐団の会合のみ。普段はどこで何をしているのか、全くの不明だった。

「へえ、黒蝶《こくちょう》団の団長ともあろうお方がご存じとは恐縮だわ。今じゃその名を知っている者もほとんどいないでしょうけど」

女はにこやかに、しかし一分《いちぶ》の隙もない構えで花恵を見ている。

花恵の口から鋭い舌打ちが漏れた。

黒蝶団。その名を知る者は、そう多くはない。花恵が引き入れた女たちの中でも、古株の人間ぐらいだろう。

そもそも花恵は、団に名前をつけることにも反対だったのだ。少年少女ギャング団が、いちいち時代がかった名前をつけるセンスはいただけないと常々思っていた。自分たちはもっと自由で、現代的であるべきなのだ。

しかし、人数が増えると取り決めも増え、話し合う際に名前がないと面倒だということで、適当に黒蝶とつけた。

「そうね、もうあなたは過去の遺物だもの。帽子のリボン長すぎじゃない？」

「目印のつもりだったんだけど」

「そんなものがなくてもわかるわよ。伝説の花蛇が何か用？　まさか、この先に知り合いの娘でもいるのかしら」

「いいえ。私はあなたとお話をしに来たの。少しお時間いただけません?」

花恵は油断なく周囲をうかがった。この女以外、不穏な気配は感じられない。紅紐団が追ってくるだろうことは予想していたのでホテルの周囲には人を配置し、それらしい女は近づけないようにしていたはずだ。ならば、マサはどうやって入ったのだろう？

「疑問にお答えすると、あなたがここをよく使うことは知っていた。だから昨日から泊まっていたの。それだけよ」

涼しい顔で言ってのけた浅草の女を、花恵はぎょっとして見返した。

「……お答えいただきどうも」

「あなた、存外顔に出るわね。私、演劇のいい師匠を知っているのよ。演技だけではなく、間の取り方や、相手の呼吸を読むのもとっても勉強になるわ。ご紹介しましょうか」

「ご親切に。でも結構よ。ところで、こんなところでのんびりしていていいの？　あなたの仲間、今まさに大変な目に遭っているところだけれど」

マサはちらりと、花恵が歩いてきた方角に目をやった。

「あの子なら、自分でなんとかするでしょう」

「ずいぶん信頼していること。でも相手は二人よ。ついでに一人は銃をもってる」

「あらあら。それは大変」

全く大変ではなさそうにマサは言った。

「でも、それはそれ。私は、あなたと話がしたくてここに来たのよ」

凛としたまなざしが、再びまっすぐ花恵を射貫いた。負けじと花恵も相手を見つめる。

「話ってなんの」

「立ち話もなんだし、下のカフェーに移動しません？　いつ銃声が聞こえるかハラハラしながら話すのもなんでしょう」

「……まあね」

「心配なら、そのへんの手駒を何人か連れて来ればいいんじゃない？」

花恵は片眉をはねあげて、マサを睨みつけた。

「ここなら、あなたのシマより私のほうがずっと近いわ。心配なんてとんでもない。あなたこそ、一人で大丈夫？」

「あなた、誰にむかって訊いているの？」

マサの微笑みは鉄壁だった。どこにも敵意は見いだせない。だが明らかに彼女は、威圧していた。

花恵は舌打ちをし、周囲に目配せし、近くの灰皿に煙草をねじ込んだ。

「なら、行きましょう。私もいくつか訊きたいことがあるの」

「喜んで」

浅草と丸ノ内のそれぞれ頂点に立つ女は笑みをかわし、そろってエレベーターに乗り込んだ。

＊

茂と辰雄は動きを止めた。呼吸も、おそらくまばたきも止まっていただろう。

目の前の光景が、信じられなかったからだ。

強引に割り開いた襟の下には、あるはずのふくらみがない。いや、あるにはあったが、やわらかい脂肪を包むまろい皮膚ではなく、適当に丸めた布が零れおちてきた。

その下から現れたのは、平坦な胸板。小さいとかそういう次元ではない、本当にまったいらの——つまり、どう見ても、男の胸だった。

まったく予想していなかった事態に、彼らは一瞬、反応が遅れた。

少女の頭上で手を押さえつけていた辰雄も、彼女の顎下に銃口をつきつけて服を脱がせていた茂も、現実に理解が追いつくまで、二秒ほど必要とした。

そしてその二秒こそ、仙太郎が待ちかねていた瞬間だった。

手を押さえる力がわずかに緩んだとみるや、渾身《こんしん》の力で腕を振り上げて辰雄の手ごと彼の顎にたたきこみ、同時に勢いよく上半身を起こして茂に頭突きを喰らわせた。

仙太郎の足は縛られ、ベッドの端に紐がくくりつけられており、はじめは茂が仙太郎の胸と腹の間あたりに乗り上げていたのでどうやっても動けなかった。が、胸をまさぐるために下にずれ、襟元に手をつっこんだ瞬間、いけると思った。

声もなく崩れ落ちる茂の手から銃を奪い、駄目押しとばかりに銃床で二人のこめかみを殴りつける。そのまま茂を床に転げ落とし、急いで足の紐をほどく。

「強すぎる武器ってのは諸刃の剣だな。どうしても詰めが甘くなる」

立ち上がった仙太郎は、ベッドの上と下でそれぞれ昏倒している男を見下ろした。

「自分が賢いと思ってる奴は堕としやすいんだっけ？　明とやらが裏切らなくても、あんたたち駄目になっていたと思うよ」

仙太郎は身を翻し、扉へと向かう。が、ふと思い直し、クローゼットを開けて、彼らの背広の隠しに手をつっこんだ。黒い革の財布が現れる。中身を抜き出そうとして、しばらく考えこみ、札をしまって元に戻す。

彼らがやらかしたことは許せないが、非常にいいヒントをくれた。まあ、これ以上は勘弁してやろう。

仙太郎は今度こそ、部屋を出た。銃はしっかりと、右手にもったまま。

廊下に、悲鳴が響き渡った。

＊

「小松って、きみの客だったろう」

ホテルのカフェーに落ち着くなり、マサの口調はがらりと変わった。同時に、目つきも何もかも、変わる。

「小松？」

「とぼけないでくれ。もう調べはついてる。帝國文化院の小松。うちの大事な団員と心中しやがった野郎だ」

花恵は一瞬目を瞠ったが、すぐに挑発的な笑みを浮かべた。

「ああ、あの横領心中男。丸ビル中、騒ぎになって大変だったわ。そういえば、以前は客だったことがあるかもね。この仕事も長いから、いちいち覚えてないわ。そう、今あなたの手下といい仲だったの。男見る目がないわねえ」

「そうさせたのは、きみじゃないのか？」

ちょうどボーイが珈琲を運んできたので、礼を言って受け取った。ここの珈琲は悪くない。それも、このホテルをよく使う理由のひとつだ。

「私？　どうして」

「黒蝶団に恐喝されてる男は多いからね。ところで、ここの珈琲はじつに美味《おい》しいよね」

カップに手を伸ばしたところで、花恵の手が止まった。マサは本当に美味しそうに目を細め、珈琲を口に運んでいる。

「ええ、私もそう思う。東京で五指に入るわ。でも恐喝なんて、失礼ね。本当に恐喝されていたのなら、警察に訴えれば済むでしょう」

「そうすれば、公娼以外の女を買った事実が明らかになる。恐喝されていたのは、皆それなりの肩書きがある者ばかりだ」

「なんなの、私を警察にでも突き出すつもり？　それこそ自分の首を絞めるんじゃない？　たしかに私たちは丸ノ内を中心に稼いでいるけど、あなたたちも浅草で同じことしてるでしょう」

「突き出すつもりなら、話し合いなんてしないよ。やるなら、丸ノ内だけにしておいてほしいって話だ。こっちのシマに手下を送りこまれちゃ困るんだ」

「だからさ」

うんざりした様子で花恵は言った。

「たしかに、郁子さんみたいに養成所で声をかけた子もいる。でもその子が卒業後にどこの会社に勤めるかなんてわからないし、全員が全ての〝仕事〟の許可を私に求めるわけじゃないのよ。あんたたちに捕まった子は、勝手にやってたんだってば。私だって、よそのシマでやらせるようなことしないわよ。教育が行き届いていなかったのは謝るけれど」

「その必要はない」

「何ですって」

「中身のない謝罪は意味がない。きみは、直接女を送りこむと同時に、より効果的な方法を考え出した」

マサはカップをソーサーに戻し、笑いを消した顔で花恵を見た。

「きみは、意のままになる男を六区に送り込んだ。男ぶりのいい、表向きは金もある者を選んで、偶然を装って、花桃組の者たちと接触させた。たとえば、小松がヴェリテで絹と出会い、一目惚れと称して口説き落としたように」

マサの目は、ひたと花恵の面《おもて》に据えられて動かない。どんなわずかな揺らぎも見逃すまいとする目だった。

「あの子は、頼られると厭と言えない。金が至急必要だと言われれば、将来の夢のために貯めていた金も、二束三文の絵のために支払ってしまう。もう未来がないから一緒に死んでくれと言われれば、死んでしまう。彼はいいカモを選んだと思うよ。絹を選んだのもきみの指示？」

「浅草の女給なんて知るわけないでしょ」

「花桃組では他にも被害が出ていてね。さんざん貢いだあげく、相手は行方知れず。男を通して吸い取った金はみなきみの懐に。今、帝都の少女ギャング団の中で、きみたちほど羽振りのいいのはいないだろうね」

「紅紐団の足下にも及びませんわ」

「六区を狙ったのは誰の指示かな」

「言いがかりよ。あなたの妄想力もたいしたものね」

いくらしらばっくれても、マサの追及はまったく緩む様子はなかった。

「辰雄だけじゃ無理だ。鳥羽茂あたりだろう。彼も、出所した後の金は確保しておきたいだろうからね」

マサは、あの部屋にいる人間をも正確に把握しているようだった。

このぶんでは、このホテルには、紅紐団の人間が他にも潜んでいる。郁子を尾行していたグループは、こちらの手数をさくための陽動だったのだろう。花恵は観念して、目を閉じた。

「それで？　あなたはどうしたいの？」

「決まってる。取られたものを取り返す」

「無理。もう使っちゃったもの」

「だろうね」

　怒るかと思いきや、マサはあっさりと頷いて、流れるような仕草で煙草をくわえた。花恵がライターを差し出すと、マサは意外そうに眉を撥ね上げたが、「どうも」と笑ってそのまま顔を寄せて火をつけた。

「なら金は潔く諦めよう。あとはタマだね」

「タマ？」

　一瞬なんのことかわからず訊き返したが、こちらを見据える目を見た途端、背筋が凍った。

「そう、タマだ。絹はあんたに殺された。だからあんたの命で支払ってもらう」

「何言ってるの。女給を殺したのは小松で……」

「なあ、定森さん」

　煙を吐き、マサは優雅に微笑んだ。

「あんたは最先端の職業婦人だろう？　賢いあんたならわかるはず。あんたが馬鹿にする仁義を忘れちまったらどうなるか、まさかこの世界に踏み込んできて考えたこともなかったなんてことはないだろうね」

　女優顔負けの美しい笑顔とは不釣り合いな、言葉遣い。口調はよどみなく、感情の起伏すら感じさせないものだった。

「紅紐団は、家族だ。家族を奪われれば全力で報復する。今までは、あんたの罪についてはただの推測だったが、今日事実だと確定した。郁子のおかげで、紅紐団の姉妹全員がそれを知った。しかもあんたは今日、私たちの天敵である弁天団を使った。あたしたちは、これから全力であんたたちを潰す。そしてあんたは殺す」

花恵は喘ぐように口を開いた。が、口の中が干上がり、声が出なかった。

何を言っているのだと鼻で笑いたかった。ここは自分たちのシマに近い。そんなところで何をいきがっているのだと言ってやりたいのに、出来なかった。

マサは微笑んでいる。しかし、こちらを見つめる目は、先ほどからいっさい瞬きをしていなかった。

視線に縫い止められて、体が動かない。呼吸もうまくできなかった。

今まで、危険な目には何度も遭ってきた。男相手の稼業で命の危機を感じることだってあった。そのたびに賢く乗り切ってきた自負があるからこそ、花恵は常に笑っていられた。

しかし今日ばかりは、それが出来そうになかった。

東京最大などと言われてはいるものの、いかにも前時代的で野暮ったい、少女ギャング団。才覚も覚悟もない連中がただ集まっていきがっているだけの、吹きだまり。

自分たちとは根本的に違う。その認識を改めるつもりは、今この瞬間もない。そう、この全く非効率的な仁義とやらを無駄だと見なしていたからこそ、自分は今、苦境に立っているのだ。

怒りが凍りついたような瞳は、告げている。逃がすつもりはない、必ず殺すと。

「……あ……の……」

「ただし」

ほとんど無意識のうちに命乞いをしようとしていた花恵は、冷然と遮られ、再び凍りついた。

「紅紐団に下るなら、少しは考えてもいい」

「え」

思いがけない言葉に、目を見開く。

「対外的には、黒蝶団のままでいいし、傘下《さんか》に下ったと公表する必要もない。ただし、私の求めには全て無条件に応えねばならない」

「そんな……それは」

「じゃあ死ね」

切り捨てるように、操は言った。

「私はどっちでもいい。もしこのホテルから、私や郁子が出ることがなければ、あんたは問答無用で後者の道を辿るだけ。さあ、どう……」

急にマサの表情が崩れた。花恵の背後に向けられた目は満月のようにまんまるになり、次の瞬間、咳き込むようにして噴き出した。

なにごとかと振り向いた花恵も、同じように目をひん剝いた。

「い、郁子さん？　あらまあ……」

花恵は絶句した。

店に飛びこんできた郁子は、惨憺《さんたん》たるありさまだった。つややかな黒髪はぼさぼさで、左の頰は腫れ、口許には血がこびりつき、帯はひん曲がって、襟元も乱れている。何があったか一目でわかるが、それよりも花恵を驚かせたのは、大きく乱れた襟元から、まったいらな胸が見えていることだった。

店内にいた客は、凄絶《せいぜつ》かつ破廉恥な少女の恰好に騒然となり、警察を呼べだのなんだのと声が飛び交ったが、やがて少女が男とわかると、騒ぎは次第に鎮まり、かわりになんともいえぬ沈黙がひろがったのだった。

第四章　花売娘

1

「お花、お花いかがですか。めずらしい瑠璃菊《るりぎく》にございます」

蕎麦を平らげた帰り道、可憐な声に足を止めた。

気分がよいので、久しぶりにあやから花でも買ってやろうかと縄張り近くまで足を延ばしてみれば、耳に飛び込んできたのは知らぬ声だった。あやよりも幼いが、よく響く。

声の主は、十前後の少女だった。体つきはあやとそれほど変わらず、おさげにリボンという髪型も同じだ。唯一違うことといえば、この少女がとびきり美しいことだった。

真夏の陽光を弾き返すような白い肌、つんとつまんだような鼻。ふっくらとした唇。黒目がちの目は切れ長で、まだ童女だというのになんともいえぬ艶が滲んでいる。

その黒々とした目が、つ、と仙太郎に向けられた。

「お兄さん、瑠璃菊はごぞんじですか？」

目が合った途端、少女は微笑んだ。この年にして、すでに完璧な商売人の笑顔だった。

「いや」

「海のむこうから渡ってきた、めずらしい菊なんです。すてきな形でしょう？」

少女は、右手にもった花を、仙太郎の眼前に差し出した。

薄紫の、細い花弁がいくつも重なり合う、可憐な花である。はじめて見るものだった。

半ばつられて手を出しかけた仙太郎は、菊に触れる直前にはっと気づき、慌てて手をひっこめた。

「悪い。今、持ち合わせがない」

「あら、残念」

花売り娘は、路上の物売りがよくするように強引に押しつけてくることもなく、寂しそうな顔をして花を胸元に戻した。

こちらの罪悪感を刺激するような表情は、さすがにうまい。あやも、捨てられた子犬のような目で客を引きつけ、買わずにいられない状態にさせたものだ。

「でも今度、きっと買ってくださいね。お母さまに贈られたら、きっと喜びます」

寂しさを押し殺すように少女は微笑んだ。仙太郎も曖昧に笑い、その場を離れる。すると少女はすぐに他の客へ「瑠璃菊はいかがですか」と明るい笑顔で声をかけ始めた。

「……あやのやつ、何やってんだ」

浅草には花売り娘などいたるところにいるが、この区域は六区の頂点なのだと自慢してはいなかったか。一番売り上げがいい娘がここに立つことが許されるのだ、と十回ぐらいは聞いた。

しかし帝都の人間は、とびきり飽きっぽい。新聞に載ったアネモーネ娘といえども、新たに美少女が現れれば、あっというまに霞んでしまう。

花売り娘が立っている場所をいくつか巡ってみたが、あやの姿は見当たらない。紅紐団の他の団員たちは幾人も見かけたというのに、彼女だけがいなかった。

「さあさあご覧あそばせ、江川の玉乗り自慢の太夫、菊千代《きくちよ》の一世一代の大技が始まるよ！」

ジンタをかき消す勢いで、甲高い声が突然響いた。ぎょっとして見れば、赤と白の縞模様の天幕の前で、華やかに着飾った少女たちが客引きをしている。以前にはこんなところに天幕はなかったはずだ。

「帝都に来てこれを見ない手はないよ。菊千代を見るために海のむこうからも客が押し寄せる、本場仕込みの玉乗りだ！」

「お代はたったの十五銭、子供は十銭、五歳以下なら無料だよ。いつもなら一円はとる神業《かみわざ》だが、帝都への凱旋を記念して今だけの出血大サービス！」

満面の笑みで客引きをする少女たちは、みな一様に顔が真っ白だった。今どき吉原の太夫でもそこまでやらないだろうという白粉に、不思議な形に結い上げた髪にはピンクのリボンをたなびかせている。

衣装はといえば、重ねた紗《しゃ》の下からほっそりとした手足が透けて見える代物で、胸や腰のあたりだけは金糸銀糸で縫い取られた厚手の布がついている。砂漠の姫君を思わせるような華やかで官能的な装いは、あらゆるものが集まるこの六区においても、ひどく目を惹いた。

少女たちの艶姿、さらに天幕の中から聞こえてくる調子のよい三味線の音に、天幕の前にはあっというまに黒山の人だかりができた。すると、待ってましたとばかりに少女たちは天幕の布を思わせぶりに持ち上げた。

「お客さんたちだけ特別よ、ちょいと覗いてごらんなさいな」

すると中の大きな舞台が薄ぼんやりと見えた。入り口の娘たちと似たような扮装の少女たちが、自分の背丈よりも大きな玉に乗り、器用に足で転がしながら、自在に舞台を行き交っている。天幕の中はランプが掲げられているもののほの暗い。しかし、舞台の少女たちは、客引きの娘たちと同じように異様なほどの白塗りなので、表情もよくわかった。表情といっても、皆はりつけたような笑顔一色ではあるが。

そして少女たちの衣装は、さらに露出が激しい。一見全裸と見まがう少女もいる。肉襦袢だとわかっていても、一瞬ぎょっとしてしまう。

が、この魅惑的な光景は効果抜群で、客は次々と天幕の中に吸い寄せられていく。少女目当ての男客ばかりではなく、曲芸目当ての親子連れも多い。

もともと江川の玉乗りといえば、明治のころから六区の名物である。久しぶりに入ってみようか、それともいっそヴェリテに行って操にあやのことを訊いてみるか――あたりを見回しながら迷っていた仙太郎は、ふと目を止めた。

入り口の横に、あやがいた。

いつも手にしていた花籠は、見当たらない。かわりに、隣には見知らぬ子供がいた。三歳か四歳といったところだろうか、丸刈りの男児で、何か喚きながらあやの腕を引っ張っている。あやは困ったような横顔を見せたまま、子供に何か言い含めているようだったが男児はいやいやと首を振り、入り口のほうにあやを引きずっていこうとする。

たしかきょうだいがたくさんいると言っていたから、弟だろうか。しかしこんなところにいるのもおかしい。

やがてあやは根負けしたように、入り口の娘に金を払い、子供の手を引いて天幕の中へと入って行った。仙太郎は数秒の逡巡の後、同じように中へ入った。

さまざまな扮装の少女たちと、彼女たちが転がす大きな白玉が、舞台をところせましと駆け巡る。彼女たちは玉の上で器用に舞を舞い、時には刀を持ち出して、小芝居までこなす。以前、花屋敷で見た玉乗りでは、玉に乗ったまま本格的な芝居をやっていた。玉に乗って芝居をする意味がよくわからないが、立ち回りの場面などは玉の素早い動きもあって迫力があった。

ひときわ大きな拍手が起こる。袖から、華やかな友禅と紫繻子の袴をつけた少女が現れたところだった。小さな頭にはこれでもかとばかりに簪《かんざし》をさしており、右手に花笠を掲げ、左手に扇子をひらひらさせながら、他の少女たちよりひとまわり小さな玉を巧みに動かしていた。やんやの喝采に囲まれた彼女が太夫の菊千代なのだろう。

彼女は、いつしか舞台に張られていた綱の上に、玉ごと器用にひょいと乗る。そのまったく自然な動きに、観客はどよめいた。

三味線に合わせ、菊千代はしずしずと綱を渡っていく。ざわめきは徐々に静まり、観客たちは固唾《かたず》を呑んで、綱の上で玉を転がしていく菊千代を見守った。仙太郎も気がつけば息を止めて見入っていた。

菊千代は真っ白な顔に絶えず笑みを浮かべているが、大変な大技だった。玉ごと落ちれば、下手をすれば死に至る。その程度の高さはあった。

だから真ん中あたりで、急にぴたりと玉が停まった時は、そこここで悲鳴じみた声があがった。しかし菊千代はにっこり微笑み、その場で扇子をひるがえし、ゆるゆると舞い始めた。

綱や玉の上であることなどみじんも感じさせぬ、優雅な舞だった。ゆったりと流れていた三味線が再び激しくかき鳴らされると同時に、太夫は舞う手を止めぬままころころと玉を転がし、一気に綱を渡っていく。そしてみごとに端の台まで到着し、玉の上でぱっと倒立した際には、割れんばかりの拍手がわき起こった。

仙太郎も安堵の息をつき、拍手を送った。口上は伊達ではない。海のむこう云々は置いておくにしても、この一座の芸はみごとだった。少女たちも、きれいどころを揃えている。

仙太郎は、右斜め前に陣取ったあやと子供を見やった。あやは子供を背負っていた。おかげでよく見えたのか男児はご満悦の様子だったが、太夫の演技が終わったのであやが帰ろうとすると、髪を摑んで抗議した。あやの体が大きく左右に揺れる。まわりの大人が迷惑そうな顔で見下ろし、あやはぺこぺこと頭を下げた。

「あや」

仙太郎は人垣をかき分け、あやの前に出た。顔をあげたあやが、目を丸くする。

「おせん？」

「その子、こっちに。俺が背負う」

「い、いいよ別に」

「ずっと背負ってたんだろ。顔真っ赤」

仙太郎は強引に男児をあやの背中から引きはがすと、改めて背負いなおした。男児は何がなんだかわかっていない様子だったが、とくに逆らうこともなく、むしろ目線が高くなったぶん喜んでいた。

あやは笑ったような、怒っているような、微妙な表情で仙太郎を見あげた。

「仕事、終わったんだって？」

「昨日」

「そう。なんだかすごく活躍したらしいじゃん、おせん。姉貴分として誇らしいよ」

あやの唇の端が、ぐいと引き上がる。

おせんが団長命令で、阿部郁子として一月ほどタイピスト養成所に通い、丸ノ内の少女ギャング団を潰したことは、すでに紅紐団では知れ渡っている。

正確には黒蝶団は潰れてはいないし、花恵も今まで通り生活を続けているようだが、縄張りを侵してくるようなことはなくなった。どういうやりとりがあったのかは知らないが、第三分隊を統括している倫子がそう言っていたのだから、解決はしたのだろう。

「どうも。この子は？　弟？」

「まさか。ほら銀《ぎん》ちゃん、挨拶は？」

あやは子供を促したが、少年はすでに玉乗りに夢中だった。大道具が入れかわった舞台では、『阿波《あわ》の鳴門《なると》』が始まっている。やはりここでも芝居はやるらしい。

「駄目だわ、こりゃ」

あやは苦笑いをし、銀三《ぎんぞう》っていうの、とかわりに答えた。

「知り合い？」

「一時間前に初めて会ったよ。子貸し屋の、えーと……三男だか四男？　三歳だったかなあ」

「子貸し？」

「あんた、子貸し屋も知らないの？」

あやは右の眉を撥ね上げ、露骨に馬鹿にした口調で言った。が、仙太郎が「知らない。何」と表情ひとつ変えずに訊くと、面白くなさそうに口をとがらせた。

「言葉のまんま。十二階下の女に、子供を貸すの。女は店でだけ商売するわけじゃないからね。十二階下の店ならたいていは抜け道があるから、サツに踏み込まれてもどうにかなるけど、外だと言い逃れできないでしょ。だから、隠れ蓑《みの》に子供を連れていくんだよ。けど、いざ客とそういうことになったら、さすがに子供は邪魔だろ。たいていの子は、小遣い握らせれば勝手に遊んで、時間になったら女と合流して帰るんだけどさ、銀はまだ小さいからね」

うんざりした様子で、あやは舞台に目を向けた。

「まったく、玉乗りなんて。まあ金はかかるけど楽はできるかと思って入ったら、おぶれってうるさくて、よけい疲れるはめになるしさ。あんたもこんな低俗なもん、好きなの？」

「玉乗りの太夫になりたかったんじゃなかったのか」

「シゴキに耐えられなくてやめたって言っただろ。今となっちゃ、見るの辛いだけ。毎日痣《あざ》だらけで、玉から落ちて手や足が変な方向に曲がっちゃった子も見たし。思い出して吐きそう」

曲芸団の子供がどういう扱いを受けているかは、説明を受けるまでもなく仙太郎もだいたい知っている。さきほど、菊千代がぶじに綱を渡りきった時に拍手をしたのは、その見事な技への賞賛もあったが、なにより折檻《せっかん》を受けずに今日は眠れるであろうことへの祝福だった。似たような思いで喝采を浴びせた客は、少なからずいただろう。玉乗りは、いたいけな少女の境遇を哀れむことも、その楽しみの中に含まれているのだから。

「ああ、もう駄目。悪いけど、先に出る」

あやは口を押さえ、引き留める間もなく器用に観客の間をすり抜けて行ってしまった。ちゃっかり子守を押しつけられた形となった仙太郎は、今更ながらため息をついた。

腹は立たない。あやに無理難題を押しつけられるのは慣れているのもあるが、この薄暗がりの中でもあやの顔色がすぐれなかったのは見てとれた。

「花売りのこと訊くの忘れたな」

仙太郎のぼやきは、再びわき上がった歓声にかき消された。

天幕の外に出るころには、さすがに背中や腕が痺《しび》れていた。

舞台の興奮が残っているのか、『阿波の鳴門』の台詞らしきものを真似して飛び跳ねる銀三の手を引いていくと、柳の木によりかかっていたあやが手をふって出迎えた。

「お疲れ。はいラムネ」

近くで買ったらしい薄緑の瓶を差し出され、仙太郎は驚いた。あやに何か奢られるのは初めてだ。

「なによその顔」

「珍しいことがあると思って」

「失礼ね。銀、楽しかった？　今からこのおじちゃんがキャラメル買ってくれるってさ」

「誰がおじちゃんだ。こんな子供にキャラメルなんて贅沢品食べさせていいのか」

この時代、キャラメルは大人の嗜好品だ。ミルクキャラメルを発売している森永《もりなが》は、煙草の代用としてキャラメルを、と広告を打っている。

当然、煙草や酒をたしなむ紅紐団の少女たちも、キャラメルは大好物だ。銀三よりも単にあやが食べたいのだろう。

「何言ってんだか。最近出たグリコのキャラメルは子供の成長にいいんだってよ。ねー銀ちゃん」

「うん。グリコほしい。おじちゃん買って」

ものすごい勢いでラムネを飲んでいた銀三は、ぱっと瓶を口から離し、輝く目で仙太郎を見上げた。

「あやが買え。面倒見るのが仕事だろ」

「ラムネ買ってあげたじゃん。それに見たくもない玉乗りで金払ったし。だから私のぶんもキャラメルよろしく」

「入場料は十銭だしそもそも幼児は無料。キャラメル二個買ったら二十銭、映画や資生堂ソーダファウンテンのアイスクリームと同じ」

「へーえ、あんた資生堂ソーダファウンテンなんて行ったの？　さすが職業婦人の卵は違うわねぇ」

「……べつに好きで行ったわけじゃ」

仙太郎は気恥ずかしさを打ち消すように、銀三の手を引いて歩き出した。近くの駄菓子屋に入ると、銀三はまっすぐに赤い箱が積まれた棚に行き、小さな手でグリコキャラメルを三つ鷲掴みにする。

「駄目。ひとつだけ」

「けちー」

「初めて会った人間にたかるな」

そう言いつつも仙太郎は結局、三箱とも店番の老婆のもとにもって行き、三十銭を支払った。はしゃぐ銀三に、「ひとり一個ずつだ」と念を押して、一箱だけ渡す。銀三は店を出ないうちから箱を開け、中からおまけカードを引っ張り出している。目当てのカードではなかったらしく顔をしかめ、「おじちゃんのと交換して」とだだをこね始めたので、むりやり外に連れ出した。

た。

「ねえカードちょうだい」

銀三はしつこかったが、その口に強引にキャラメルを押し込むと、すぐにおとなしくなった。

「銀ちゃん、カードならあたしのあげるから。ちゃんとお礼言った？」

あやが顔をのぞきこむと、銀三はキャラメルを頬張ったまま「ありあと」と小さな声で言った。

「よく言えました。それじゃ、瓢箪池まで一緒にお散歩しようね」

あっというまにキャラメルを飲み込んでしまった銀三は、さっそく二個目のキャラメルを取り出した。もどかしげに紙を剝がすが、うまく剝がれなかったらしく、結局そのまま口の中に放り込む。

あやは「あーあ」と苦笑し、ためらわず口の中に手を入れてキャラメルを出し、きれいに紙を剝いてもう一度放り込んでやった。ついでに手ぬぐいで、垂れた洟《はな》を拭いてやる。銀三の手を引き歩き出した足取りを見て、仙太郎は自分がさきほど速く歩きすぎていたことを悟った。そういえば銀三は、店に入った時、妙に息が切れていた。

仲良く手を繫ぎ、他愛ないことを喋りながら歩く二人は、姉弟にしか見えない。あやは銀三の扱いに慣れているし、これぐらいの弟か妹がいたのだろう。仙太郎は、常に手を引かれている立場だった。だから今も、幼い子供の相手は苦手だ。

瓢箪池に着くと、畔《ほとり》のベンチに若い女が座っていた。疲れた様子で、扇子で顔をあおいでいたが、手を繋いでいるあやと銀三の姿を認めると、笑顔で立ち上がった。体つきはふくよかで、美人とは言えなかったが、立ち姿にはなんともいえぬ艶がある。

「ああ、あやちゃん。ありがとうねえ。銀ちゃん、おいで」

女が手を広げると、銀三はぱっとあやの手を離し、「お母ちゃん」と駆け寄った。

「銀三、キャラメル貰ったの。よかったねえ」

女は銀三の手に握られた赤い箱を認めると、あやに微笑みかけた。

「また次、あやちゃんに頼むわね。今度は二日後に出る予定なんだけど。大丈夫？」

「はい。じゃあ同じ時間にここで」

「頼むわね」

女は手にしていた巾着から、小さな包みを取り出した。あやは素早く中を確認し、懐の中におさめる。

「たしかに。またお待ちしてます」

「ええ。じゃあ銀三、行こうか」

女は、少し離れた場所に立っていた仙太郎に意味ありげに笑いかけて一礼すると、名残惜しげに手を振る銀三の手を引き、十二階のほうへと歩いて行った。

「お母ちゃんって言ってなかった？」

遠ざかる二人の背中を見送り、仙太郎は首を傾げた。

「そりゃ親子のふりしなきゃ、子貸し屋の意味ないでしょ」

「銀三は三歳だろう」

「三歳ぐらいなら充分分別つくよ。親に、外では必ず女を母ちゃんって呼ぶように言われてんの。ま、子貸し屋の子供も楽じゃないよねえ」

あやは力なく笑い、懐から先ほど受け取ったばかりの包みを取り出した。

「しかし、半時につき二十銭かぁ。今日の稼ぎはキャラメル二箱ぶん。情けないね」

疲れた横顔に、仙太郎はさきほどから気になっていた疑問をぶつけた。

「いつからこんなことをしてるんだ？　さっき、知らない娘がいつもの場所で花売ってたが」

途端にあやが顔をしかめた。

「見たんだ、あれ」

「紅紐の新入りじゃないよな」

「あれ、後ろについてるのはやくざ。だから手だしちゃダメだよ」

「団長たちは黙ってるのか？」

「子供の物売りなんて、もともとは連中の管轄だよ。あたしは、団長が交渉してくれたおかげで、やらせてもらってたようなもん。花売りなんて腐るほどいるし、一人ぐらいはいいやって許可してもらってさ。最初は端っこで売ってたんだけど、だんだん売れるようになって、そしたら操さまが新聞社の記者連れてきて、新聞に載っけてくれて」

「なんだ、新聞に載ったって、団長が手を回したのか。あれだけ自慢してたくせに」

「そうだよ。有名になったら逆にやくざも手出し出来ないだろうって、操さまが。そうだよ、結局ぜんぶ団長のおかげだよ」

自嘲気味に笑い、あやは懐に包みを戻すと、地面を蹴るようにして歩き出した。

「でも、やくざがあの小娘連れてきたらあっというまに逆転されちゃった。売り上げの差はどうしようもないから、あそこにいることはできないんだ。また端っこで売りはじめたけど、全然売れなくて参ったわ。あたしひとりの力だと、そんなもんってこと」

仙太郎は戸惑いつつ、あやの半歩後ろをついて歩いた。

あやは感情の起伏が激しく、とくに仙太郎の前ではたいてい怒っている。だがこんなふうに、なげやりになっているところは見たことがなかった。

「今は目新しいほうに皆行ってるだけだ。あやについてる固定客もいたし、また戻る」

「新入りに慰められるなんてねぇ」

ふりむいたあやの顔には、苦笑と呼ぶには暗すぎるものがはりついていた。

「おせんも笑うでしょ？　あんたがタイピスト養成所なんていってる間にあたしはこんなザマよ。あたしにも学があったらよかったのになぁ」

仙太郎は顔をしかめた。なんだろう。急に、腹の中で熱いものが揺れた。

「なら、今からタイピスト目指せばいい」

「はぁ？　何言ってんの。言ったじゃない、子守でずっと勉強なんて……」

「そうやって、ずっと人のせいにしていくのか」

自分でも驚くほど、冷たい声が出た。愚痴を垂れていたあやは、口を半開きにしたままこちらを見ている。その間抜けな顔が、ひどく癪に障った。

そうか。自分は今、猛烈に腹が立っているのか。自覚が遅れてやってきたが、言葉は止まらない。

「黙って耐えて、耐えられなくなったら逃げ出す。ずっとそうやって生きていくのか。情けなくないのか。逃げ出す元気があるなら、そこからどうにかしろよ」

途端に、あやの顔が真っ赤に染まった。

「なんであんたにそんなこと言われなくちゃなんないのよ。中学にまで行かせてもらえたあんたに、何がわかるの？」

「それこそ、なんで俺がおまえにそんなことを言われなきゃならない」

こみあげてくる怒りのまま、仙太郎は乱暴に吐き捨てた。

「俺は与えられた役割をこなしてきた。家でも、浅草に来てからも。目的があるから、何でもできる。おまえは目的がないのか。ないから、そうやってうじうじしているだけなんじゃないか。いつまでも紅紐団にいられるわけじゃないだろう。いいかげん……」

「うるさい！」

劈《つんざ》くような怒声が、遮った。あまりに大きな声だったので、周囲の人間が何人もぎょっとしてこちらを向いた。

「あたしの目的は紅紐団にいることだよ。操さまのもとにいること。そのために、あたしが何もしなかったと思うのかよ。役に立ちたいと思ってきたよ。でも、盗みもいつも失敗ばかりで捕まりかけて、せい子たちにも迷惑かけてさ！」

集まる視線にかまわず、あやはいっそう声を張り上げた。

「わかってんだよ。あたしはただのお荷物だ。どこでも、ずっと邪魔にされてきた。憐れんだ操さまが花売りの仕事を与えてくれたけど、それももう終わり。ここを追い出されたら、あたしはもう死ぬしかない。終わりが来る前に、オペラの主人公みたいにきれいに幕引きたいって思うよ！」

世の冷たさを身にしめて
此処に集いし我が同志

絹の歌声が、聞こえた気がした。

あの日、彼女は十二階の展望台で、吹きすさぶ風にまけじと声を張り上げていた。

彼女も、いつか紅紐団から出ていかねばならぬことを恐れていた。自分の若さと美貌が失われ、なんの後ろ盾もなく、社会に放り出されてしまう日を。

女給としても人気が高く、天才的な化粧の腕と夢をもつ彼女でも、紅い絆で結ばれた家族を失うことを恐れていた。

あの時、仙太郎は、絹の目に虚《うつ》ろな穴があることを知りながら、見ないふりをした。そして絹は、あっさり死んでしまった。離れたくないんだと叫ぶあやの目には、虚ろな穴はなかったが、追い詰められた光があった。

「あたしはどんなことをしても紅紐団に残ってやる。でももうあんたなんか知らない。絶交！」

怒鳴りちらして、あやは憤然と身を翻し、駆けて行く。

仙太郎は反射的に追いかけた。が、少し走っただけで足を止めた。

動きを縛ったのは、わき上がる自己嫌悪だ。今、自分は明らかに八つ当たりをした。激しい言葉をぶつけたかったのは、あやにではない。

母。絹。何も言わずに永遠にここから逃げ出してしまった女たち。

「何やってんだ」

吐き捨てた言葉が、自分に向けられたものか、母や絹に向けられたものかも、曖昧だった。

仙太郎はその場でじっと立ち尽くし、やがてあやが買ってくれたラムネがまだ半分ほど残っていたことに気がつくと、一気に口の中に流し込んだ。

2

扉を開けるなり、煙が押し寄せて、思わず目を瞑る。

銘酒店はどこも紫煙がたちこめているが、この店は飛び抜けている。一瞬、火事かと思ったぐらいだ。

『群盗』と看板をつけたこの店に来るよう伝言が来たのは、朝方のことだった。

なんでも、操が小説を書き上げ、『白白明』の発行のめどが立った祝いだという。なぜそれに自分が参加せねばならないのかわからないが、団長命令なら行くしかない。

店は、間口は狭いが奥行きが広いというこのあたりによくあるタイプの構造で、奥のほうは煙に霞んで見えない。が、何度か瞬きしているうちに目が慣れてきた。奥のテーブル席で十人近い男たちが固まり、大騒ぎをしている。その中に見知った姿を見つけ、仙太郎は「あ」と声を出した。

「操ー、ご希望の美少年が来たぞ！」

ひときわ大きな声があがった。藤村の声だ。店内は大変な騒ぎで、なまなかな声では奥まで届きそうになかったが、そこはさすが腐っても演劇人、声は朗々と響いた。

客の視線が、いっせいに仙太郎に集中する。操もぽかんとこちらを見やり、すぐににこやかに立ち上がった。

「やあ仙太郎、よく来てくれた」

手招きされて、仙太郎はおずおずと、奥のテーブルへと向かった。店内にはテーブルが三つ、そして長い長いカウンター席。どこも満員だったが、奥に行くにつれ煙草の煙が濃くなるのには参った。

「今日はそっちの恰好で来たんだね。うん、久々に見るといいものだね」

煙の真ん中にいた操は、ご機嫌だ。顔は赤く、目も充血している。すでに相当できあがっているようだ。女装をやめてよしと言ったのは、ほかならぬ操だというのに、もう忘れている。

昨日の襲撃で、花恵や鳥羽たちには、おせんは男だと露見した。口外はしないよう言い含めているだろうが、どうせすぐに広まるだろう。ならば、女装して紅紐の名に傷をつけるより、男に戻って彼女たちと距離をとったほうが、双方傷が少なくて済む。

おせんの素顔を知っている者は、紅紐団では操と倫子とあやだけだ。実際、この『群盗』に来るまでにも、何名か団員とすれ違ったが、まったく気づかれなかった。

「こちらは誰だい、千倉君」

明らかに劇団員ではない者たちが、値踏みするようにこちらをじろじろ眺めている。もし女装でここに来たら、この男どもはどんな反応をしただろう。全員が、二十代から三十代といったところで、口ぶりからどうも操の同業者であるらしい。

「僕の掌中《しょうちゅう》の珠《たま》」

操はにこにこと仙太郎の肩を抱き、隣に座らせた。

「ほう、ということは小説家志望か」

「いや。そういえば、何になりたいかとか聞いたことがなかったかな。仙太郎、どうだい？」

とろんとした目が仙太郎に向けられる。この酔っ払いが、と舌打ちしたくなるのをこらえ、「役人です」と答えると、途端に抗議の声があがった。

「なんだって！　つまらん！」

「それはいかん。文学をやれ文学を。よし今日はこの少年を我らの仲間に引きずりこむぞ。さあまずは一献」

運ばれたグラスに勝手に清酒を注がれ、勧められる。酒にはろくな思い出がないので、できれば避けたかったが、とてもではないが断れそうな空気ではなかった。いつもならば、やんわり助け船を出してくれそうな操が完全に酔っ払っており、話にならない。

「ほらほら、飲め飲め。今日は文学界の栄光の第一歩を祝う記念日だ。水をさすようなことはしてくれるなよ、美少年」

その呼び方はやめろ。内心毒づきつつ、ええいままよと仙太郎は一気に杯を干した。

みごとな飲みっぷりに、歓声があがる。

「さすが操の舎弟！　こいつは将来有望だ」

「しかし操が宗旨替えしていたとはねえ。少年に目覚めるとは」

男たちは酒臭い息を吐きながら、再びグラスに酒を注ぐ。

「ちがうよ、彼とは不思議な縁があってね。でもなかなか本音を話してくれないんだ。どんな口でもこじあけちまう君たちの手腕に期待する」

操の言葉に、周囲はどっと沸いた。

「そりゃあ口も堅くなるさ！　あんなに詳細に小説に書かれちまっちゃあなあ。鳥羽のやつ、あれ読んだら怒り狂って乗り込んでくるんじゃないか？」

「それはありうるな。みんな、得物をもて！」

「れんげと箸でギャング団ぶちのめすつもりかよ、おまえ」

酔っ払いどもの騒々しさはとどまるところを知らない。くだらない冗談にひっくり返るほど笑い、銅鑼《どら》のような声で突然、文学論を語りはじめる。かと思えば次の瞬間には女の話になり、仙太郎が思わず顔をあからめるような隠語が平然と飛び交い、その合間に仙太郎の過去を探られた。仙太郎はもちろん頑として口を割らなかったが、言いたくないというよりも、まったく脈絡なく四方八方に飛ぶ話題についていくだけでいっぱいいっぱいだった。

自分をここに呼びつけた張本人である操は、最初に親しげに声をかけただけで、あとはただひたすら馬鹿騒ぎに興じていた。

そのはしゃぎぶりは、仙太郎も驚くほどだった。外で見る操は、いつも泰然としていて、荒っぽい酒宴で下品な冗談を連発するところなど想像もできない。

今はまるっきり、そこらへんの若者、いや大口を開けて笑い転げるさまは少年のようだ。

──ああ、この人は今、心底楽しいんだな。

最初はうんざりしていた紫煙と轟《とどろ》く胴間声《どうまごえ》も、どういうわけか、次第に心地よくなってくる。あたりをはばからぬ馬鹿騒ぎ。最後にそんなことをしたのは、いつだったろう。

小学校で、中学校で。友人たちといろんな馬鹿をやった。だがひとり故郷を飛び出してから、こんなふうに誰かと大声で笑い合うようなことはなかった。

懐かしい。戻りたいとは思わないが、ただひたすら懐かしく慕わしい。

藤村も、劇団の仲間には聞き流される演劇論を、今宵はひときわ熱くぶっている。ここにいる作家たちは耳にタコができるほど同じ話を聞いているわけではなさそうなので、時折、そうだそうだと熱い賛同の声があがったり、鋭い反論が飛んでくるので、藤村もずいぶん嬉しそうだった。

ああ、愉快だ。

なんだかよくわからないが、とにかく愉快だ。

仙太郎は、もう何杯目かわからぬ杯を飲み干すと、そのままゆっくりと卓上に沈んでいった。


次に目を覚ますと、視界がぐるぐるまわっている。

耳を劈くほどの笑い声も煙もないが、遠く離れた巨大な板がひたすらうねっているのだ。眺めていると吐きそうになるので目を瞑るが、今度は暗闇が回り出した。気持ちが悪い。

「起きたかい」

耳慣れた声に、のろのろと瞼《まぶた》をこじ開ける。視界に、操の顔があらわれた。

ここに至ってようやく仙太郎は、ここがどこかの部屋であり、今なお操の背後で回転している板は天井らしいと気がついた。頭の下には、やわらかい感触がある。

「……ここは」

「さっきの店の二階。頼んであけてもらったんだ。気分は？」

「最悪です」

声がひどくかすれている。仙太郎は、部屋の真ん中に敷かれた煎餅《せんべい》布団の上にいた。部屋にあるものといえば、他は小さな卓袱台と古びた鏡台、衣桁《いこう》に屑籠だけで、まるで待合だなと思った。店の上にあるということは、実際にそういう目的で使われる部屋なのだろう。

「だろうねえ、すまない」

操が水差しから杯に水を注いでいるのを見て、仙太郎は意を決して身を起こした。それだけで目が回り、胃が踊る。手渡された水は、すっかりひからびていた口の中を心地よく潤した。二杯立て続けに飲んでようやく一息つくと、操もほっとしたように笑った。

「子供にあんなに勧めるとはなあ。いつもはもう少し落ち着いてて、まじめな話も出るんだけど。今日はただのどんちゃん騒ぎだった」

「楽しそうでしたね」

「まあ祝ってくれるというなら楽しまないと。金を払うのは僕だけど」

「外では見たことのない顔でした。操さんは、ああ見えて外では相当気をはっているのかなと思って」

「ああ見えてって、失礼だな」

操はむっとした様子で、卓袱台の上に肘をついた。水差しの横には、本が置いてある。できたばかりだという、『白白明』だ。その縁を指でなぞり、ひっくり返し、またなぞる。意味のない行動を何度か繰り返したのち、操は「この店を紹介してくれたのは、茂と明なんだよ」とつぶやいた。

その名を聞いた途端、はっきりと目が覚めた。

「茂から明のことは聞いただろう」

「はい」

「わかった？」

「はい」

仙太郎は一度、目を伏せた。こう問うてくるということは、おそらく自分の推測は間違っていない。

「太田議員は、操さんにとって家族の仇なんですね」

操は微笑んだまま頷いた。

「仇というのも少し違うが。まあ、父が彼に騙されてすっからかんにならなければ、僕はここにはいなかっただろうね」

「姉貴が太田議員のもとにいるのは、偶然ですか？」

「さて、どうだろう。ところで、きみがわかったことは、それっぽっちかい？」

挑発するような目つきに、唾を飲み込む。

見透かされている。いや、この結論に辿りつくように、誘導されてきたのだ。いつものように。

「……荒唐無稽だとは思うのですが」

「うん？」

「田中明とは、俺の姉貴のことではないですか」

他の誰かが聞けば、正気を疑われそうな結論だ。しかし、仙太郎はほぼ確信していた。操も、表情を動かさない。

「なぜそう思った?」

静かに問う声に、仙太郎も居住まいを正した。

「小説内の明の描写が、特徴の曖昧な、男とも女ともとれるような書き方だったからです。それに鳥羽は、田中明があなたがたについたから敗北したと言った。なぜ田中明はそちらについたのか? それに、鳥羽たちはもちろん、収監されなかった仲間たちも血眼《ちまなこ》になって探しただろうに、足取りひとつつかめなかったのはなぜか? それは、今は全く違う姿になっているからではないかと考えました。操さんが、昔と今ではまるで違うように」

「きみもだけどね」

「団長は俺に、性別を偽るには生半可な覚悟ではできないと最初に言った。あれはご自分の経験がそうさせるのだと思っていましたが、団長自身が、誰かに指導を受けたからではないでしょうか。それこそ、女である自分を捨て、男に生まれ変わったような人物から」

「それがきみの姉だと?」

「操さんが言ったんですよ、姉貴以上の変装の達人を見たことがないと」

今思えば、あれはヒントだったのだ。しかもかなり露骨な。

「故郷での姉の狂言自殺は、狂言でもなんでもなかった。あの時たしかに、鈴木ハルという女は崖下で潰れて死んだんです。そして姉は、名前をもたぬまっさらの——男でも女でもない存在として、ひとり故郷を飛び出したんでしょう」

懐から、油紙に包んだ葉書を取り出す。

無用の長物となった十二階。啄木の歌。

十二階の展望台で、姉は何を見たのだろう。何度もそう考えた。

絹は、そしてあそこから飛び降りようとした者たちは。

崖っぷちに立たされた者たちは、天に一番近く、人々から忘れ去られたあの場所で、何を思い、そのまま死へと転がり落ち、あるいは生き延びることを選んだのか。

「ハル姉は、自殺しようとして十二階に来たわけではなかった。だってもう、一度死んで生まれ変わっているのだから。だからこの葉書は……なんの疑いもなく与えられた日々を生きてる俺たちへの、挑戦状のようなものだったのかもしれない」

「ふうん」

操は頬杖を解くと、煙草を取り出し、火をつけた。仙太郎との間に線を引くように、白い煙がわき上がる。再び頬杖をつき、しばらく煙草をふかしていたが、暗い窓に目を向けた。

「それが事実だったら、ずいぶん愉快なことになるね。姉は男のふりして弁天団。姉を探しに来た弟は女装して紅紐団。考えることもやることも一緒だ」

「正解でしょうか」

「気が早いね。まあ、僕の話も聞いておくれよ」

操は目を細め、なんということのない砂壁や、しみの浮き出た襖を慈しむように見つめた。

「この店にはじめて来たのは、三年前だ。一緒に来たのは茂と明、倫子、そして私でね。倫子も僕も本が好きで、僕には小説を書きたいという夢もあったから、作家や芸術家が集まる店に連れていってやるって言われて、それは楽しみにしていた。実際、最初は楽しかったよ。皆、さすがにすばらしい知識をもっている。女学校時代にも討論をすることはあったけれど、ここまで深く語れることはなかったから、とても嬉しかった。でもそのうち、否応なく気づいたんだ。彼らが僕らを歓迎してくれるのは、僕らが弁天団で身を売っているからだと」

操はほとんど表情を変えなかったが、頬杖をついた指が、苛立たしげに数度、彼女の頬をたたいた。

「僕らと親しくなれば、タダでご褒美にありつける。下心があけすけだった。思い返せば最初からそうだったのに、僕は文学の話ができる場を得たと舞い上がってしまって気づかなかったんだ。倫子なんかはすぐに気づいてここには来なくなったが、僕は一人でしつこく通ってた。僕があまりに鈍感で、いっこうにサービスする様子がなかったから、業を煮やした奴にはっきり言われたよ。あんなもの討論じゃない、女の程度に合わせてやってるのに勘違いするなと。自分たちと対等に文学を語れると思い上がるなとね」

「……どう返したんですか？」

「なにも。情けないことに、驚いて逃げ出した。でも、だんだん悔しくなってきてね。僕らはたしかに春も売ってはいるが、それだけで稼いでいるわけじゃない。弁天団の一員だという誇りがあって、女郎とは違うという意識があったんだ。でも外から見れば、同じことだとよくわかった。悔しくて泣いているところを、明に見られちゃってさ。事情を話したら、じゃあ男になって殴り込んでやればいいって言われたんだ」

当時の情景を思い出したのか、操は口元を緩ませた。

「明治の莫連《ばくれん》女たちは、書生の恰好をして男たちの世界に乗り込んでいったんだそうだ。なら自分もやってみようと思ってね、男ものを買い込んだよ。髪も切った。あのころの僕は、倫子も真っ青な厚化粧だったから、髪を切って素顔で、男ものの服を着れば、ちょっと見は僕だとはわからなかった。きみが最初に浅草に来た時の、あの半端な女装みたいにね。でも明が、それじゃ駄目だ、莫連女たちは立ち居振る舞いも完全に男だったと言って、動き方やらなんやらを教えてくれた。当時は、なるほどと思うことばかりだったけど、今思えば、それこそまさに明が苦労して身につけてきたものだったんだ。彼女はどこで、ああしたふるまいを身につけていたんだろうね」

仙太郎が小学校にあがるころにはもう姉は奉公に出ていた。そこで何かあったのかもしれないし、そのころにはもう計画があって、何年もかけて周囲の男の所作を写していったのかもしれない。

「僕の男装もだいぶ板についてきたころに、試しにここに来てみたんだ。そしたら、驚いたことに誰も僕だとわからなかった。その晩は、この『群盗』に通いはじめて、最も有意義な時間を過ごしたよ」

「……それは」

「楽しかったな。だが、それ以上に悔しかったよ。討論の内容なんて、僕が女の恰好のまま通っていた時とさして変わりはないんだ。なのに奴らは、女の恰好の時は程度が低いと笑った。だから決めたんだ、ここにいる誰よりも早く作家としてデビューしてやろうとね」

「今日ここにいる人たちだったんですか」

「そうだよ。今は気のいい、愉快な仲間だ。かつて屈辱に震えた記憶は、花蛇おマサという死んだ他人のものだからね。気にならない」

操は自分の杯にも水をいれ、口に運んだ。白い喉が動く。喉仏のない、すんなりとした首だ。

「それでいいんですか」

「明は言ったよ。表皮のさらに外側にあるカワをちょっといじるだけ。それだけで性別は逆転し、中身である私たちはニュートラルな存在となる。そうなると、世の中がまるで違って見えてくるんだってさ。きみにはそういう経験、ないかい？」

仙太郎は、答えに詰まった。少女の恰好をして過ごした時間、この目に映った世界は、たしかにそれまで見てきたものとはまるで違っていた。こんな機会でもなければ、きっと一生知らぬはずのものだった。

　そして、かつて絹に指摘されたとおり、どこかほっとしていたのも事実だ。

　動きにくいのも、化粧もとてつもなく面倒だが、それらは仙太郎という個性を隠してくれる。ある意味、自由を与えてくれた。

「操さんはどうなんですか」

　どう答えていいかわからず、逆に尋ね返すと、操は見透かしたように笑った。

「そうだな、小説を書きやすくはなったかな。人間、器から受ける影響は予想外に大きいと実感したよ」

　彼女の視線が一瞬、卓上の本をとらえた。つられて見ると、『白白明　十一号』とある。大正十二年八月発行。できたてのほやほやだ。

「これ、太田議員の悪事が書いてあるんですよね」

「間違えないでくれ、あくまでモデル。架空の物語だよ、これは」

　悪戯っぽく操は笑う。

「太田の悪行を告発したいのなら、新聞や雑誌に一被害者としての手記を送るほうがいいのではないですか」

「そんなの野暮じゃないか。僕はべつに告発したいなんて思っちゃいない。言ったろう、物語だって」

操は呆れたように言った。

「きみも試しに、何か書いてみるといい。大変な悲劇だと思っていたことが、いざ文字にすると喜劇じみている。逆に、こんなことはとうてい現実には起こりえないと信じて書いたことが、あっさり実現してしまう。愉快な体験だよ」

「……俺は文章を書くのが苦手なので」

「芝居はうまいのだから、ちょっと慣れれば書けそうなものだけどなぁ。まあ、たいていのことは小説だと思えば笑って楽しめるってことさ。せっかくなら、何でも楽しみたいじゃないか」

愉快そうに笑う操に、既視感を覚える。

かつて、姉が本の内容を情感たっぷりに演じてくれた光景が、いくつも頭を巡る。

操が小説を書くように、ハルはずっと、芝居を演じていたのだろうか。

東京に出てきてから？　それとも、ずっと昔から？

芝居はいつか終わる。彼女の芝居はいつ始まり、いつ幕を閉じるのだろう。

3

この螺旋階段は、果てがないのではないか。

どこまでも続くほの暗い空間を、あやは親の仇のように睨みつけた。

最初のうちは軽快に動いていた足も、六階を過ぎたあたりから速度を落とし、今や止まる寸前だ。

何度か休もうと思ったが、あやは歯を食いしばり、壁に手を這わせてどうにか足を動かした。仙太郎は十二階一気に駆け上がることができるらしい。

「あたしだって」

休みたがる体を叱咤し、よろよろと階段を上る。足を持ち上げることが困難になったところにようやく最上階まで辿りつき、ふらふらと外に出ると、突風が顔に吹きつけた。ただでさえ息が切れているところに直撃し、噎《む》せるのを通り越して、吐き気がした。

だが、呼吸が整ってくれば、風は火照った体に心地よい。八月に入って間もない今、地表はうだるような暑さだったが、ここまでくれば涼気を感じる。

あやは息をつき、金網に寄った。浅草の大パノラマを見下ろす目は、無感動だった。

「何が楽しいんだか」

仙太郎はなぜかここが好きで、よく来るという。きっと田舎者だからだ。あやはこの浅草に流れきて一年近く経つが、十二階に上ったのは今日が初めてだった。わざわざ苦労をして上に上って何が楽しいのかわからなかったし、そんな時間があるのならば、金龍館に行ったほうがよほど素晴らしいものが見られる。

はじめてオペラを見た時の感動は、今も忘れられない。それまでにも芝居を見たことぐらいはあったが、とびきり美しい歌とともに展開する絢爛たる舞台に、一目で魅了されてしまった。

オペラには、汚いところは何ひとつない。悲劇だろうが喜劇だろうが、隅々まで美しい。いつも薄汚れ、面白いことなど何ひとつなかった自分の人生とは対極の、波瀾万丈で華麗な人間模様。金が入ればすぐに金龍館に走り、プリマドンナの歌声に酔いしれた。そこにいる間だけは彼女に同化し、西洋の誇り高い姫君だったり、幸薄い美女になったりした。

彼女たちのほとんどは最後に死ぬ。多くの者に嘆かれながら一緒に死んだあやは、幕が下りると再び生き返る。美しい女から、つまらないただのあやになる。それに耐えきれなくなると、また金龍館へやって来て、美しく死ぬ。生き返る。その繰り返しだった。

「わかるよ、あやちゃん。あんなふうに死ねたら、最高よね。醜く老いさらばえて、疎まれながら死ぬより、一番幸せな時にすぱっと死ぬのが一番いいに決まってる」

オペラの魅力を夢中で語る彼女に、しみじみ同意してくれたのは絹だった。東京生まれの絹は何をしても器用で垢抜けており、あやよりもよほど舞台の女たちに近いように見えたが、現実でも彼女たちのようにすぽっと死んだ。

幕を下ろす直前に、絹はここに上ったのだという。仙太郎も一緒だった。あやは、絹がなぜ仙太郎とここに来たのか、何を話したのか知りたかったが、いくら尋ねても仙太郎は「たいしたことは話してない」と答えるだけだった。

絹はここで、何を見たのだろう。自分たちが日々あくせく働いている世界が、あまりにちっぽけに見えて、すべてがばかばかしくなったのだろうか。

あやは展望台をぐるりと回った。つまらない風景だ。

つまらない地上は、いくら上から見たってやはり変わらない。だが、今の自分が見られるのはせいぜいこの程度なのだ。花売り娘のトップとして稼いでいたころは、頻繁に金龍館にも行けた。しかしもう十日も舞台を見ていない。一番安い席も、今の稼ぎでは馬鹿にならないのだ。

売り上げが激減し、子貸し屋のツテを頼ってみても、たいした足しにはならなかった。

昨日は、月に一度おさめることになっている上納金の期日で、どうにか規定の金額を満たすことはできたものの、おかげで財布の中はすっからかんだ。

下っ端のあやがおさめる金額は、微々たるものだ。それでも厳しいのは、花売り娘の誇りとして、身なりには人一倍気を遣っているからだ。

たとえ一等の場所をとられても、売り上げが半分以下になっても、落ちぶれたところは見せたくない。いや、もっと華やかにして、人目を惹かなければ。

追い詰められたあやは、以前にも増して小紋や装身具を買いあさり、あっというまに蓄えは底をついた。自分でもそんなことより節約すべきだとわかっていても、買うのを止められなかった。

みじめになりたくない。昔の、何もできなくて、どこでも厄介者扱いされていた汚い子供に戻りたくない。

必死に頭を捻った結果、導き出された結果は、たったひとつ。自分にできるかはわからない——いや、できるかではない。やらねばならないのだ。ここに、残るためには。

左腕を裏返し、そっと胸に引き寄せる。手首には赤いリボンが、何重にも巻きついていた。こんなに目立つところにリボンを巻いているのは、新参者以外ではあやぐらいなものだろう。他の者たちは、会合がある時ぐらいしか身につけない。あやは、いつも仲間を感じていたかった。

あやという存在にも価値があると教えてくれたのは、この街だった。だがもう、ここにいられないというのなら。またあそこに戻るぐらいなら、その時は——

金網をつかむ指に力をこめたところで、「あや」と背後から声をかけられた。

反射的に振り向くと、操が立っている。息が止まるほど驚いた。

「あいかわらず大きな目だねえ。それにしても珍しくないかい、こんなところに来るなんて」

「……………」

「大丈夫？　具合でも悪い？」

いっこうに動かないあやを前に、操は腰をかがめ、心配そうにのぞきこんだ。今の今まで思い描いていた顔が間近に迫り、あやはようやく現実に立ち返る。

「大丈夫です！　だん……いえ、操さんこそ珍しいですね。たいていヴェリテにいらっしゃるのに」

「いやあ、外にいるとなにかと声をかけられて面倒でね。少しでも人気《ひとけ》のないところに来たくて」

苦笑まじりの返答に、ああ、とあやの顔にも苦笑が浮かぶ。

「操さま、すっかり有名人になってしまいましたからね」

一週間前、千倉操らが運営する文芸同人誌『白白明』が発行された。最初の数日はなんの話題にも上らなかったが、千倉操の「悪漢」が今をときめく太田貴族院議員の暴露小説だという噂が立つなり、求める人が殺到した。さらに三日前には、何かと問題児の劇団シュトルムが、千倉操と藤村団長の共同脚本という形で同じく「悪漢ノ夜」を開演。相乗効果で、こちらも連日大入りだった。

「興味をもってもらえるのは嬉しいがね、あれじゃおちおち仕事もできない」

「でもすごい評判で、なんだか誇らしいです。操さまはなんでもおできになるんですね。あたしも本、買いました。ちゃんと読めれば、よかったんですけど……」

最初は興奮に弾けていた口調が、次第に力を失っていく。

仙太郎の言葉が、耳の奥でやかましく響いた。今からタイピスト目指せばいい。

激しく首をふる。うるさい、うるさい。よけいなことを言わないで。

「ありがとう、あや。見てくれて嬉しいよ」

頭をやさしく撫でる感触と共に、柔らかい声が降ってくる。顔をあげると、操がやさしい目であやを見下ろしていた。

「……あ、あの。あたし、字、読めるように勉強します」

胸が詰まり、声が震える。途端に、操の顔がぱっと輝いた。

「本当かい」

「はい。操さまの小説、読みたいから」

「ありがとう、嬉しいよ。なら、いい本を見繕ってあげよう。あやならすぐに覚えられるよ」

ああ、まだ気にかけてくださるのだ。

が、わきあがる喜びも、今の自分が置かれている状況を考えると、たちまちのうちに萎《しお》れていく。

「操さまは、本当におやさしいです。なのに……ごめんなさい。せっかく与えてくださった花売りの仕事も……」

「ああ、気にしなくていいよ。花売りはとくに入れ替わりが激しい仕事だ。かわいいあやに似合う仕事がないか、また探しておくよ」

「いいえ。お気持ちはありがたいのですが」

辞退するあやの表情は、遠慮しているというには、あまりにも硬すぎた。操が怪訝そうな顔をする。

「何か、あてがあるのかい？」

あやは無言で首をふると、勢いよく頭を下げた。

「お願いです。第三分隊に、入れてくれないでしょうか」

答えはなかった。覚悟はしていたが、無言はきつい。返事がないのに、頭をあげるわけにもいかない。

気まずい沈黙がしばし続いた後で、操がようやく口を開いた。

「本気で言っているのかな」

呆れたような響きに、泣きたくなる。おまえにできるわけがないだろうと、言われているようだった。

「向いてないのはわかっています。でもあたし、ご存じでしょうけど、掏摸もろくにできません。あと紅紐団のためにできることといったら、この体を売ることぐらいなんです。そうしないと、出て行かなければなりません」

「気持ちはありがたいけどね……僕が言うことでもないけれど、少女ギャング団なんてのは、そこまでしてしがみつくようなものじゃあないよ。みんないつかは出て行くんだ。あやはかわいいし愛嬌もあるし、真面目だ。たぶん、ここにいるより、堅気に戻ったほうが仕事にありつける」

「いいえ」

あやは顔を上げ、縋《すが》るように操を見上げた。

「紅紐団じゃなきゃ駄目なんです。操さまのおそばがいいんです」

「おや。嬉しいことを言ってくれる」

「本当です。操さまのためなら、なんでもします。第三分隊の仕事だって、立派にこなしてみせます」

「規則を知っているだろう？　第三分隊は十六歳以上と決まっている。きみは入れないよ」

今まで、操や倫子に逆らったことなど一度もない。考えたこともない。だが今日ばかりは反論しないわけにはいかなかった。

「でも、子供も需要があるんでしょう？　あたしも浅草に来た当初そういうお店につれていかれたし、絹ちゃんも十二で始めたって言ってました。お客さん、いっぱいいたって。お役にたてるはずです！」

「そりゃ十二どころか十歳以下でも体売ってる子はいるけど、紅紐団にいるかぎり、無理な相談だ。まだ体ができていない子供の売春は、倫子が絶対に許可しない」

「わ、わたし、背は小さいけど、体はもうほとんど大人と変わりません！　それに花売りの時、誘いをかけてくる客だってたくさんいました！　中には、えらい議員さんもいたんです！」

「聞き分けてくれ、あや。きみはとても魅力的だよ。でも、成長していない体でそういうことをすると、あとあと大変なことになるんだ。長い人生、苦しみ続けたくないだろう？」

「ここにいられないなら、同じことです！　お願いします。どうかあたしを、操さまの役にたたせてください！」

あやは操の袖を摑み、必死に縋った。ここで見捨てられたら、もう死ぬしかない。

操はしばらくじっとあやの顔を見下ろしていたが、やがて目元を緩ませると、あいているほうの手であやの頭を撫でた。

「僕は倫子とは少し考え方が違っていてね」

穏やかに、操は語り出した。

「本人に決死の覚悟があるなら、できるだけ尊重したいと思っている。どんなに道理に反していても、無謀に見えたとしても、命懸けの人間に何もせずに諦めろと言っても納得するはずがないからね」

　濡れていたあやの目に、光が灯る。

「操さま、それじゃあ……」

「でも第三分隊は駄目だ」

　ぴしゃりと先回りされ、あやはあげかけた顔を再びうつむけた。

「倫子は絶対に受け入れない。彼女の頑固さは、僕が一番よく知っているからね。ただ、きみもこのままでは引きそうにない」

「はい、引きません」

「それならその命、紅紐団ではなく、僕個人に預けてもらってもいいだろうか」

　思いがけない言葉に、あやは耳を疑った。弾かれたように顔をあげると、操の真摯《しんし》な目とぶつかる。心臓が大きな音をたて、次の瞬間、爆発するように歓喜が全身にひろがった。

「も、もちろんです！　喜んで！」

「そうか。そう言ってくれて嬉しいよ」

　ほっとしたように微笑み、操は両手であやの頰を包んだ。下界はうだるような暑さだが、天上の風は冷たく、むきだしの頰は冷え切っている。手のぬくもりが嬉しく、あやは子犬のように顔をすりつけた。

「じつを言うとね、次の仕事にふさわしい人材がいなくて、悩んでいたところだったんだ。

タイピスト養成所の時には、おせんというってつけの人材がいたけど、今度はあの子にもできない。正直、考えれば考えるほど、あや以上の適任がいないんだよ」

「適任？　あたしが？」

喜びに声が上擦る。操に適任と言ってもらえるようなことが、自分にあるなんて。

「そう。でも、察していると思うけど内容は第三分隊と同じでね。だから、諦めていた。紅紐団の外で調達するしかないと思っていたんだ」

「子供がいい、ってことですね。ならお任せください！　何人でもこなしてみせます」

胸をはると、操は苦笑した。

「意気込みは嬉しいけど、標的は一人だけだ。気に入られれば、継続的に会うことになるだろう。大丈夫かい？」

「できます。必ず気に入られてみせます」

間髪を容れずに即答した。気合いが先走りすぎて、安請け合いに聞こえやしまいかと心配になったが、操が微笑んだのを見て、ほっとした。

「ありがとう。あやは、いい子だね」

「いい子なんかじゃありません。でも、どんなに馬鹿でも愚図《ぐず》でも、受けた恩は忘れませんから」

「恩なんてないのに。ああ、報酬は僕から出すよ。第三分隊より色をつけるから安心しておくれ」

「そんな。相場より安くていいです。いえ、相場がどれぐらいかよく知らないけど……」

「いいんだよ。個人的な仕事を頼む時はそれぐらいしないと。あやだって今、財布が厳しいんだろう？」

図星をさされて、あやはぐっと詰まった。

「それなのに、僕の本を買ってくれてありがとうね。あやは本当にいい子だ。お礼に、今日は何かを奢るよ」

「えっ、いいんですか！　……あっ、いえ、そんなもったいない……」

反射的に飛び上がってから、慌てて遠慮してみるものの、操は愉快そうに声をたてて笑った。

「素直が一番だよ。なに食べたい？　ビフテキはどう？」

「ビフテキ!!　嬉しい！」

「じゃあ行こう。ああそうだ、今回の話は他言無用でね。倫子にも内緒だよ。あやと僕の間に秘密ができたね」

耳元で笑い含みに囁かれ、あやは陶然となった。

これは夢ではなかろうか。

夢でもいい。ならば醒めないようにすればいいのだから。

第五章　白白明

1

千疋屋は人が溢れていた。

休日には家族連れに占拠されるが、平日のこの時間は、子供はほとんど見かけない。目立つのは、女学生と、身なりのいい婦人たちだ。

どうにもこの店の空気は苦手だった。以前来たのは、一月《ひとつき》以上も前のことだ。静江とかほる、そして花恵とのお喋りが止まらず、この店まではしごした。

もう何年も前の出来事のように感じる。静江もかほるも、元気にしているだろうか。かほるは目を覚ましてほしいと思うものの、よけいなお世話というものだろう。

彼女たちと来た店を再度訪れるのは、鉢合わせを避けるためにも控えたかったが、先方の指定だというからしょうがない。

柱の時計を見る。

約束の三時を、すでに十分ほど過ぎている。さきほどから扉が開くたびに視線を向けているが、待ち人は来ない。

先に頼んだアイスはとっくにたいらげてしまったし、仙太郎はテーブルの端に伏せていた本を手に取った。

『白白明　十一号』。操の小説「悪漢」の頁は、栞《しおり》を挟まずともすでに折り癖がついているのであっさり開けた。

二度読んだが、内容は存外面白い。一幕は、田舎から上京してきた青年が詐欺を繰り返してのしあがり、戦時景気にうまくのって大金を獲得するという、痛快な立身出世ものだ。鳥羽モデルの小説のように、青少年の自意識過剰気味で露悪的な内面吐露などはほとんどなく、ひたすら金儲けに徹する姿はいっそすがすがしいほどだ。やっていることはまぎれもなく詐欺なのだが、主人公があっけらかんとしているので後ろめたさがない。

鳥羽は、操は太田を恨んでいると言っていたが、少なくとも文章から悪意は感じられない。むしろ、主人公が騙した地方の素封家《そほうか》の描写のほうに皮肉がちりばめられている。善良だが愚鈍な当主、善良だが世間知らずにもほどがある奥方、善良だが自分の頭でものを考えることを知らない子供たち。くどいほどに「善良」を繰り返し、徹底して嘲笑《あざわら》っているあたり、これはおそらく操の生家なのだろう。

一家は離散し、太田は肥え太っていく。美しい妻を娶《めと》り、子供も次々に生まれ、順風満帆。

太田静江も、すぐそれとわかる描写をされている。女学校を卒業してタイピスト養成所に入学するくだりはあまりにも静江から聞いたそのままのシーンだったので、思わず噴き出してしまった。

しかし、作品を貫いていた痛快な空気はそのあたりからなりをひそめ、得た大金を元手に政界進出を狙い、邪魔者を次々蹴落としていく陰謀劇に成り代わる。消される者の中には、一幕で騙されて金をまきあげられた地方の名士たちもいる。喧嘩や拷問といった暴力シーンも増えてきて、そのあたりの描写の凄惨なこと、身震いするほどだ。

カラン、と扉の鐘が鳴った。

反射的に仙太郎は本から目を上げた。

息を呑む。

一人の女が颯爽と入ってくるところだった。

背が高い。まず目を引くのは、薄桃色の小紋だ。赤い薊《あざみ》を散らした薄桃色の絽《ろ》小紋に、薊の葉に合わせたエメラルド色の絽縮れ名古屋帯。保守的なだけではない、はっと目を惹く色合わせに、淡黄の花びらの髪飾りが、夏らしいすがすがしさを添えていた。

その上に載った白い顔は中高で、美しいというより端整と表現したほうがいい顔立ちだった。凜とした顔立ちと、若々しい小紋は一見調和しなさそうなのに、この長身の女のもとではそれぞれの美点を引き立てあい、年齢不詳の美しさを醸し出している。

彼女は、ざっと店内を見回すと、店員の案内も待たずにまっすぐこちらに向かってきた。仙太郎の鼓動が跳ねあがる。

近づいてくる、その姿。彫りの深い顔立ち、強烈な意志を感じさせる大きな目。

最初は違和感があったが、近づけば近づくほど、記憶の中にあるものと合致していく。

とうとう、女は仙太郎の席までやって来た。椅子に座ったままの彼を見下ろし、紅い唇の端を優雅にもちあげる。

「アラやだ、女装で来てほしかったわねえ」

現れたのは、姉のハルだった。

二週間前に太田邸で一度会ったが、印象がまるで違う。化粧も髪型も、たたずまいもなにもかも。今の彼女を見て、あの佐恵だと思う人物はいないだろう。

「もう仕事は終わった。今はするなと言われている」

「ああ、丸ノ内のあれね。お疲れ様」

注文をとりにきた女給にレモネードを頼み、ハルは懐にさしていた扇子で顔を扇《あお》ぎ出した。

顔はたしかにハルのものだったが、些細《ささい》な仕草ひとつとってみても、記憶と重なるところがない。

彼女こそ本物のジゴマだよ。操の言った言葉を、噛みしめる。今こうして見せる顔も、ハルのひとつの顔でしかないのだろう。

鈴木ハル。田中明。今の名は、手塚佐恵。あといくつの名前と顔があるのだろう。

「大きくなったわねえ。糞親父似の私はでかかったけど、母さん似のミツは小さかったから、あんたも母さん似だしそうかと思ってた。来年には私を越しそうね」

太田邸では見せなかった、家族への情愛を感じさせるまなざしに、胸が詰まる。姉の口から、母さんという言葉を聞いた時には、もう少しで涙が零れそうになった。

「母さんは、死んだよ」

仙太郎は、どうにか声を絞り出して言った。予想に反して、姉は眉ひとつ動かさなかった。

「ええ。知ってる」

「……団長から聞いたのか？」

「いいえ、その前から。ミツからの手紙で」

仙太郎はぎょっと目を見開いた。

「ミツ姉は居場所を知ってたのか？」

「局留めで受け取ってた。こっちからも同じ」

頭を殴られたような衝撃だった。そんなこと、一言も聞いていない。

「私が口止めしたんだよ。あんたは男だし、一人でもなんとか生きていけるだろ。でもミツは母さんそっくりだからね。辛くなったら我慢せずにいつでも逃げてきていいからって言って、避難先を教えておいたの。でも、あの子じゃなくて、あんたが来るとはねえ」

愉快そうに肩を揺らす姉を、信じられない思いで見やる。

「よく笑えるな。おふくろは自殺したんだぞ」

「だから知ってるわよ。心中が淵ででしょう。私に詫びに行くって言ったそうね」

ハルの顔に、暗い翳《かげ》がよぎった。もっとも、そう感じたのは、そうであってほしいと願う感傷ではないと、仙太郎は言い切れなかった。事実、一瞬後には、彼女は暑さにうんざりした様子で扇子の風を受けている。

「私は、捜されると面倒だからああしただけで、べつに悲しいとかはなかったんだけどね。ミツには真相を話していたし、頃合いを見て母さんに伝えるようにも言ってあった。だから母さんは、私が生きていると知っていたはずなの。もし本当に私に謝りたいと思っていたのなら、ミツに聞けば居場所はわかったはずだし、実行できたはず。でも母さんはそれをせず、飛ぶことを選んだ」

姉の口調は、淡々としている。さきほどまで仙太郎に見せていた情愛は、かけらも感じられない。

「私が消えて、あんたがぶじ中学に行って、ミツもぶじ嫁に行って。どうにか役目を果たすまではふんばっていたけど、もう疲れ果てたんでしょうね。あの人、耐えるのが美徳だと信じて疑ってなかったけど、耐えきれるほど自分の器が大きくないってことまでは、最後まで気づかなかったのね」

ハルには、母はそんなふうに見えていたのか。仙太郎は衝撃を受けた。

彼にとって、母は病弱ではあるが、いつもやさしい存在だった。厳しい父に従順に仕え、子供たちを柔らかく包み込む。母性そのもの。仙太郎の進学を誰より喜んでくれたのも、母だった。

「ミツもそっくりだから、心配なんだよ。しかも、私が嫁ぐはずだった相手に嫁ぐとか、頭が煮えてんじゃないのかと思うわ。あの男、最低なのよ？　思い出したくないから何が最低かは言わないけどさ、あんな相手に嫁がせるなんて正気じゃない」

「だから、祝言前日に逃げたのか？」

「まあそれが最後のとどめではあったけど、それじゃなくても逃げ出してはいたでしょうね。祝言前日になっちゃったのは、下調べと準備に思いの外《ほか》時間がかかったからよ。そもそもあんな結婚、私は最後の最後まで抵抗したんだから。でも糞親父が、俺の顔を潰すなって。おまえの顔なんかハナから潰れてんだろってんだよ。私の顔も潰れてんだから間違いないってのに」

ぽんぽんと言葉が飛び出てくる。

言っている内容はひどいのに、仙太郎は懐かしいと感じてしまった。

こんな調子でよく姉と父は喧嘩を繰り広げ、母はおろおろと見守り、ミツも困ったように──だがちょっと面白そうに眺めている。それが日常の光景だった。

「だから文句を言いに来たのなら、筋違いよ。母さんは、自分で全部終わらせることを決めたの。もしかしたら、あの家にいてはじめて自分で下した決断かもしれない。誰のせいでもないんだから、そんな顔するんじゃないわよ」

急に左手が伸びてきて、鼻の頭を強く押された。痛みに眉が寄る。

「でも、異変に気づいてれば」

「本気で覚悟を決めた人間は、絶対に周囲に悟らせたりなんかしない。何がなんでも成功させる。そういうもん」

誰にも悟られず、一度死ぬことに成功した姉は、あっさりと言った。押していた指を一度離し、今度は鼻をつまみ上げる。

「私に詰《なじ》られたかった？　それとも私を詰りたかった？　罪悪感を宥《なだ》めるには有効な手段だけど、私はもうあんたの姉じゃないから、希望を叶えてやる気はないよ。操のところにいたのなら、自分なりに見えた答えもあるでしょう。あっ、どうも」

レモネードがようやく運ばれてきた。ようやく鼻から手を離し、姉はこの日一番の笑顔を見せて、女給に礼を述べた。待ちかねた様子でストローをくわえ、レモネードを吸い上げる。幸せと感じた時に、目尻にたくさん皺を寄せるのは変わっていない。

「姉貴は……俺を恨んではいないのか」

逡巡したあげく、長らく胸の内にあった問いを、思い切って口に出す。ハルはきょとんとした顔をした。

「なんであんたみたいな糞餓鬼を恨まなきゃならないの」

「俺の進学の話が出た直後に、いなくなったから」

「それは偶然。まさか、自分のせいだと思ってたの？　家が長男を優先するのは当たり前だし、とっくに進学なんて諦めてたわ。奉公先も、あの助平じいさえいなければいいところだったたし、それなりに楽しかったわよ。大きな書庫があって、許可さえ取れれば自由に入れたし」

再び、鼻の奥がつんとした。

「そうか。俺のせいじゃなかったのか」

声を震わせる弟を見つめるハルの目は、柔らかい。

「ずっと気にしてたの？　むしろ逆だから。あの家はあんた一人がいればどうにかなるし、安心してこっちも死ねたわけ」

「でも、姉貴が進学できてたら……」

「でも、できたとしても女学校までで、その後で嫁に行かされていたのは間違いないし。だからあんまり状況は変わらなかったわよ。遅いか早いかの違い」

「……姉貴は、強いな」

「私からすれば、全てを受け入れるミツのほうがよっぽど強いけどね。べつに見習いたくはないけどさ。どっちがより強くてよりいいって話じゃなくて、単に生き方の違いでしょ」

「簡単に言うけど、姉貴みたいに生きられるやつなんてそういない。操さんたちだって、姉貴がいなかったらどうなってたか。姉貴が助けてやったようなもんじゃないか」

「操ねえ。まあ……あの子はねえ……」

姉はグラスを手にとると、もうほとんど残っていないレモネードをなんとか吸い上げようと口をすぼめた。ずず、と無様な音が響き、がっかりした様子でストローを離す。

もう一杯頼んでいい？　と尋ね、答えを聞く前に女給を呼ぶ。

こうして相対しているのに、まだ姉がここにいることが信じ切れず、仙太郎は何度も瞬きをした。

訊きたいことはたくさんある。話したいことも山ほどある。

が、いざ目の前にすると、言葉は喉の奥に押し込められてしまう。

自分は、恨まれてはいなかった。自分のせいではなかった。そして姉は、故郷にいたころよりはるかに幸せそうに生きている。

それだけで、もう充分なように思われた。

だが、あとひとつ。これだけは訊かねばならない。

「姉貴はどうして太田議員のもとにいるんだ？」

周囲を見渡し、いくぶん声量を落として尋ねると、姉は「そういえば」と思い出したように苦笑した。

「いま、静江さんが寂しがって大変よ。あんた、養成所やめちゃったんだって？　帰るまでには一回顔見せに来なさいよね。もちろん郁子さんとして」

「悪いがそれはかんべんしてくれ。それより、何を考えている。今、浅草で軽い騒ぎになってることは知ってるだろう」

「知ってるわよ。本当はもう少し引き延ばして貰うつもりだったんだけど、おかげで大忙しよ」

「……何するつもりだ」

「まあ、黙って見っててよ。あいつは、人を騙して操から家族を奪ったんだ。今のあいつからしたらはした金だろうけど、そういう金を元手にして、貴族院議員にまで成り上がった。少しぐらい、痛い目見てもらってもいいじゃないの」

「でも……」

なおも言いつのろうとする仙太郎の口に、ハルは人差し指を添えた。

「罰を受けるのは本人だけ。静江さんたちは大丈夫よ。まあそりゃ、父親が捕まったりしたら、後ろ指指されるでしょうけど、そこは頑張ってもらうしかないわね。だから目を瞑って頂戴」

仙太郎はぴくりとも動けなかった。昔から、彼があまりに言うことを聞かないと、この

「しー」をされた。この状態ならばどうということはないが、癇癪を起こした仙太郎が姉の指を噛んだり、なお喚き続けた時は、地獄を見た。その時の記憶が、仙太郎から動きを奪う。

「ふふ、いい子ね、仙太郎。ねえ、この間の女装とってもきれいだったけど、やっぱりあんたはそっちの恰好のほうがいいわ。だから、二度とあんなことしちゃ駄目よ」

唇から離した指で仙太郎の鼻を弾き、ハルは笑顔で言った。目だけは笑っていない。

「あんたは、王道をまっすぐ行くのよ。負い目を感じる必要はない。たぶんあんたが進むように定められている道は、私たちの世界より時にすごく厳しいと思う。でもあんたは、そこを歩ける人間なの」

「そうは思えない。たぶん、本当に行くべきは、姉ちゃんだった」

「無理よ。私、こっちに来て実感したけど、下衆《げす》な知恵ばっかり廻るの。低俗の極みよ。そしてそれが、面白いのよね。だから王道は無理。こざかしいだけの人間は、必ず途中で落っこちるわ」

「俺みたいに、逃げようとする奴よりはこざかしいほうがマシだ」

「逃げたいと願う心があるなら、底辺にいる連中の痛みだってわかるでしょう。自信満々の奴は、下なんて見ないもの。そういうのが一番やっかい」

二杯めのレモネードがやってくる。グラスはふたつだった。姉は嬉々として、ひとつを仙太郎の前に押し出した。

目の前に、水滴のついたグラスが来てはじめて、仙太郎はひどく喉が渇いていたことに気がついた。ストローを使うことも思いつかず、一気にグラスを傾ける。その様を見て、姉はけらけらと笑った。

爽やかな酸味と甘みが絡み合い、喉から落ちていく。

長らく体の中を灼いていた痛みが、すうっと引いていくのがわかった。

＊

大雨の中、俥はようやくホテルの車寄せに到着した。

「はあ、まったく。ついてないわね」

花恵はため息をつき、揺れぬ地面へと足をつけた。彼女に続き、車夫の助けも借りずに、小柄な少女が飛び降りる。

軽快な身のこなしだったが、いざ地面に降りた途端、その細い足は縫い付けられたように動かなくなり、花恵がさっさとロビーに入っても、少女はなかなかその場から動こうとしなかった。

花恵はため息をつき、車寄せに戻り、少女の手を引く。触れた途端、相手はびくっと体を震わせ、一瞬抵抗するそぶりを見せたが、すぐにおとなしくついてきた。

「大丈夫よ、あやちゃん。そんなに緊張しないで」

今にも倒れんばかりに震えている少女に、花恵はもう何度めかわからぬ声をかけた。

少女の背丈は花恵の胸の下あたりまでしかなく、目尻のさがった黒目がちの大きな目もあいまって、子犬が震えているように見える。

子供のころ犬を飼っていた花恵の胸には、さきほどから猛烈な勢いで庇護欲が湧き上がり、抱きしめて頭を撫でたい衝動と戦っているのだが、それはおくびにも出さず、大人びた笑顔で、少女の肩を抱く。

「相手の方は、立派な紳士だから。乱暴なことは決してしないわ。やさしくしてくださるから、あやちゃんはただ身を任せていればいいのよ」

「は、はい」

か細い声が、血の気の失せた唇から漏れる。あまりの顔色の悪さに、さきほど薄く紅を塗ったが、何度も嚙みしめたためだろう、すっかりはげ落ちていた。

まるい頰は青ざめ、おさげも肩のあたりで力なく揺れている。

——ああ、なんてかわいそうなの。

商売仲間にはめったに覚えぬ憐憫《れんびん》を、花恵はこの時たしかに抱いた。

なにしろ、こんな年端《としは》も行かぬ少女に仕事を斡旋するのは、これが初めてなのだ。タイピスト養成所の生徒に声をかけることはあっても、まだ小学生にしか見えないようなこんな少女に売春させようとはさすがに思わない。紅紐団も十六歳未満にはやらせないという決まりがあったはずなのに。

「花恵さん、この子をあなたのお得意様の一人に紹介してくれません？」

三日前、あやと名乗る少女を連れてきたのは、浅草紅紐団の団長のマサだった。人形のように表情を失った少女はただ、「よろしくお願いします」と最初に言ったきり、だんまりを決め込んでいた。

「この間、教えてくれたでしょう。あなたのお得意様――政治家の秘書。上司が小児嗜好の」

のんびりと語る操を前に、花恵は舌打ちをこらえるのがやっとだった。教えてくれたとはどの口がほざくのか。実業家関係と政界関係の客を洗いざらい白状させられた屈辱は忘れない。

「その議員にこの子をってことですか？　難しいんじゃないかしら」

「花恵さんにできないことなんてないでしょう」

その通りだ。操が命じたことで、花恵ができないことなどない。そんなことは許されないのだから。

花恵は事務的にことを進めた。

あやの写真を秘書に渡すと、その翌日には返事が来た。どうも、秘書の反応から見て、相手は以前から少女を知っていたらしい。浅草の花売り娘ならば、目をつけられていて当然だろう。

指定された日は、あいにくの大雨だった。

いつものホテル、いつもの部屋。あやは、初めて会った時以上に寡黙だった。

まだ小学生にしか見えないこの娘が、じつは十四歳と聞いた時は驚いたが、この成長状態の悪さから透けて見える貧しさに思い至り、花恵の胸は珍しく痛んだ。

貧しいということは、この世で最も辛い罪業だと思う。貧しく生まれついた者は、その時点であらゆる機会を失っている。

花恵の家は、裕福ではなかったが、貧しくもなかった。多少無理はあったが、花恵を女学校に行かせることができたのだから。

両親には感謝している。だからこれ以上は決して彼等の手を煩わせまいと決めた。欲しいものは全て、自分で手に入れる。今まで彼等が与えてくれたものを元手にして、どんなものでも手に入れてやろうと。

「いい、あやちゃん。あなたは今、大きなチャンスの扉の前にいるのよ」

客の待つ部屋の扉の前に立ち、花恵は背後からあやを抱きしめるようにして、小さな肩に手を置いた。

「あなたは大変な思いをしてきたかもしれないけど、同時にあなたはとても幸運なの。あなたは女に生まれたんだもの。しかも、かわいらしい。それって、とっても幸せなことよ」

あやは何も言わない。しかし、手の下でかすかに肩が震えたのを花恵は感じた。

「みじめなあなたは今日、この扉をくぐった瞬間に、一度死ぬの。明日の朝、ここを出てくる時に、あなたはきっと自分が生まれ変わったことを知るでしょう。あなたの未来が輝いていることを、確信するはず。私が保証するわ」

「……ほんとう？」

蚊の鳴くような声で、あやは言った。うつむいた頭は震え、か細いうなじは青ざめている。これは、客にはたまらないだろう、と花恵は思った。

「本当よ。あなたは幸運よ、あやちゃん。相手はとびきりのお客様。さあ、その手で未来をつかんでいらっしゃい」

花恵は身をかがめてあやの頰に口づけると、扉を叩いた。

ほどなく、応《いら》えがある。

「花恵でございます」

「どうぞ」

扉が開くと、花恵とつきあいの長い秘書が現れた。ひょろりと背の高い、おもしろみのない男だが、とにかく花恵にべた惚れで、金払いがすこぶる良い。花恵は愛情のこもった笑みを返し、奥へと目を走らせた。

「いらっしゃるの？」

「さきほどからお待ちだ。それはもうそわそわと」

笑い含みの秘書の声に頷き、花恵はあやと共に部屋へと足を踏み入れた。

奥の椅子に座っていた男が、ゆっくりと立ち上がる。

「やあ、あやちゃん。この日を待ちかねたよ」

葉巻の紫煙のむこうから、丸々と太った顔に愛想のよい笑みと、隠しきれぬ欲望を滲ませて現れたのは、あやのかつてのお得意様——貴族院議員・太田裕一郎その人だった。

2

ヴェリテを訪れても、操は不在だった。

姉とぶじ再会できた礼を述べ、目的を達成したために紅紐団を退団する旨を伝えるつもりで意気込んできたが、出鼻《でばな》をくじかれた。

十二階下の『群盗』のほうかもしれぬ、と出向いてみれば、こちらも不在。しかも、顔見知りと酔っ払い文学青年どもに絡まれて、なかなか店を出られぬ事態に陥った。

「操はどうせ菊代だか菊香《きくか》だかのところだろ。あいつは軟派なのがいかん」

「作品もなぁ、娯楽としてはじつに結構だが文学性なんぞは皆無だな。志がないのが無念だ」

ねたみまじりの愚痴に囲まれ、仙太郎は逃げる機会をうかがっていた。

店内の暑熱を逃がすため、今日は珍しく扉が開け放たれており、ちらちらとそちらをうかがう。

それを何度か繰り返した後、仙太郎は、肩を組んでいる男を勢いよく突き飛ばした。

店の前を、見覚えのある姿が駆け抜けていく。

小学生のような背丈に、揺れるおさげ。

「あや？」

いや、まさか。あやは、夜に銘酒街に足を踏み入れることは絶対にしないと以前言っていた。子貸し屋の手伝いをするようになってからは、昼のうちは出入りするようになったが、夜は臭いし危ないから絶対に厭だと顔をゆがめていた記憶がある。

「おい、なんだ急に！」

突き飛ばされ、椅子ごと倒れた男は怒りに顔を真っ赤にして抗議したが、仙太郎は謝りもせずに店を飛び出した。

あやの姿はどこにもない。酔客がふらふらと行き交うばかりで、駆け去った方向を見ても、提灯の明かりのもとではろくに見えはしない。見間違いだったか、と店に戻ろうとしたところ、

「邪魔だよ！　どきな！」

あやが走ってきた方向から、聞き覚えのある声がした。

通行人が突き飛ばされ、少女たちが次々と現れる。尻餅をついたはげ頭のおやじは、当然顔を真っ赤に染めて罵声を浴びせたが、乱暴に人をかきわける少女たちの髪に揃いの深紅の花が咲いているのを見て動きを止めた。

仙太郎も店の入り口に立ち尽くし、いらだった様子で道を進む彼女たちに目を向けた。

紅紐団の象徴である赤いリボンの花は、普段は身につけていてもいなくてもどちらでもよい。

身につけることを義務づけられているのは、定例会に出席する際、そして――「狩り」の時だ。

団内に裏切り者や違反者が出た場合、班や分隊に号令がかかる。招集された者たちは紅い花をつけ、かつての仲間を追う。六区の事情に通じている者ならば、花の少女たちが走りまわっているだけで事情を察するし、獲物の情報を落としてくれることもある。逆に、紅紐から獲物の情報を隠すのは自身も報復の対象となることを意味するため、大半の者は、紅紐を見かけたら極力近づかない。

仙太郎はあぜんとして、すぐそばまでやってきた少女たちを見つめた。いずれも見覚えがある。同じ分隊、いや同じ班の少女たちだ。

「ほんとどこ行ったの、あいつ。ねぐらももぬけの殻だし。昨日から帰ってないよね」

「でもさっき仲見世フラフラしてるところ見たやついるんだろ」

「二時間も前のことだし……。たぶん六区から出てはいないと思うんですけどぉ」

「他にあいつが行きそうなとこは？　金龍館？」

「そこはまだ行ってないですね。いくらあやが馬鹿でも、追われてるの知ってて金龍館は行かないんじゃないですかねえ」

「でも、あやだしあるかもよ。行ってみる？　あのへんはカモも多いしちょうどいい」

馬鹿にしたような笑い声とともに耳に飛びこんできた名前に、仙太郎は少なからぬ衝撃を受けた。

あや。やはり、さっきのはあやだ。

だがなぜ、あやがかつての仲間たちに追われている？

「おい、何つっ立ってんだよ！　邪魔だよ！」

仙太郎の前までやってきた少女が、舌打ちして彼を突き飛ばす。小梅組の小頭のせい子だ。普段は気のいい少女の敵意まるだしの態度に驚いたが、そういえば今の自分は「仙太郎」なのだ。仙太郎はわずかによろめいただけで踏みとどまり、逆にせい子の腕をつかんだ。

「おい」

「あ？　なんだよこの腕。離せよ！」

せい子は腕を振り払おうとしたが、仙太郎の手はびくともしない。他の二人の少女も殺気立って仙太郎を取り囲んだ。

「訊きたいことがあるだけだ。誰か捜してるのか？」

「関係ねーだろ？」

「あやって聞こえたが」

暴れるせい子の動きが、わずかに弱まった。せい子は怪訝そうに仙太郎を見上げ、それから二人の仲間を交互に見た。

「あんた、あいつのこと知ってんの？」

「そりゃ普通に知ってんじゃないの。ちょっと前まで花売りやってたし」

「あんた知り合い？　どこ行ったか知ってんの？」

逆に矢継ぎ早に尋ねられ、仙太郎は衝動のままに声をかけたことを少し後悔した。

「何度か花は買った。紅花つけて追跡は穏やかじゃねえな、あいつ何かしたのか？」

「部外者にゃ関係ねえよ」

わずかに力が緩んだ隙に、せい子は乱暴に手を振り払い、すばやく仙太郎と距離を置いた。

「まあ、見かけたら花つけてるやつに声かけてよ。ないと思うけど、匿《かくま》いでもしたらあんたも殺されるよ？」

にやりと笑うと、せい子は他の二人を引き連れ大股で去って行った。おそらく本人は凶悪な笑顔のつもりなのだろうが、もともとがおたふくのような顔立ちの上に、面倒見がよく涙もろいことを知っているので、仙太郎にはまったく効果を及ぼさなかった。

「何やったんだ、あいつ」

仙太郎は舌打ちし、せい子たちの姿が見えなくなってから追跡を開始した。

最近ずっと様子はおかしかったが、ここ数日は接触がなかったから全く状況がわからない。だが、紅紐が出てくるのはよほどのことだ。

より狭い道、よりごった返した道をかき分けて進む。目当ては、操が菊代だか菊香だかいう女と住んでいるという店だ。『群盗』の近くまで来たからには、もしや操に用があるのではないかと思いついたからだった。

果たして、店のある通りに出てほどなく、道の向こう側からあやが飛び出してきた。どうやら、別方向から同じ道を目指していたらしい。

「あや」

呼びかけると、あやは肩を震わせて立ち止まった。

「おまえ、一体なにしたんだ。せい子たちが……」

一歩近づいた時にはもう弾かれたように回れ右をして駆け出している。

「待て！　俺は追いかけてるわけじゃない！」

耳に入っているはずなのに、あやの足は止まらない。

だが、おかしい。彼女は逃げ足が速いほうだ。体の小ささをいかして、人混みでもひょいひょい走るので、こういう場所で追いつくのは困難だ。実際、せい子たちはあっさり見失った。

が、仙太郎はあっさり距離を詰めることができた。指が届く距離まできた時には、あやの走り方がおかしいことにも気がついていた。

「待てって言ってるだろうが」

肩をつかむと、観念した様子であやは足を止めた。肩ごしにもわかる、呼吸が尋常ではなく荒い。もう限界だったのだろう。

「大丈夫か？　どれだけ走ったんだ」

顔をのぞきこむと、土気色《つちけ》だ。さきほどは薄暗くて、ここまで顔色が悪いと思わなかったのでぎょっとした。

「ほっといて……」

きれぎれの声で、あやは言った。途端に咳きこみ、体を折る。激しく体を揺らし、胃の中の物を吐き出す背中をさすると、勢いよく振り払われる。

「気安くさわんな」

涎《よだれ》と吐瀉物で口のまわりを汚しながら、あやは気丈にも仙太郎を睨みつけた。

「俺は敵じゃない。とりあえず、立て。なにがあったか知らんが、せい子たちに追いかけられてたんだろう」

　あやは観念したように目を瞑り、荒い息の下で頷いた。喋れるほど回復してはいないのだ。体も細かく震えている。

「最初、『群盗』に行こうとしたんじゃないか？　あそこに行けば大丈夫なのか？」

　あやは目を閉じたまま、眉間に皺を寄せる。しばらくそうしていたが、やがて小さく首を横に振った。

「ちがうのか。じゃあ……」

　どこへ、と言いかけて、仙太郎は声を失った。

　緩んだ襟元からのぞく鎖骨のあたりに、しみがついている。いや、しみではない。痣《あざ》だ。しかもひとつではない。首筋にもある。唇は切れ、不自然に腫れていた。

　何があったかわからぬほど、初心《うぶ》ではない。だが、まさか。なぜあやが。仙太郎は動揺し、それが指ごしに伝わったのか、あやが目をあけてこちらを見上げた。

　その瞬間、仙太郎が何を見ていたのか気づき、恐怖に目を見開く。脱兎のごとく駆け出そうとした体を、仙太郎はすんでのところで引き留めた。

「落ち着け、べつに何も訊か……」

「見つけた！」

　仙太郎の声は、怒声にかき消された。三度、あやの体が硬直する。仙太郎も背後から彼女を抱えたまま、声の方向に目を向けた。

「さっきの野郎じゃない。あんたやっぱり、あやを逃がしてたね」

果たして、人垣をかきわけて現れたのは、せい子たちだった。こちらも全身汗にまみれ、呼吸が荒い。

「報復を受ける覚悟はあるんだろうね」

せい子は二人の前に立つと、仙太郎を睨みつけた。

「多勢で一人を追いかけ回すのは趣味が悪い。こんなガキに大それたことができると思えないが」

震えるあやの体を支え、仙太郎も牽制するようにせい子たちを見下ろす。

せい子は、ふん、と鼻を鳴らした。

「よけいなことをしないで、引き渡しな。そいつは重大な違反をしたの。副団長に引き渡さないと」

副団長。倫子のほうだ。

「何をした」

厭な予感に背中を押されて尋ねると、あやが小さな声で「やめて」とつぶやいた。

せい子は憎々しげにあやを睨みつけ、吐き捨てるように答えた。

「第三分隊を通さず、個人で売春したの。しかも縄張りの外で。追放に該当する」

隅田川の川沿いには、無数の舟宿が並んでいる。川面にはいくつもの屋形船が浮かんでおり、ゆらゆら揺れる提灯の明かりは、地上の人間を誘う巨大な蛍のようだ。

「とっとと入りな」

背中を小突かれながら仙太郎が足を踏み入れたのは、居並ぶ舟宿のひとつだった。

時刻は少なくとも夜の十時過ぎ、年端もいかぬ少女の一団と、罪人よろしく両手を縛られた同世代の少年と少女が突然あらわれても、舟宿の主人はいっこうに驚いた様子も見せず、ただ黙って一行を奥へと導いた。

川面へと続く階段の先には、小さな屋形船が静かに揺れている。前を歩くせい子に続いていいものか一瞬ためらうと、すかさず「早く降りな」と背後から声が飛んでくる。ここでまた小突かれでもしたら危険だ。両手を縛られた状態で足を踏み外したら、真っ逆さまだ。

仙太郎は慎重に階段を降りた。少し間を置いて、軽い足音が続く。同じように手を縛られているあやだ。振り向くと、小さな顔は腫れ上がり、鼻から顎にかけては鼻血がこびりついていた。十二階下でせい子たちに囲まれた時に、いきなり頬を張られたせいだ。仙太郎はとっさに彼女を庇い、せい子たちを追い払おうとしたが、当のあやに止められてしまった。

「いい。捕まったらもう無駄」

そう言って彼女は、せい子たちにあっさりと降《くだ》った。するとその場で数発追加され、腹には蹴りもいれられた。仙太郎も同様に食らい、反撃の気力を奪われたところで、同じようにここまで連行された。

せい子たちを追い払うのは可能だったが、おそらく第三分隊にも動員がかかっている。誰より六区を知り尽くしている精鋭たちから逃げ切るのは不可能だ。ならば下手に騒がず、あやのそばについていたほうがいい。

しかしまさか、屋形船とは。てっきり、どこぞの倉庫か、いつものカフェー・ヴェリテあたりに連れて行かれるのではないかと思っていた。

「あやを連れてきました。匿っていたやつも一緒です」

一足先に舟に乗り込んだせい子が障子越しに告げると、間髪を容れずに「入って」と応《いら》えがあった。

せい子が障子を開くと、果たして中には、倫子がいた。近くの障子を開け、桟《さん》に凭《もた》れかかって酒を飲んでいる。操もいるやもしれぬと思っていたが、ひとりのようだった。

「あら」

面倒くさそうに酔眼をこちらに向けた倫子は、仙太郎の顔を認めて声をあげた。

「驚いたわね、あんたも来たの？」

「副団長、こいつ知ってるんですか？」

棒立ちになっている仙太郎を、せい子は意外そうに横目で見上げる。

「ちょっとした知り合い。あんたがあやを匿ってたの？」

「いいえ」

「じゃあなんでここに？」

「偶然見かけました。尋常な様子ではなかったので追いかけたところ、こいつらに」

こいつら呼ばわりに腹をたてたのか、背後から膝の裏を蹴りつけられた。つんのめるようにして畳の上に膝をつく。するとたちまち手が伸びて、足首もぎちぎちに縛られてしまった。

「なんで追われてるかは聞いたわね？」

「……はい」

応えるまでに間があいた。倫子が笑う。

「信じられないって顔ね。私も信じられないから無理ないけど」

草履を脱がされ、中へと押し込まれた仙太郎の隣に、どさりと音をたててあやが転がされる。倫子の目は笑いを載せたまま、小柄な少女の上へと移動した。

「まあ、あんたの歳でやろうと思ったら、私に話なんか通せないものね。やったのは間違いないね、あや」

「はい」

転がったまま、あやはかすれた声で応えた。

「誰の命令で？」

「私がひとりでやったことです」

「へえ。あんたが、ひとりで」

とっておきの冗談を聞いたように、倫子は声をあげて笑った。ひとしきり笑った後で、手にしていた杯をあやに投げつける。酒が残っていたようで、隣の仙太郎の頬にも飛沫がとんだ。

「あんたにそんな度胸もコネもあるわけないだろうが。京橋のセンツラルホテルだろ？」

仙太郎は息を呑んだ。以前、花恵に連れていかれ、さんざんな目に遭った場所だ。

振り向くと、噛み切るのではないかと思うほどあやは強く唇を噛みしめている。酒を浴びた顔はあいかわらず土気色だった。

「そんな死にそうな顔しないでよ。脅されていたんでしょう？　それとも騙された？　掟《おきて》があるから処罰はしなくちゃならないけど、あんたも被害者といえば被害者だからそこは汲むつもり。そのためにも正直に話してほしいの」

倫子はさきほどとはうってかわり、口調を和らげて言った。しかしあやは、猫なで声にも反応を見せない。せい子は、あやの髪をつかむと強引に顔を上げさせた。

「副団長、私たちで吊し上げてきます。いつもの倉庫を貸していただければ、すぐにでも。副団長のお手を煩わせることでもありません」

こんな奴、と苦々しげにあやを見下ろす。その目に宿る、底冷えするような光に、仙太郎は息を詰めた。面倒見がよいせい子が、あやをこんな目で見る日が来るとは思わなかった。

力いっぱい引き上げられ、胸のあたりまで反り返っていたあやは、たまらず苦悶の呻きをもらす。それでもせい子は手を離そうとはしなかった。体当たりでもしてやめさせようとしたところで、

「あんたたちはすぐ興奮して目的忘れるから駄目。帰っていいよ」

倫子から助け船が入った。せい子たちは驚いたように顔を見合わせた。

「え、でも副団長おひとりで……」

「私じゃこいつらにのされるっていうの？」

倫子はせせら笑い、腕を縛られて転がる二人を見やった。いえそういうわけじゃ、ともご否定する声にかぶせるように、ぴしゃりと続ける。

「狩りご苦労様。今日中に見つけてくれたのは評価する。班はお咎めなしだから安心して」

有無を言わさぬ笑顔に気圧《けお》され、せい子たちは押し黙る。自分たちの手で裏切り者を制裁したいという思いがはっきりと顔に出ていたが、結局しぶしぶといった体で立ち去った。

音をたてて障子が閉められると、倫子が窓から身を乗り出し、「出して」と声をかけた。ほどなくして舟がゆっくりと動き出す。さきほど降りてきた時には誰もいなかったが、いつの間にか船頭が乗り込んでいたらしい。他にも外にだれかいるのではないかと探ったが、船頭以外の気配は感じられなかった。

仙太郎は注意深く倫子を観察した。桟に凭れ、酒を飲んでいる。杯はもうひとつあったようで、冷酒器からなみなみと酒を注いでは口に運ぶ。

開け放った障子からは、夜風に乗って、機嫌のよい歌声や笑い声が聞こえてくる。屋形船などはじめてだから、こんな状況でもなければ胸が躍ったかもしれない。

あやに目を向けると、うつぶせに転がされたままぴくりとも動かない。大丈夫か、と声をかけても反応がなかった。足を動かして軽く蹴ってみても、やはり何もなかった。

「あの、倫子さ」

「たまにここ、一人で借り切るのよねえ。地上にいると何かと面倒ごとに巻き込まれて鬱陶しいから」

意を決して声をあげたものの、倫子にあっさり遮られた。

「でもこの季節は川の上も似たようなもので、あんまり意味がないのよね。こう屋形船ばっかりじゃあ、暑苦しくて風流も何もあったもんじゃない」

「倫子さん、あやの様子が」

「気でも失った？　便利な体質ねえ」

倫子はようやくこちらを見て微笑んだ。よっこらせ、と年寄りじみたかけ声とともに立ち上がると、ゆっくりとこちらに近づいてくる。そのまま勢いよくあやの脇腹を蹴りつけると、少女の口から奇妙な音が漏れ、体が大きく揺れた。

「あや、寝るんじゃないよ。お疲れなのはわかるけどさ」

「倫子さん、やめてください」

「なんのためにここに来たかわかってるだろ、仙太郎。あんたもまとめて引き取ってやっただけでも感謝してほしいね。せい子たちに任せたままだったら、何も聞き出せないままお陀仏って未来しか見えない」

倫子はこともなげに言った。皺の寄った眉間には、嫌悪の色がある。

「ガキは加減を知らないから、すぐに力に酔ってやりすぎるのさ。一人じゃ何もできないくせに、紅紐団の一員て肩書きを得たらもう天下でもとった気でいるからね。デカいことやりたがる。てめえらがデカい顔できるのは誰のおかげだと思ってんだよと言いたいね。ねえあや、そうでしょう」

倫子はもう一発、蹴りを入れた。あやの呻き声が大きくなる。

「倫子さん！」

仙太郎は声をはりあげたが、倫子は一瞥もくれずにあやの頭に足を乗せた。

「あんたがいなくなっても、誰も困らない。たとえばこのまま隅田川に捨てても、事件にもならないだろうね。ここの船頭はいろいろと心得もいいし」

ぐっ、と足に力がこめられると、あやの体が震えた。顔が押しつけられ呼吸が出来ないのだろう、たちまち震えは大きくなり、足を外そうと全身でもがき出した。

「やめろ！　あんたこそやりすぎだろうが！」

「私は必要以上に痛めつけたりしないよ。効率重視だから。暴力は嫌いだしね」

倫子は足をどかすと、今度は胸の下あたりにつま先を差し入れた。そのままごろりとあやを転がし、仰向けにさせる。

「あや、どう？　少しは目が覚めた？」

鼻血と酒にまみれた、惨憺たる顔の近くに膝をつき、倫子はやさしげに問うた。

青白い瞼が震え、ゆっくりと開かれる。あらわれた焦げ茶の虹彩には、なんの感情もない。うつろにさまよい、おのれを見下ろす倫子の顔に焦点が合うと、わずかに睫毛を震わせる。

「……はい」

「昨日、京橋のセンツラルホテルで客をとったね？」

「はい」

「相手は」

「知りません。五十前後のじじいってことだけ」

「誰の紹介？」

あやは応えなかった。倫子の右手があがり、あやの顔にさっとおびえが走ったが、ただ酒ではりついた前髪を額から払っただけだった。

「あそこは黒蝶団の縄張りだよ。仙太郎、あんたもよく知ってるね？」

「はい。あや、本当なのか」

いまだ信じられず、仙太郎は再度あやに尋ねた。少女は仙太郎を見もせずに「本当」と応えた。

「なんで私がもう知っているか不思議かい？　あそこじゃいろいろあったからねえ、ホテルの人間に金を握らせているんだよ。なのにあそこを使うとはあいつらも杜撰《ずさん》だね。前の件で懲りてないのかしら。それとも、情報が即座に流れることを承知で選んだのかしら？」

仙太郎の眉が寄った。

「どういうことですか」

「どういうことか知りたいから確認するんだよ。あや、あんたをあそこに連れて行ったのは定森花恵だろ？　誰から紹介されたんだ」

「……声を、かけられたんです。丸ビルの近くを歩いている時に……」

「あんたが？　丸ノ内の連中に？　まさか！」

倫子はけたたましく笑った。

「あそこは自称流行の最先端・職業婦人の集まりだ。ろくすっぽ文字も読めないようなガキを引き入れるはずがないだろ。手引きしたやつが必ずいる。誰だ」

襟元をぐいと締め上げられ、あやは苦しげに眉を寄せた。

「も、元弁天団の……。昔、仙太郎と金龍館で会った、あの、辰雄って人です……」

「なるほど、辰雄か。たしかにあいつは花恵とも接触しているからね。こっちの内部崩壊を狙ってあんたを引き込んだ、と」

あやはほっとした様子で頷いた。倫子は微笑んで手を離し、今度はあやの胸を踏みつけた。

「――って、そんなわけないだろ？　質問された時は辰雄の名前でも出しとけって言われたのか？」

「ち、ちが……」

咳きこんで声にならない。さきほどまで土気色だったあやの顔がたちまち赤く染まるのを見て、仙太郎は体を転がして倫子の足に頭突きをしようと試みた。

「おまえもうるさいね、仙太郎。少しおとなしくしてな。あんたも知っておくべきことだ」

難なく足で払い、倫子は再び芋虫よろしく転がってもがく仙太郎を見下ろした。

「あや、見ろ。こいつはおまえのことを心配してついてきた。狩りを邪魔したらどうなるか知った上でね。紅紐団に、こいつ以上におまえのことを真面目に心配してくれたやつがいるか？」

あやの目が、仙太郎に向けられる。

「知らぬふりもできたのに、仙太郎はしなかった。いいかい、こいつの前では嘘をつくんじゃないよ」

振り下ろされる刃のような倫子の声に、あやはじっと仙太郎を見つめた。腫れた瞼の下からのぞく目はひどく充血しているが、さきほどよりは光が戻っているように見えた。

しかし、呼びかけようと仙太郎が口を開きかけたところで、あやははっと我にかえったように視線を逸らした。

「すみません。でも、言えません」

「そう」

倫子は表情を消し、身を翻した。近くに上着とともに放り投げてあった革のバッグを手にとると、中から本を取り出す。無造作に開き、頁の間に挟まっていた紙を引き抜くと、あやの鼻先につきつけた。

「昨日おまえが体を売ったのは、こいつだろ？」

写真を前に、あやの顔が凍りつく。傍らからのぞきこんだ仙太郎もまた、驚愕に目を見開いた。

「太田」

思わず零れた名に、あやの体が震えた。大きな目が、おそるおそる仙太郎に向けられる。

「……こいつのこと、知ってるの」

仙太郎が応える前に、倫子がせせら笑うように言った。

「そりゃ知ってるよね。シュトルムの今の舞台、こいつだもんね。操渾身《こんしん》の脚本。ばっかみたい」

倫子は写真を放り投げると、荒々しくその場に腰を下ろした。あぐらをかき、ポケットからチェリーを取り出した。以前見た時はゴールデンバットを吸っていたような気がするが、あれは操だったかもしれない。倫子は手早く火をつけると、怒りを飲み込むように煙を吸い込んだ。

「観念しな、あや。私はもう知ってるんだ。あんたに太田への売春を命じたのは、操だね？」

煙とともに、倫子は言葉を吐き出した。

船内の空気が凍りつく。

仙太郎はあぜんとして倫子を見た。彼女は静かな顔をしていた。次いであやを見る。目と口を大きく開いていた。

「なんで……」

蚊の鳴くような声で、あやは言った。

「操から聞いただろ、太田との因縁。太田の性癖も調べはついてる。浅草の花売り娘の花形なら、太田も相手に不足はないだろう。あや、言ってごらん。操に何を吹き込まれた？」

あやはしばらくうろうろと視線をさまよわせていたが、やがてきつく目を瞑ると、観念したように口を開いた。

「……太田に気に入られれば……おそらく、別宅に連れていかれるだろうって。その場所を教えるよう言われました」

「ふん。お気に入りの少女を連れ込んで言い逃れできない状況になったところで、警察のご登場ってところかね。さすがに昨日はそこまでいかなかったわけか」

「はい……。気に入ってもらえなかったってことは、たぶんないと思うんですけど……」

痛みをこらえるように、あやは眉根を寄せた。途端に、彼女の首から胸についていたおぞましい痕を思い出し、仙太郎の視界が赤く染まる。

「さすがに初回でいきなり連れて行きはしないだろう。今ごろあんたの身元を調べているだろうね。この騒ぎも当然、連中の耳に入る」

「じゃあ太田があやを引き取ることはないですね」

怒りを押し殺して仙太郎が唸ると、倫子は呆れたように片眉をあげた。

「何言ってんの、逆だろう。そもそもまともな娘が浅草六区で花売りなんてしてるはずないからね、先方も後ろにやくざがいるぐらいは警戒してる。けど紅紐団はしょせんは少女ギャング団。やくざよりはたやすい相手だ。少なくとも連中はそう思ってる。しかもこの件で追放されれば、あやには帰る場所がない。向こうは万々歳であやを迎え入れるだけ。わかる？」

つまり、最初からこうなることを見越していたということか。仙太郎が疑問を口に出す前に、倫子は続けた。

「あやが即座に吊し上げられて追放されるのは、計画のうちなの。わかる？　たぶん私が号令かけなかったら、操が公表して、明日あんたを捕まえろと号令をかけただろうね。で、規定通りせい子たちにひととおり制裁やらせた後は、追放したと見せかけておやさしいことに匿ってあげる。そうすれば次の逢瀬ではあんたは完全に太田のものになるってこと。あや、次の約束はいつなの」

あやは力なく首をふった。黒い目に戻りかけていた光は、再び消え失せていた。

「まだです。ホテルに伝言をいれておくと……」

「そう。まあ一両日の間には来るだろうね。ふん、操のやつ、ここに来て一気にたたみかけて来やがった」

いまいましげに舌打ちした後、倫子は仙太郎を睨めつけた。

「そういうわけだから仙太郎、あんたはこのままあやと六区の外に出な」

「え」

思いがけない言葉に、仙太郎とあやの声が重なった。

「さすがにせい子たちも、川までは追ってこない。浜離宮《はまりきゅう》の近くで下ろすから、浅草からできるだけ離れるんだね」

「助けてくれるんですか」

「この段階で言う？　なんのために屋形船用意したと思ってんの」

倫子は馬鹿にしたようにため息をついたが、彼女がそうする理由が思いつかない。

「それはありがたいですが、そうなると倫子さんがまずくないですか」

「あんたたちのことは、隅田川に放り込んだとでも言うわよ」

「さすがに通らないでしょう。今度は倫子さんが規則を破ったことになる」

「最初に破ったのは操。団員を私利私欲のために使ってはならないってね。わかる？　太田に家つぶされたのは知ってるし、復讐でもなんでも好きにすりゃいいけどさ、私は昔から何度も、紅紐団は巻き込むなと言ってきた。あいつも承知していたはずだったんだけどね」

倫子はうんざりした様子で煙を吐き出すと、今度はポケットから小型のナイフを取り出した。光を弾く刃に顔をひきつらせるあやの傍らに膝をつくと、背中できつくまとめられていた手首の縄の下へとナイフをくぐらせる。ぶつっ、と音がして、あやの両手は自由になった。

「ど、どうして……」

縄が解かれ、ようやく自由になった両手を顔の前に掲げると、感触をたしかめるように何度か指を曲げて伸ばす。

「うるさいね。助けるってんだから黙って助けられてりゃあいいだろ。理由が必要なら教えてやるけど、べつにあんたたちを助けたいわけじゃない。ただ、操に心底腹をたてているんでね、やられっぱなしじゃ寝覚めが悪い」

足は自分で解きな、とあやに命じ、倫子は仙太郎の縄に手をかけた。一度きつく縄が肌に食い込み、痛みに眉が寄ったが、急に圧がなくなった。肩から痺れて感覚がなかったが、ゆっくりと腕を引き戻し、手を確認する。手首から上と下の色がまるで変わっていたが、何度か指を曲げ伸ばししていると、血の気が戻ってきた。ほっと息をつき、足の縄にとりかかる。

「団長はなぜこんなことをしたのでしょうか。露見すれば、自分が追放になりかねないじゃないですか」

「まあ、露見しても困らないからだろうね。どうせ紅紐団をやめるつもりだったから」

仙太郎とあやは、縄と格闘していた手を止め、揃って倫子を見た。二人の目に浮かぶ驚愕に、倫子は頭を掻いた。

「あのさ、忘れてるみたいだけど、あたしも操も二十歳なんだよね。どっちみち来年春には引退。それが少しばかり早くなるだけだし、あいつも充分な資金が貯まったからこれ以上長居する必要はないってことだろ」

「資金？」

「おせんは明に会ったんだろう？　あいつと操が、馬鹿みたいな窃盗や詐欺を繰り返しているのは知ってるね。今回の太田が、その総仕上げ。自分が失った金を巻き上げて、目標額に達したら、二人手に手をとって大陸にでも渡るつもりなんだよ」

予想から大きく外れた言葉に、仙太郎は手ばかりか息も止めた。大陸とは、いきなりスケールが大きくなった。

「大陸っていうと……あの、支那とかですか……？」

理解が追いつかないといった様子で、おそるおそるあやが尋ねる。

「紅紐団が出来る前に、明が酒の席で話していたことがあるんだ。私たちは弁天の連中にも勝てたんだから、皆で狭い国飛び出して大陸で好きなだけ暴れよう、操はその日々を本に書けばいい、きっと世界で売れるさ、なんてね。そりゃあいいって盛り上がったけど、もちろん酒の席の他愛ない冗談だと皆思ったよ。ただ、操だけは本気だった。その後で私も一度、あのばかばかしい資金調達茶番に一度誘われたけど、大陸に渡ればなんとかなるなんて馬鹿な夢を実行するのは大陸浪人だけだと思ってたからね、きっぱり断ったよ。もうちょっと地に足つけろって逆に説教したんだけどさ、最初の詐欺がうまくいったもんだから、調子に乗ったんだろう。まあ、紅紐にいる間はきっちりやってくれるなら好きにしろと思っていたけどね、こうなりゃ話は別だ」

「……ごめんなさい、倫子さま。あたし、最後まで団に迷惑かけてばっかりで……」

「本当にね」

涙まじりのあやの謝罪を、倫子はばっさりと切り捨てた。

「けど、あんたはまだ紅紐団の団員だ。こんな理不尽に従う必要はなにひとつない。あたしら紅紐団は、行き場のない不良少女を庇護する組織でもなんでもない。弁天団だの黒蝶団だのと同じ。そういう輩を利用して食ってんの。ギャング団なんてみんなそうだから。家族なんかじゃないんだよ」

あやの目から、大粒の涙が零れる。口を動かしたが、声は出なかった。

ゆっくりと隅田川を下った舟は、やがて浜離宮の近くで停止した。

「浅草には戻ってくるんじゃないよ。二人とも、今夜はなんとかやり過ごして、明日はそのままおうちに帰りな」

舟を下りた仙太郎とあやに財布を投げつけると、これが今生の別れとでも言うようにぴしゃりと障子を閉める。

舟が岸を離れ、夜の闇に溶けるまで、あやはずっと頭を下げていた。

夜の道を、俥がひた走る。

本来は一人乗りの座席には、仙太郎の他にもうひとり客が乗っていた。

小さい体をいっそう小さく縮め、あやはずっとうつむいている。顔を伏せていても、頬のあたりがひどく腫れているのがわかる。

仙太郎は自分の頬に手を当てた。同じように腫れ上がり、熱をもっている。明日にはもっとひどいことになっているだろう。

自分はかまわないが、あやの顔が無様に腫れ上がるのは痛々しい。俥に乗る前に冷やしてやればよかったと思うが、後の祭りだ。

どこをどう走ったか、途中までは記憶していたが、吹きつける夜風すら顔にしみるので、結局は仙太郎も下を向いてしまった。

しかし俥は、きちんと注文通りの場所に停まってくれた。降りた場所は、一面に広がる田んぼ。その中にそびえる鳥居を見つけ、足を速める。

「神社？」

鳥居をくぐる時、あやはようやく声を発した。

背後を川に、三方を田んぼに囲まれた場所に築かれた神域は、真夜中ということもあって人の気配がまるでしない。社を囲む木はさわとも鳴らず、闖入《ちんにゅう》者を冷ややかに見下ろしている。

「民家から離れた神社で降ろしてくれって言ったからな。神社は安全だ」

さして長くもない参道を歩き、古い本殿の前に立つと、あやはあからさまに怖じ気づいた。

「本殿の中に入るの？」

「外で寝るよりいい」

本殿の扉は閉ざされているが、さいわい鍵はかかっていない。

仙太郎があっさりと中に入る一方、あやのほうはまだ本殿の前に突っ立ったままだった。

「あんたよく平気で入れるね」

「神様だって、哀れな子供に数日ぐらい軒を貸してくれるだろ」

「寺ならまだいいけど神社はなんだか怖い」

「べつに罰《ばち》なんて当たらない。早く入れ、虫が入る」

再度促すと、しぶしぶあやは中に入ってきた。奥に鎮座する鏡に深々と一礼すると、照らされるのを恐れるようにそそくさと壁際に寄る。

仙太郎が扉を閉めると、本殿の中はたちまち深い闇に沈む。ひっ、とあやの小さな悲鳴が聞こえた。視界が暗闇に閉ざされて、仙太郎はようやく体から力を抜いた。ここまで平然とした風を装って歩いてくるのは、なかなかに堪えた。あやほどではないにしろ、仙太郎も全身に傷を負っている。

だが、ひとまず今夜はここで休める。追っ手を気にせず、静かに眠れば、痛む節々や傷も少しはましになるだろう。

「おまえも今のうちに横になっておけよ」

あやがいるとおぼしき方向に声をかけ、仙太郎は横になった。あやは何も答えなかったが、ややあって、衣擦《きぬず》れの音とともに横たわる気配があった。

口元に苦い笑みが浮かぶ。この一日で、なんという急展開だろう。目を開けても閉じてもかわらぬ暗闇の中にじっと横たわっていると、体じゅうの傷がよりはっきりと自己主張をはじめ、仙太郎を苦しめる。あやも同じだろう。

だが一番痛むのは、胸の奥だ。

操は得体が知れない。それは最初からわかっているつもりだった。しかしいつしか、紅紐団の団長として、それなりには信を置いていたらしい。個人的な理由で酷使されることに不満をもってはいたが、宝石強盗の件といい、花恵の件といい、最終的には紅紐団の益になることだから、やはりなんだかんだ団長なのだと認める思いもあった。

鼻の奥が、つんとした。どうやら自分は、思いの外、傷ついているらしい。

「おせん、起きてる？」

洟を啜る音に気がついたのか、暗闇のむこうで声があがった。

「ああ」

「……倫子さまの話さ、本当だと思う？」

あやの口調には、迷いが滲んでいた。

「さあ。一方の話だけで判断するのは危険だ」

口ではそう言ったものの、仙太郎はほぼ確信していた。

「操さまは最初から私たちのことなんてどうでもよかったのかな。なんか……信じられないんだけど」

「信じられないんじゃなくて、信じたくないの間違いだろう。今の自分の状況をもたらしたのは誰か考えてみろよ」

ぐ、と喉が詰まるような音がした。しばし間を置いて押し殺した小さな嗚咽が続き、仙太郎は後悔した。あやは自分よりもよほど心身ともに深い傷を負っているのに、八つ当たりをしてどうするのか。

「あやは俺より団長と過ごした時間が長いし、信じたくないのもわかる。けど俺は、おまえを太田に差し向けたと知った時点で、あの人を団長として認めるのはやめた」

一拍おいて、洟を啜る音が聞こえた。

「おせんって馬鹿だよね。知ってたけど。あたしのことなんて放っておけばよかったのにさ、とばっちりくっちゃって」

「こんなことも知らないまま残ってるほうが怖い」

「でも馬鹿だよ。男のくせにあんなことしてた時点で、信じられない馬鹿だけど」

「そうだ、男でもタイピスト養成所に入れたんだ。だからおまえなんか、どうとでもなる」

あやは黙りこんだ。言葉のかわりに、洟を啜る音が何度も響く。

今になって、猛烈な後悔が襲ってきた。

自分はまた、間に合わなかったのだ。

あやが現状に焦っていることは知っていたが、紅紐団にいることに固執していたし、まだ退団までは間がある。絹のように不安に突き動かされて命を落とすようなことはないだろう。なんだかんだ適応していくだろうと、甘く見ていた。

紅紐団にいるためには、どんなことだってする。血のかわりに姉妹を繋ぐ紅い紐が彼女たちにとって、どれほど重要なのか。ここにいる少女たちが、どれほど不安定なのか。わかっていたはずなのに。

ギャング団は家族なんぞではない。ただ、このか細い糸に必死に縋ろうとする者たちを利用して喰っていくためのもの。

倫子の話は嘘ではない。紅紐団は家族でも義賊でもない。最初に忠告したのは、あの鳥羽茂だった。

虐げられた女たちが反逆して独立したという美談は、本質をくらませる。操も倫子も、連中となんらかわりはない。そしておそらくは、姉も。他人を喰らうことに、なんのためらいもない者たちなのだ。

だがきっと、最初からそうだったわけではない。

ハルは、家では明るくてしっかりものの姉だった。曲がったことが嫌いで、人を騙すことなど考えられなかった。おそらく操も、鳥羽の話を信じるならば、ごく普通の令嬢だったのだろう。

少年より少女のほうがむしろ生きやすい、と浅草に出てきた時には思ったが、そうではない。幼く無力な少女に有利な仕事しかないだけだ。学もなく力もないならばただ消費され、使い捨てられろと言われているだけなのだ。それが厭なら、逆に喰らいつくしかない。

操は、太田への復讐は正当な権利だと信じている。彼とその家族を自分と同じ目に遭わせて、そうしてはじめて自分は自由に生まれ直せると思っている。目的を果たすために、彼女はこの底辺の世界で努力を惜しまなかったのだろう。ハルが何年もそうしてきたように。その中で、自分と同じ境遇の少女たちへ抱いていたかもしれない愛情も忘れ、ただ駒と見なすことしかできなくなったのだろうか。

それぐらいでなければ、この世界で女が生き延びることはできない。自由など手に入らない。

だから姉は、言ったのだ。おまえだけは王道を行けと。

「おせんは、これからどうすんの」

あやはまだ洟を啜りつつ、かすれた声で言った。

「……俺は、故郷に戻ろうと思う」

「学校に戻るの」

「戻れるかはわからないが、頭を下げてみる」

「それがいいね。ここでのことは早く忘れなよ」

あやの声に、皮肉な調子はなかった。

「また必ず戻ってくる」

「馬鹿？　忘れなよって言ってんのに」

「勉強して、えらくなって戻ってくる。少女ギャングなんぞがはびこるようじゃ、この国もお先真っ暗だ」

「は？　少年法が出来ても全然規制できてないの見てんだろ」

「ああ、法で規制するだけじゃ意味がないってことをよく見たよ」

姉が王道と呼んだ道。おそらく、いま目の前にいるような子供を救うには、そこを大急ぎで駆け上がり、力を手にしなければいけないのだ。そこでしかできないことが、山のようにある。

ここよりずっと厳しい道、とも姉は言った。それはきっと、そういうことだ。見てしまったら、もう知らなかったことにはできない。

「意味がわからないんだけど」

「わかる必要もないけどな。それよりおまえは、団長……いや、千倉操に復讐したくはないのか」

「復讐？　なんで」

「おまえが紅紐団にいたい一心で与《くみ》した計画は、最初から太田に売り飛ばされることが決まってた。あやは徹頭徹尾利用されただけだろ」

「復讐なんて、考えてないよ。そもそも第三分隊に入れてほしいってお願いしたの、あたしのほうだし。操さまは、何度もあたしに本当にいいのかって確認したもの。だからそれはいいんだ。あたしが決めたんだから」

「……おまえのほうこそ、よくわからん」

あやは馬鹿だ。無知で、根性がなく、ひがみっぽい。鬱陶しいのに、どうにも見捨てられないのは、人を恨まないからだ。後悔もしない。

はじめて見た時、子犬っぽい顔だと感じたが、あながち間違いでもなかった。これは、一途で素直な子犬だ。境遇が変われば、その美質があやにとって幸せな形で花開くだろうに。

「べつに、あたしはいいよ。紅紐団に固執しなきゃ、旅館の住み込みとかいろいろあるだろうし。適当に探すから」

「本当にそれでいいのか」

「いいんだってば。でもまあ、あんたの言う通り、少しは字ぐらい勉強しとく。それでいいでしょ」

面倒くさそうに、あやは言った。

「明日神田に行って、絵本でも買ってやる」

「馬鹿にしてんの？」

「絵本からがちょうどいいだろう」

短い舌打ちの音がした。それきり、あやが喋ることはなかった。洟を啜る音は、いつしか寝息にとってかわられている。

あれだけ走り回ったのだ、疲れ果てたのだろう。

しかし仙太郎のもとには、全く睡魔は寄ってきてはくれない。目が冴え、時間が経つにつれふつふつと怒りが湧いてくる。

あやは、怒りはないと言った。だがそのぶん、裏切られた悲しみは深く彼女を傷つけるだろう。

一方こちらは、怒りしかない。

復讐は必要なくとも、操には落とし前をつけてもらわねばならない。仙太郎も、まがりなりにも紅紐団の一員だ。糾弾する権利はあるだろう。

姉にも話を聞く必要があるが、あいにく姉の住所を知らない。先日会った時も、ハルは住まいを教えてはくれなかった。話を聞くならば職場か、太田の自宅に行かねばなるまい。

明日、ここから出たら何から片付けていくか。紅紐団団員としてやるべきことは。

夜があけるまで、仙太郎は痛みに耐えながら、ひたすら考え続けた。

3

夕暮れの陽光降り注ぐ中、俥は白い外壁と青い切妻屋根をもつ洋館に辿りついた。

仙太郎の突然の来訪に、太田家は騒然となる。

「まあ、郁子さん？　どうなさったの、その傷！」

女中の連絡を受けて玄関ホールに現れた静江は、仙太郎の顔をひとめ見るなり血相を変えた。頬は無残に腫れ、青黒く変色しており、美貌は見るかげもない。首元や袖口からのぞく腕には白い包帯が巻きつけられている。

「突然申し訳ありません。大事なお話がありますの。お父様はご在宅でしょうか」

仙太郎は頭を下げ、弱々しい声音で言った。

「いいえ、まだ帰ってはいませんけれど……それよりもどうなさったの、その傷。とにかくお入りになって！」

静江に促されても、仙太郎はその場を動かない。

「お父様はまだ会社でしょうか。でしたら、今からそちらに向かいます」

「何をおっしゃってるの。話って、お父様に？」

「ええ。この傷は、お父様に無関係ではございませんので」

静江は石のように固まった。それまでは、胡乱《うろん》げな目を向けていた二人の女中も、不穏な言葉に息を呑む。

「旦那様に？　どういうことです」

「失礼な。言いがかりをつけるおつもりですか！」

色めき立つ一部の者を、仙太郎は静かに見やった。

「落ち着いてください。お父様がやったとは一言も言っておりません。これは、お父様を快く思わない者によってつけられたものです」

再び、重い沈黙が落ちた。女中たちの顔は、先ほどよりもいっそう青ざめている。金の力で貴族院議員にまで成り上がった太田に敵が多いことは、周知の事実だ。なんの前触れもなくやってきた令嬢の友人の尋常ではない物言いも、一笑に付すことができない程度には、彼女たちも日々思うことがあるのだろう。

「なぜ、郁子さんが？」

はりつめた沈黙を破ったのは、静江の震える声だった。彼女の顔にも血の気はなく、胸元を押さえる指は震えていたが、目はまっすぐ仙太郎を見ていた。

「話は長くなりますが、私がこちらに伺うようになったためです。相手は、手段も、人も選びません。急を要すると判断して、参りましたの」

「警察に通報は？」

「いいえ、まだ」

「まずはそちらを優先すべきではございませんの」

「ええ、でもその前にお伝えしておいたほうがよいと思ったんです。どうか私をお父様のもとへ」

静江はわずかに目を細めた。虹彩に、探るような鋭い光がよぎる。

「おうちにはなんと？」

「何も。こんな姿を見せたら、大騒ぎになってしまいますもの。一日二日帰らなくても、あの人たちは気にしません」

途端に静江は泣きそうな顔になった。引き取られた親戚にむりやりタイピスト養成所に放り込まれたという物語を、いまだに信じているのだろう。突然養成所をやめたのも、やはり親戚の陰謀だと思い込んでいるにちがいなかった。

「あんまりです。郁子さま、おかわいそうに。わかりました、そういうことでしたらこちらへどうぞ」

「いえ、ですからお父様に」

「よそのお嬢様をこんな時間に連れ回したら私が怒られます。お父様にはすぐお帰りいただくよう電話いたします」

静江は、すぐ隣に立つ年かさの女中に目配せした。頭を下げて電話室へとさがっていく。奥のサロンへと向かう静江に従い、もう一人の女中が仙太郎に警戒の目を向けながらついてくるが、静江は「それよりお茶の用意を」と命じて彼女を追い払った。

「存外、豪胆なんですね」

以前も通されたサロンに通された仙太郎は、静江の指示を待つまでもなく、勝手に手近なソファに座った。静江は座ろうとはせず、何をと問いたげな目を向ける。

「いくら自宅とはいえ、こんななりの、あからさまにあやしい不良娘とみずから二人きりになるなんて。女中を追い払ってよかったんですか」

「お父様になにやら直訴したいという人間を、私が事前に見定めずにどうするの」

静江は口の端をかすかにあげた。

「私、子供のころ、一度誘拐されたことがあるの。幸い、知能が足りない犯人だったようで、すぐ見つかったけれど、その時にお父様への恨み節はたっぷり聞いたわ。子供だったから半分も理解できなかったけれど、郁子さんを襲ったのはそういう手合いかしら？」

「ええ」

「なぜあなたが？　女学校のお友達が襲われたためしはないわ。まだお会いして一月ほどのあなたが、太田家と関わりがある存在として襲われるのはあまりに不自然です」

「そうでしょうね」

静江の顔が曇る。

「私には言えないってことね」

「静江さんが傷つかれるでしょうから」

「言ったでしょう、私は父が何をしていたか知っているわ。父も母も、才覚がない者が逆恨みをしているだけだと言ったけれど、おそらくそれは事実の半分でしかないことも。だから私は、自立の道を選んだんです」

仙太郎は目を瞠って静江を見た。人の話を聞かぬ、鷹揚な令嬢の真実を、はじめて知った。

「そうでしたの。立志伝の主人公の子供も大変なんですね」

「まあね。今なんか浅草のほうで、おもしろおかしくお父様のことを戯曲化しているとかで、世間の風も冷たいのよ。養成所でも肩身が狭いわ。だから今さら、何を聞いても驚きませんよ」

「いいえ。こればっかりは言えません」

「あなたがそんな傷だらけでここにいらしたということは、事態は切迫しているのでしょ。何かあっても、なんの心構えもないままでは何もできません」

「大丈夫、お父様は何があってもあなただけは守ろうとなさるでしょう」

「郁子さん」

名を呼ぶ声には、怒りと、同じぐらいの懇願がまざりあっていたが、仙太郎は硬い表情を崩さなかった。

「お父様にはお話しします。お父様が必要と判断されれば、あなたにもお話しされるでしょう。私から話せることは、何もない。お願い、わかってください。これが私の最後の友情です」

静江は唇を嚙んだ。

「最後……」

静江は寂しく微笑むと、近くの椅子に腰をおろした。以降、いっさい口を開かなかった。

女中が茶を運んできても、二人は一言も発することはない。そしてお茶に手を伸ばすこともなく、ただ時計の音を聞きながら、紅茶の湯気が消えていくのを眺めていた。

沈黙の時間は、唐突に破られる。

荒々しい足音が近づいてきたと思ったら、壊れるのではないかというほど大きな音をたてて扉が開かれる。

「静江！」

大声とともに、恰幅《かっぷく》のよい壮年の男がひとり飛び込んできた。仙太郎には目もくれず、静江のもとへと突進する。そこでようやく、静江は目が覚めたような顔をして、父を見上げた。

「おかえりなさいませ、お父様」

「無事か？　ああまったくなぜこんな時間に客など引き入れたのか。あいつはどうした」

太田裕一郎は、壊れ物を扱うように娘の頰を撫で、続いて部屋にやってきた女中を顧みた。

「奥方様は今日はコンサートにお出かけに」

「またか！」

太田は舌打ちすると、ようやく仙太郎の存在に気づいた様子で、眉をひそめた。眼鏡を押し上げ、娘をさりげなく背に庇い、仙太郎に相対する。

「きみは、静江のお友達だそうだが。私になんの用かね？」

「その前に、手塚佐恵さんはご一緒ではないのですか」

予想しなかったのだろう、太田は面食らった顔をした。

「手塚？　庶務のかね？　通常の時間に帰らせたが」

「身柄を拘束したほうがいいですよ。おそらく彼女はあなたの金を横領しています」

「な」

太田は口を大きく開けた。何を馬鹿な、とでも続けようとした口は、一度引き結ばれ、大きく歪んだ。太田は仙太郎を鋭く睨みつけると、わずかに目元をやわらげて、棒立ちになっている娘を見やった。

「静江、部屋に戻っていなさい」

「厭です」

間髪を容れずに返ってきた拒絶に、太田は目を見開いた。

「私は太田家の娘です。聞かねばなりません。佐恵さんが関わっているやもしれぬならなおさら」

「おまえはこの娘の戯《ざ》れ言《ごと》を真に受けるのかね？　手塚くんに失礼じゃないか。あんなに懐《なつ》いていたというのに」

「だからこそです。それに郁子さんは、思いつきで軽率にこんなことを言う方ではありませんもの」

静江は父から視線を外し、射貫くような目を仙太郎に向けた。

「さあ、郁子さん。どうぞ続けてくださいな」

まるで戦《いくさ》にでも赴くような決意みなぎる表情に、仙太郎は気圧されつつも頷いた。

「では、お言葉に甘えて。まずは太田さま、あやという少女についてですが」

挨拶はいっさい省き、仙太郎はいきなり切り出した。太田の眉が寄る。

「今は手塚くんの話ではないのかね？」

「後ほど繋がりますので。あやをご存じでしょう」

「いや、あいにくさっぱり」

「ああ、偽名を使っていた可能性はありますね。六区の元花売り娘ですよ」

太田はますます怪訝そうな顔をした。が、口もとがわずかに一瞬震えたのを、仙太郎は見逃さなかった。

「郁子さん、あやさんてどなた？　花売り娘？」

横から娘が口を挟むと、太田の眉間の皺がいっそう濃くなった。

「はい。私の姉です」

「姉？」

太田父娘の声が揃った。父親のほうは素《す》っ頓狂《とんきょう》に、娘のほうはあくまで怪訝そうに。

「といっても血は繋がっていません。かわりに私たちを結ぶのは、紅の紐」

仙太郎は、左の袖をぐいと肘のあたりまで押し上げた。白い腕には、紅い紐がぐるぐると巻き付けられている。

血に染まった蛇が這うような光景に静江は眉を寄せたが、紐が示す意味を理解できないらしく、首をかしげたまま黙っていた。しかし太田のほうは、紅紐団を明らかに知っている。

「これで私がいいかげんなことを言っているのではない証明になりますか？　私はあやとともに、紅紐団の仲間からひどい暴力を受けました。この傷は、その際に負ったものです。どうにか、逃げ出すことには成功しましたが」

「紅紐団ってなんですの」

「浅草六区を牛耳る少女ギャング団です。私はその一員です、静江さん」

少女ギャング団、という言葉に、静江は両手で口を覆った。

「なぜ少女ギャング団なんぞが静江に近づく。何が目的だ」

一方、にじり寄る太田の目にあるのは、純然たる敵意だ。

「報復です」

「……報復だと」

「騙し、利用した人間に相応の報いを与えたいだけです。私をここで追い返すのでしたら、あやがそのまま警察に駆け込むことになるでしょう」

太田の顔は、赤と青がまじりあい、ひどい色になっていた。血走った目は仙太郎を睨みつけている。静江がいなければ、とうの昔に罵声を浴びせ、無礼な客人をつまみ出していただろう。

だが、彼もわかっている。仙太郎が、娘の前であることを考慮して、あからさまな言葉を避けていることを。ここで力に訴えれば、娘にもはっきり、恥ずべき性癖が暴露されるであろうことを。

「少女ギャング団の内部抗争なんぞ知らんが、なぜ復讐に私が関わる」

やがて、呻くように彼が言った。

「紅紐団の頭はあなたに恨みを抱いています。本名は知りませんが、元は地方の資産家の娘だったようですね。彼女はすべてを失い、東京に流れてきて、ギャング団ですさんでいくうちにあなたを知り、すべてを取り返そうと誓いました。おそらく、計画はほとんど詰めに近いところまで来ています」

仙太郎は淡々と事実を語った。ここに来るまでに、もっともらしい話をあれこれ考えてはみたが、結局のところ事実を率直に伝えるのが最も説得力があると判断した。

「信じがたいな。たしかにおのが無能を棚に上げて逆恨みをする者は少なくなかったが、少女ギャング団だと？　連中に何が出来る」

「色々出来ますよ。あやを送りこまれたのがその証です」

あやの名前を出すたびに、太田の顔がこわばる。ちらりと娘をうかがうのは、おそらく無意識なのだろう。

「丸ノ内の紹介だから安心していましたか？　紅紐団は、弁天団を駆逐して六区を支配したのですよ。たかだか女子供と侮《あなど》らないほうがいい。実際、彼女はあなたから金を着実に奪っているのだから」

「そんな記録はない」

「手塚佐恵は協力者です。いや、彼女が黒幕と言ってもいい。帳簿をもう一度徹底的に洗うことをお勧めします」

「馬鹿な。手塚くんは浅草なんぞにいたことはないぞ。身元もしっかりしている」

「敦賀出身でしたか？　まさか。彼女の出身は米ノ浦《こめのうら》の近く」

「……米ノ浦？」

聞き返す口調には、考えもしなかったという響きがありありと滲んでいた。

姉さん、あなたはたいしたものだ。仙太郎は胸の内でひそかに称揚した。人一倍注意深いこの男に、素姓を完璧に隠したのだから。

いや、しかしそれも当然のことなのかもしれない。

姉は、全くの別人に生まれ変わることでしか、この世では生きられない。誰よりもよく知っていたから、命がけで新たな人間を作り上げたのだ。

彼女に比べれば、仙太郎の「おせん」だの「郁子」は児戯《じぎ》に等しい。当たり前だ。

自分はこの世界で生きるためではなく、どう生きていいかわからずに、しばしこの姿に逃げ込んでいただけなのだから。

「そうです。さきほど、あやと私は紅の紐で結ばれた姉妹であると言いましたが、もうひとり私には姉がいます。私と手塚佐恵は、共に米ノ浦の漁村の出。彼女の本当の名前は鈴木ハルと言います」

「身元を調べても、そんな情報は出てこなかったが」

「東京に出てからしばらく、姉は男として生活していたんですよ。ほぼ完璧にね。弁天団という、少年ギャング団にいました」

再び、父娘は驚愕した。自分で話していても、まったくとんでもないと思う。

「団長が帝大法学部でしたからね。まあ、経歴を隠す協力をしてくれる者ぐらいいたでしょう。ですが、そこでも問題を起こしまして、身をくらますために結局は本来の性を取り戻したようです。ただ姉は、日本に長くとどまるつもりはなかった。目的は高飛び。先立つものが必要ですから、稼がねばならない。そして姉が金を絞りとる相手は、いつも同じ。自分はたいそうな人物だと信じ込んでいる、男です」

太田の喉が大きく上下する。こめかみが波打つのがわかった。

「早く身柄を拘束したほうがいいでしょう。こちらの動きを知られたら、即、逃げます」

「――おい、誰か！　高木《たかぎ》に連絡を！　至急手塚の部屋に向かえ！」

太田の怒声に、部屋の外がにわかに慌ただしくなる。俺もすぐに向かうから車を、と矢継ぎ早に指示を出した太田は、肩をいからせたまま仙太郎を顧みる。

「それできみは、こんな話をするためだけにここまで来たというのかね？　ずいぶん危機感が薄いようだ。私は現時点で、充分にきみを警察に突き出す理由があるのだが」

脅迫、少年法、いくらでもある、と嗤う男に、仙太郎はいたって冷静に応じた。

「私が帰らねば、あやも行くでしょうね」

「小娘の虚偽の訴えなど、警察も耳は貸さんよ」

「そう思うなら、どうぞ。あやの体を見れば、警察も考えを改めると思いますがね」

仙太郎は、ちらりと静江を見た。

根っからの箱入りらしく、なんの話かわからぬ様子で静江はきょとんとしている。だが、仙太郎さえその気になれば、この場で静江の父親があやに何をしたか、子供でもわかるように語ることはできるのだ。

彼の視線にその可能性を思い出したのだろう、太田は慌てて「冗談だ、冗談」と打ち消した。

仙太郎は心の裡《うち》で静江に感謝した。太田の会社など調べればすぐに場所はわかるし、直接訪れてもよかったが、静江という存在がなければ、太田はまともに話してくれなかっただろう。

「まあ、正直に言えばただ単に、僭越《せんえつ》ながら忠告をと思っただけです。私も騙されっぱなしでは、面白くありませんし、友人が悲しむところは見たくありませんから」

もっともらしいことを言って微笑めば、静江はさっと赤くなって目を伏せた。

4

眠たげな朝日が、弱々しい光を斜めに投げかける中、隅田川河川敷では異様な光景が展開していた。

舟宿もないこのあたりには、普段ならば浮浪者が数名うろついている程度だが、今宵は人で埋め尽くされている。そのすべてが女、それも少女と呼んだほうがいい若い娘たちが多くを占めていた。

彼女たちが描く円の中央には、倫子が立っている。五十対の視線を受けながら、彼女は全く怯む様子を見せず、腰に手を当て毅然と立っていた。

「つまり私が、あやを逃がしたって言いたいの？」

正面に立つ、ひときわ背の高い女にむかって、倫子は憤然と言った。

吊し上げを食らう副団長を睨みつける少女たちが、合間にちらちらと遠慮がちに視線を向ける相手は、団長の操だ。いつものように真意の見えない微笑を浮かべ、泰然と倫子を見下ろしている。

「せい子たちが、あなたに引き渡したって言うんだから、それしかないでしょう」

「だから言っただろ、二人とも隅田川に投げ落としたよ。それよりあんた、何よそのふざけた恰好は」

倫子は操の頭からつま先まで遠慮なく眺め回し、うんざりした様子で「気持ち悪い」と吐き捨てた。

普段は短く切り揃えられているはずの髪は、肩胛骨《けんこうこつ》を覆うほど伸びている。黒髪が同化してしまう、黒いワンピース。同色の帽子からは、黒い紗が垂れて顔を半ば以上覆っている。

夜明け前の河川敷に立つ西洋風の喪服姿は、異様の一言だった。

紅紐団の重要な会合がある際には、操はいつも、昔日《せきじつ》を思わせる美しい装いでやって来る。盛装で少女たちを盛り上げるというのはわからないではないので、容認していたが、喪服とは恐れ入る。嘲笑のひとつでも浴びせたいところだったが、とかく世から外れたものを尊びがちな少女ギャング団の団員たちに、この喪服姿が崇拝じみた衝撃を与えたようで、大半の少女たちの目はうっとりと操に向けられていた。

さすが、先手を打ってくるか。倫子は舌打ちした。

操はこうした心理操作には昔から長《た》けている。明こと鈴木ハルも同類だ。

だからこそ、倫子は操を団長に据えた。団の運営の手綱を握っていたのは倫子だったが、カリスマである団長の虚像は、少女たちをまとめるのに大いに役立ってくれる。操は操で、自身の計画で手一杯でなかなか団の運営まで手がまわらず、しかし要所では団長としてそれなりにやってくれていた。

　私たちは、うまくやってきた。そう思ってきた。

　いや、そう思いたかったのだ。

「そう言うから、喪服を着てきたのよ。でも死体があがったという情報は聞いてないわね」

「なら泳いで逃げたんでしょ。そこまで知るもんか」

「倫子」

　きかぬ子供を前にしたように、操は頭《かぶり》を振った。黒い扇でご丁寧に口元を隠す姿が鬱陶しい。

　唆《そそのか》され、たわむれに始めた男装がいよいよ本格的になり、正体を知る倫子ですら時々本物の男かと錯覚するようになったころには、操は他の変装にも尋常ではない情熱を燃やすようになった。仕草も表情も、声音もがらりと変える。カフェーで日がな一日人間観察を続けた成果だねぇ、と笑っていたのが、不気味に感じるようになったのはいつだったか。

「ねえ倫子。もちろん理由があるんでしょうけど、これは大きな違反よ。違反者を黙って逃がすなんて。しかも副団長たるあなたがね。信頼を損なっては、終わりよ」

　表情は見えないが、ため息まじりの声は哀しげだ。煽られたように、倫子に突き刺さる団員の視線がきつくなる。

「副団長、あんたがあやを丸ノ内に売ったんでしょうが」

「じゃなきゃ、逃がした理由がない」

団員のかたまりから矢継ぎ早に放たれる無数の針を、倫子は嘲笑でたたき落とした。

「この私が、十四歳のあやを使う？　馬鹿も休み休み言いな。十六歳以上という規定を満たした希望者でも、私が向いてないと判断すれば第三分隊には入れない。知ってるだろ。その私が、なんであやの橋渡しをしなきゃならないのさ。ありえないことぐらいわかるよね？第三分隊に訊いてみなよ、私がそんなことするかって」

倫子の背後に陣取っていた第三分隊の面々の顔は見えない。しかし自信はあった。

今までは倫子ただひとりに向けられていた視線が、第三分隊のほうへと向けられる。紅紐団の稼ぎ頭である少女たちは、しばらくひそひそ声で話を交わしていたが、一人が「まあ、効率重視の副団長が一番やらないことじゃないですかねえ」と返すと、次々と続いた。

「あやなんか差し向けたら、先方怒らせて終わりだよ」

「他の部隊にはわかんないかもしれないけど、副団長ほんとケチだから。稼げないヤツは絶対に入れないからさ」

「そう、ほんとケチ。あやはないよ。こっちが金払うことになりかねない」

援護してくれるのはありがたいが、これは本当に援護なのだろうか。疑問が頭をよぎったが、倫子は自信満々といった体で腕を組んだ。

「そういうわけよ。どうせ使うなら、もっといいのを使う。わかる?」

「そう。ではひとまず、そういうことにしましょう」

いまいましいことに、操の声にはわずかな揺れもなかった。

「でも、倫子があやを勝手に逃がしたことにかわりはない。それは認めるわね。賢いあなただもの、まさかまだ、川に落としたと言い張るようなことはしないね」

「どうせあやの追放は決まったも同然じゃない。めそめそ泣いて鬱陶しいから、実行を早めただけよ」

「それは倫子が決めることじゃない。なぜ逃がしたの? それに、あやを庇っていた男も一緒にと聞いたけど」

口調に淀《よど》みはないが、黒いヴェールの陰から、探るようにこちらを見ているのを感じる。疑っているのだ。あやが真実を話したかどうか。

倫子はこみあげる笑いを抑えるのに苦労した。

操としては、こんな大人数の前で腹の探り合いなどしたくはなかっただろう。だが、規則に違反したあやを逃がすという大罪を倫子が犯した以上、規則に則《のっと》って、全員の前で審議をしなければならない。

一対一の口論ならば、負ける気はしない。それよりも、へたに時間を与えて対策を練られるほうが厄介だ。だから、早々にあやを捕らえ、逃がす道を選んだのだ。

「そう、逃がしたよ」

倫子は低い声で言った。怒鳴り返すつもりだったが、心が冷えて、自分でもぞっとするような、冷淡で地を這うような声が出た。

「なぜ逃がしたのかしら」

「あやはあんたの指示で動いたから。これ以上置いておくのはまずい」

静かな声が功を奏したのだろうか、周囲の空気が凍り、間を置いてざわめき始める。

操は、処置なしといいたげに扇を振った。さてどう出るか、と倫子が身構えたところ、

「なるほど。たしかにあやに命じたのは私だけど」

あっさりと、操は認めた。

真夏だというのに、周囲の気温がさらに下がったのを、倫子は感じた。

誰も、何も喋らない。風と、風に煽られた水が静かな音をたてるだけだ。

「ずいぶんあっさり認めるね」

奇妙な静寂を破ったのは、倫子の声だった。

「いずれは倫子にも言うつもりだったもの。無理強いはしてないし、うまくいけば一回か二回で終わる話だったから。あまり回数を重ねるようなら、もちろん途中でやめさせるつもりだったわ」

「回数の問題じゃないよ」

「でもねぇ、倫子。何がなんでも役に立ちたい、それができなきゃ死ぬって気迫をみなぎらせた女の子を、私は見捨てることはできないわ。絹のこともある。規則には背いたかもしれないけれど、私は私なりの方法で、あやの紅紐団員としての矜持《きょうじ》を守ったつもり。矜持を失えば、人は脆《もろ》いからね」

「もっともらしいことを言っているけど、本当にそう思うなら事前に相談のひとつぐらいしてくれてもいいんじゃないの」

「倫子が絶対に賛成しないことはわかっていたからね。あやのためにも、早急に進めたかった」

「ちがう。あやを必要とする計画が、団のためではなく、ただ単にあんた個人のためのものだったからよ」

操は、話にならないと言いたげに、大きく首をふった。こういう時の彼女の動きは、芝居がかっているのが常だった。

だから逆に、倫子はほとんど身動きせずに、ただ言葉を鋭く磨き上げ、相手を攻撃する。

「私はたしかに違反をひとつ犯した。でも皆、考えてみて。操はふたつだ。私利私欲のために団員を利用してはならない。十六歳未満の団員を売春につかせてはならない」

「けど、あやが十四歳である以上、団のための計画に組み入れることはできない。だから私が私の事情で使うほかなかった。あやは使命を得て、喜んでいたわよ。倫子があやをここに呼ばずに逃がしたのは、彼女が私に感謝しているのを皆に知られると都合が悪いからではないの」

「あやはあんたに救われたわけじゃない。どのみち、あやが独断でシマの外で売春したことを公表して、追放にするつもりだったろう。帰るところのないあやは、めでたく太田のもとへ。そういう筋書きだ。何が、一、二回で終わらせる、だ。そんな気はなかったくせに」

「なんの根拠もない推論で責められてもね」

とじた扇で顎を軽く叩き、操は苦笑した。

睨み合う団長と副団長を、団員たちは固唾を呑んで見守ることしかできない。どちらの言うことにも、それぞれ一理ある。

ただ、倫子の体感として、対峙《たいじ》した当初より、こちらに向けられる視線はいくぶん和らいだような気がする。

無言の睨み合いは、唐突に終わりを告げる。視線を外したのは、操のほうだった。

「わかったわ。責《せめ》を負います。過失があったことは事実だし」

「へえ、どうするの？」

「紅紐団から退団する」

高らかに宣言すると、あちこちで息を呑む音や、悲鳴があがった。周囲の反応をひととおり確かめてから、操は勝ち誇ったように倫子に扇の先を向ける。

「それでいいでしょう、倫子。団規を複数犯した者は、基本的に退団と決まっている。私は今日ここで潔く退団するわ」

「やっと出たね、本音が」

「なに？」

「操、もう飽き飽きしてるんだろう？　少女ギャング団なんて今すぐやめて、明と一緒に高飛びしたいんだよね。資金も貯まった、復讐も終わりそう。居座る理由なんてひとつもないものね」

扇をもつ操の手が、一瞬、震えた。団員の中でも古株の者たちは、突然弁天団の副団長の名が出てきたために、怪訝そうに顔を見合わせる。

明が土壇場でこちらに寝返った件は彼女たちも知っているが、明が女性という真実を知るのは操と倫子だけだ。明がそう望んだからだ。

「倫子、いま明って言った？」

「なんで明？　あいつ、まだ東京にいたの？」

古株から飛んでくる質問に、倫子はしたりと笑う。

「いるわよ。稼いだ後は、二人揃って大陸に高飛びする計画だったんだから」

周囲のざわめきが大きくなる。操は呆れたように首をふった。

「さっきから、根拠のないめちゃくちゃな話ばかりね。がっかりよ、倫子。そうまでして私に罪を押しつけたいの」

「こっちの台詞。真佐子、私たちはみんな六区の屑だ。あんたがいかに人を騙そうと、責められる立場じゃない。あんたが稼いだ金でうちの団もずいぶん助かってきたんだ。それに、あんたはこの二年、団長としてよくやってくれたとは思う」

「なに、急に」

「だから思い出してよ。弁天団の連中をぶちのめして紅紐団をつくった時のこと。あいつらに利用されるだけされて、悔しい思いをしただろ。薄汚い野郎どもに二度と利用されたりしない、女だけでこの六区を生きられると証明してやる。そう誓って紅紐団を立ち上げただろ。でも今の真佐子は、あのころの茂たちと同じだ」

「なんですって？」

操の声が沈んだ。

「倫子、いくらあんただからって言っていいことと悪いことがあるよ。茂と同じ？　私はきっちり皆を守ってきたつもりだけどね」

「茂だってそうだったよ、男からすりゃあね。辰雄たちなんかいいように使われてるだけだけど、弁天団の肩書きがあるからうまくいっていた。紅紐団だって同じことさ」

倫子は顎をしゃくり、こちらを茫然と眺めている団員たちを指し示した。

「だからそれはいい。だけどいいように使うなら、ルールは守らなきゃ駄目だ。それで最初にあんなにしっかり団規もつくったじゃないか。幹部を長くやってると初心忘れて腹ン中が腐るからって、二十歳までって年齢制限もつけた。だけどあんたは最初から腐ってたんだ」

「言いがかりだって言ってるじゃないのさ」

苛立った操の口調がいよいよ荒くなる。『花蛇おマサ』が剝がれ落ちはじめた。

「あんた、紅紐団になってから、自分の好きなようにやってるって思ってるようだけどさ。私から見ると、なんにも変わってない。むしろ、得意になって大がかりな詐欺に手を出したり、やってること茂とそっくりで痛々しいったらありゃしない。結局あんたもあいつと同じ、明にいいように転がされてお山の大将になってるだけじゃないか」

はじめて、操の顔色が変わった。

もちろんヴェールに覆われているので顔など見えない。が、まとう空気ががらりと変わった。こういう時どんな顔をしているか、倫子には手にとるようにわかる。

弁天団の後継と見なされることを、操はなによりも嫌った。花蛇おマサと呼ばれていた時代、操は見た目こそとびきり美しかったが、中身はぼろぼろだった。零落したという屈辱は癒えることはなく、一部の文化人に持ち上げられれば持ち上げられるほど怒りは膨れあがっていくようだった。

爆発したきっかけは、『群盗』での一幕だろう。はじめてあの店を訪れた時、操と倫子は文学青年たちにたいそう気に入られた。幼いころから耳年増で、初対面の人間はまず信用しない倫子はすぐに彼らの下心がわかったが、操は志を同じくする「新しい友人」に素直に喜んでいた。詐欺で家族を失い、少年ギャング団で辛酸を舐めてはいても、純粋培養のお嬢さんという本質はそう簡単には変わらない。それだけに、その後に味わった屈辱は耐えがたかったのだろう。倫子から見れば、今更こんなことで傷つくのかと驚くようなことでも、操はいちいち悔し涙を零す。さる小説家に気に入られ、門下生にと誘われもしたが、あいつらの力なぞひとつも借りたくないと荒れ狂うほどに、操の憎悪は深かった。

明はそこにつけこんだ。あれは本当に、人の弱みをつくのがうまい人間だった。操はあっさりと、明の手中に落ちてしまった。

彼女は生気を取り戻した。千倉操という新しい人間をつくりだしてご満悦だった。倫子は正直、ばかばかしいと思ったが、友人が過去を完全に捨て去ることで救われるならそれでいいと、茶番につきあうことにした。

しかし千倉操は、そこで止まれなかった。自由に団員を動かして、馬鹿げた計画を成功させて悦に入るたびに、得体のしれない存在になっていく。

「あんたの中がからっぽだから、結局その程度のことしかできないんだ。千倉操って人間を演じていれば、惨めな真佐子がいつか消えるとでも思ったの？　残念だけど、その千倉操も茂や明の猿まねでしかないし、肝心の中身は、騙されて財産奪われて男にいいようにされて泣くばっかりだった世間知らずのクソガキからなんにも変わってないんだよ。だから明に目をつけられて、いいように転がされて騙されたんだ。まるっきり、自分を知恵のまわる悪党だと信じてた茂と同じ道。わかる？」

「茂の名前出さないでよ、不愉快だから」

「茂は最後どうなった？　明に裏切られただろ？　あんた、まさか自分は切り捨てられないと思ってたの？」

操が手にした扇が震える。

「明と私は友人。切り捨てるとか裏切るとかおかしいでしょ」

「茂と明も親友だったよ」

「茂とは違う」

「へえ、なんで自分との友情は本物だって言えるの？　女同士だから嘘じゃないって？」

途端に周囲がざわついた。

「待って倫子さん、明が女ってどういう……」

「悪いね、隠してて。でもちょっと待って、今それどころじゃない」

倫子は右手をあげてざわめきを制し、操へとたたみかける。

「私たちにとっちゃたしかに、相手が男か女かでまるで心構えが違う。でも明にはそんなもん全然関係ないってわかんない？　あんたさ、太田が破滅した後、あいつから取り返した金で明と海を渡るつもりだろうけど、間違いなく明はその前に逃げ出すよ。茂たちにしたように、紅紐団を売って」

倫子は手をのばし、扇ごと腕をよけ、帽子をむしりとった。

操はとっさに扇で隠そうとしたが、倫子の手が阻《はば》んで果たせない。

明らかになったのは、倫子の予想通りの顔だった。

何を考えているのかつかませない千倉操の顔でもなく、神秘と威厳に包まれた美しい団長の顔でもない。出会ったころによく見た、激しい怒りにぎらぎらと目を輝かせる、獣の顔だった。

「ありえない」

呻くような声に、せせら笑う。

「いや、あんたもわかってるだろ。裏切るもなにも、明は最初からあたしたちを利用してただけだよ。弁天団をそうしていたように。ついでに、あんたがここにいる連中にしてきたようにさ。さて、ここまでわかればもういいだろ？」

倫子が帽子を投げ捨てると、その気の抜けた音が起爆剤となったように、周囲の少女たちが一斉に操に詰め寄った。

「団長、今の話ほんとうなんですか」

「明って、弁天団副団長のあいつだろ。あいつだけ行方知れずだって言ってたじゃないか。

「二人で高飛びってどういうことだよ」

　操は何も応えない。おそらく、ろくに耳に入っていないのだろう。

「団長、何か言えよ！　あんた、あやに何やらせてたんだよ!?」

「団員売ったの？　団長が？　普段ろくに仕事もしないくせに、何やってくれてんだよ！」

　糾弾する声があちこちであがる。さきほどまでうっとりと操を見つめ、倫子に敵意をむき出しにしていた少女の一部も、怒りに目を燃え立たせて操を睨みつけていた。

　彼女たちは、すぐに異常なほどに相手を持ちあげ、崇拝するが、少しでも裏切られたと知るや全身全霊で憎悪をぶつけてくる。帰る家をもたない子供は、皆そうだ。

　例外はない。操も、そしておそらく倫子自身も。

　とうとう、少女の一人が怒鳴るだけでは我慢できず、手を出した。破裂音の後に、静寂が落ちる。

　喪服をまとう長身の体が、ぐらりと傾く。そのまま崩れるかと思った直後、ワンピースの裾が翻り、鋭い蹴りが少女を襲った。

「痛《いて》ぇじゃねえかよ！　誰に手をあげたのかわかってんのか!?」

　さきほどまでの自失が嘘のように、操は吼《ほ》えた。顔は真っ赤だった。

　蹴り飛ばされて声もなく吹っ飛んだ少女の体が、河原にたたきつけられると同時に、周囲の少女たちがいっせいに操に飛びかかった。すかさず、団長を守ろうとする一群が応戦する。

倫子はすばやく身を引き、いきなり始まった大乱闘をよそに鞄から煙草を取り出した。

「あの、倫子さん。これどうします」

第三分隊の腹心がすかさず燐寸で火をつけ、困惑顔で尋ねてきた。

「ほっとけば」

「いいんですかね。さすがにこれ、警察来ますよ」

「それも操のシナリオ通りじゃないの」

そして倫子や幹部たちは警察行き。弁天団の幕切れと同じく、紅紐団も実質的に解散となる。

素姓のはっきりしない団長に捜査の手が及ぶころには、操はもう日本にいない。いまいましい過去は、そこに関わった人間ごと、操の中から永遠に消え去るのだ。

煙草をもつ指が、かすかに震えた。

この数年、操と過ごした日々が走馬燈のように甦る。弁天団はろくな場所ではなかった。それでも、楽しいことだってあった。自分たちの間には、たしかに友情はあったはずだった。紅紐団を立ち上げることが決まった時、倫子は喜びと誇らしさに胸が震えた。母親の、言葉だけの解放運動なんぞよりも、自分たちはよっぽど真摯に女性を解放できるじゃないかと叫びたかった。

だが現実はこれだ。

少女ギャング団はしょせんギャング団。社会から弾かれた連中が傷を舐め合うだけ。ここにいるのは、どうしたってまっとうに生きられない少女だけなのだ。

「それは困りますよ。紅紐団がなくなったら、あたしらどうすりゃいいんです」

焦りを滲ませた顔で、少女が倫子の腕を引く。

そうだ。屑の集団だろうがなんだろうが、簡単に捨て去られては困る。ここが最後の救いになっている者たちがいるかぎり。

どんな思いで絹が死んだか。底辺であがくしかない少女の存在を、忘れてほしくはない。

「そろそろやめたら？」

煙草を半分ほど吸ったところで、倫子は乱闘中の少女たちに呼びかけた。

しかし頭に血が上った少女たちの耳には届かない。怒号と罵声、骨がぶつかる音の中に紛れてしまう。

ひっきりなしに位置がいれかわる体の合間から時折見える操の様子は、お世辞にも楽勝とは言えなかったが、やられっぱなしでもない。お嬢育ちのわりに、操は存外、腕が立つ。もともと背が高く力も強いほうだし、だてに弁天団で磨かれてはいないのだ。

「あんたたち、そのへんで」

もう一度呼びかけるが、やはり止まる様子はない。それどころか、煽られて糾弾側に加勢する少女たちが増える始末で、倫子は大きく息を吸った。

「やめろっつってんだよ、てめえら紅組団つぶしてえのか！」

河原に怒声が響き渡る。ぴたり、と喧噪が止んだ。倫子は煙を吐き出し、じろりと一同を睨めつけた。

「今日はひとまず解散しな。三日後の夜、またここに集合だ。詳しくは各組長に通達する。いいね？」

はい、と怯えた声がそこここであがる。倫子は煙草を地面に落とし、力まかせに踏み消した。

「操」

元団長は、肩で息をしていた。鬘もふっとび、服もあちこち破れている。これだけ人がいるというのに、彼女の周囲だけ、ぽっかり穴が空いたように誰もいない。

「私はこれから明のところに行く。あんたも来たほうがいいんじゃないの」

虚空を睨んでいた目が、はっとしたように倫子をとらえた。

操は、口許に滲んだ血を乱暴にぬぐうと、何も言わず足を踏み出した。さきほどまで黒の上等な革靴に覆われていたはずの足は、今や血にまみれ、爪も割れていた。

＊

「やっぱり、遅かったか」

がらんとした部屋を見て、仙太郎は嘆息した。

あの後すぐに太田の部下が姉の自宅に向かったが、どれほどドアをたたいても返事はなく、強引に蹴破って開けたはいいが、すでにもぬけのからだったという。

住所を教えてもらい、改めて姉の住居に向かった。仙太郎は四畳半の中央に立ち、しみじみとあたりを見回した。部屋にあるものといえば、小さな文机と座布団だけだ。他は行李ひとつない。布団は襖のむこうだとして、他はすべて持ち去ったのか、それとも最初からろくに荷物がなかったのか。

おそらく後者だろうな、と推測した。

「立つ鳥跡を濁さず、だね」

背後で感心したような声がした。振り返ると、あやが興味深そうに部屋を見回している。

「故郷から逃げた時もそうだった」

この手際のよさには感心する。もともと、万が一を考えて、姿を消す準備はしていたのだろう。操が本当に同行する予定だったのかは知らないが、ともかく姉はひとりで消えた。

「一目ぐらい会いたかった?」

 襖を開けたり、文机の下に潜り込んで裏側を見たりと忙しい仙太郎に、あやは座布団の上で足をゆらゆら動かしながら訊いた。

「会ったら一発ぶち込みたいぐらいには」

「女の人でしょ」

「関係ない。正直言って俺のほうがまだ女らしい」

「あんたたち、よく似た姉弟だよ。それにしても仙太郎、ずいぶんあっさり解放されたよね。太田、さすがに肝が太いってところかね」

太田、と呼ぶ時に、わずかに声が震えたのは、気のせいではないだろう。仙太郎はなんでもない風を装い、押し入れから布団を引きずり出した。

「今、それどころじゃないんだろ。会社で帳簿死にものぐるいで調べてるだろうさ」

「ねえ、それじゃあたし、売春で捕まったりしないよね？」

「しない」

間髪を容れずに断言する。太田は死んでも言わないだろうし、黒蝶団や紅紐団から漏れることもありえない。

「なら、いいけど。結局あいつもなんにもお咎めなしでしょ。やられ損」

「そうでもないさ」

あらかた布団を放り出した仙太郎は、押し入れの上部に不自然に変色している部分を見つけた。よくよく目をこらすと、細い紐が垂れ下がっており、引くと間抜けな音をたてて天井の一部が開いた。人一人ぎりぎり通れる広さの穴に体を押し込むと、蜘蛛の巣と鼠の王国である天井裏だ。アパート自体が小さいので天井裏もたいした広さではないものの、穴からの明かりで見えるのは、この部屋の上ぐらいのものだ。慎重に膝をついて進んでいくと、目の前に突然、蛇が現れた。一瞬息を呑んだものの、よくよく見れば、それは太い紅の紐だった。ひどく古びた紐は、手にとるのもためらわれるほど埃をかぶっていた。

しかし、こんなところに、よりにもよって紅い紐。偶然とは思えない。

埃を払った紐を腕に結わえ付け、そのまま押し入れに降り立った。埃まみれの姿に、あやに厭な顔をされつつも部屋に戻り、改めて紐を見る。

なんの変哲もない紐だが、何度も触っているうちに違和感を覚えた。一部、妙に固い。まさか、と思って小刀で裂け目をいれ、ほどいていくと、果たして錆びた小さな鍵が現れた。あやが歓声をあげた。

「うわ、紐の中なんて。どうやっていれたのかね。なんの鍵だろう?」

「こいつのだろうな」

仙太郎は帯から、厚手のカードを取り出した。あやは顔を寄せてカードをじっと見る。

「何これ」

「千疋屋で姉と会った時、いつのまにか帯にねじ込まれていた」

紙切れには、住所が書いてある。あやは字が読めないと言ってはいたが、馴染みある単語と数字の組み合わせだったので、すぐにわかったらしい。

「これ、十二階下のあたりじゃない？」

「ああ。まだ行ってはいないが、十二階下の銘酒店のどれかだろうな」

「その店の鍵？」

「それにしては小さい。たぶん、その店に金庫か何かを預けてるんじゃないか」

「何を？」

わからん、と答えかけて、仙太郎は勢いよく振り向いた。あやも同じく息を呑んで玄関のほうを見やる。

荒い足音がいくつも近づいてくる。仙太郎はとっさに鍵と紐を懐に隠し、あやを背後に庇う。

「あら、あんたたちも来てたの」

勢いよく扉を開き、現れたのは、倫子だった。その背後にいるのも第三分隊の面々だ。仙太郎はわずかに力を抜いた。背後で、あやもほっと息をついたのがわかった。

「無事だったんですか、倫子さん」

「こっちの台詞よ。はあ、やっぱり。きれいさっぱりねえ」

倫子は頭を掻き、ぐるりと部屋の中を見回した。やおら振り向くと、外に向かってせせら笑うように言った。

「見てごらん、操。言ったとおりでしょ。あんたの大好きな明ちゃんは、一人でさっさと逃げちまったってさ」

操の名に、再び体が緊張する。あやが背中の布を摑んだのがわかった。

人垣が割れ、背の高い女がふらふらと現れる。仙太郎は目を疑った。操の女装姿は一度だけ見たことがあるが、今日はなぜか喪服姿だ。それもおおいに疑問だったが、繊細なレースはあちこち破れ、靴も履いていない。顔はひどく腫れ上がり、鼻や口許には血がこびりついていた。

「み、操さま？」

隠れていたあやも、驚きのあまり仙太郎の背後から顔を出したが、操が反応する様子はなかった。ただ茫然と、もぬけのからとなった部屋を見回している。

おそらく彼女は、この部屋に何度も来たことがあるのだろう。ここで数えきれぬほど、姉と将来の夢を語ったのだろう。

いっぱいに詰まっていた希望が全て消えた様を、信じられないといった顔で、操はただ眺めていた。

「操さん、覚えてるか」

仙太郎が呼びかけても、やはり反応しない。かまわず続けた。

「俺がはじめてあんたに会った時。姉を捜してどうするんだって訊いただろう」

うろうろとさまよっていた操の視線が、止まった。

「捜し出して一言言ってやらなきゃ気が済まないって俺の気持ち、よくわかっただろ？」

ようやく操は、こちらを見た。ひどく緩慢な動きで、目にはまるで力がない。

「……ああ、そうだね。きみの姉上は、ひどい人だ」

「あともうひとつ、わかっただろう。本気で追いかけてくれれば拒絶はしない。理由ぐらいは話してくれる」

操の口許が小さく歪む。

「慰めてるつもりかい」

「あんた、自分に慰められる価値があると思ってんのか」

仙太郎は馬鹿にしたように言った。

「あんたが自分で言ったんだろう。縁がある人間はどうしたって会うようにできてるって。本気で文句を言いたいなら、いつか会えるだろうよ」

何も言わずに置いていかれるには、理由がある。追いかけてきて、仙太郎は知った。

かつての姉はともかく、今のハルは善人だとは口が裂けても言えないが、ハルにはハルの哲学がある。

姉から見て、操は共に生きたい存在ではなかった。それだけのことなのだ。

紅紐団の少女たちから見た「団長」、そして仙太郎から見た彼女の姿は、偶像だ。もしそれが本物ならば、ハルは操と共に逃げたかもしれない。だが操が自分を忠実に模倣しているだけだと、ハルは誰より早く見抜いていた。

「そうか」

操はつぶやいた。

「そう。そうかもしれないね」

そこでようやく、仙太郎の背後からこちらをうかがっているあやの存在に気づいたらしく、操は顔を歪めた。

「あや」

かすれた声で呼ばれ、あやは体を震わせる。それでもこわごわ前に出て、無残な操の顔を泣きそうな表情で見上げた。

「操さま、大丈夫ですか。早く病院に行かれたほうが」

操の顔がますます歪む。

「きみは本当にいい子だね。僕がきみを太田に売ろうとしてたこと、もう知っているだろう？」

「はい、でもそれで操さまのお役にたてるならそれでよかったんです。太田は、操さまにひどいことをしたのでしょう？　仕返しのお手伝いができるなら、あやは嬉しかったです。できれば、最初にお話ししてほしかったなあ、とは思いますけど」

操は目を瞠り、それから顔を逸らした。素足のつま先に力がこもり、小さく丸まるのが見えた。

「操さん。俺は、復讐を望むかとあやに訊いた。だがあやは望まないと答えたよ。もし望むと答えていたら、俺はこの場であんたをぶん殴っていた」

「かまわないよ、ご覧の通りもうぼろぼろだ。今さら一発か二発増えたところでね」

「しない。そんなもんで帳消しにされたらたまったもんじゃない」

仙太郎は、ちらりと倫子を見た。倫子は腕を組み、無表情にやりとりを眺めている。仙太郎と目が合うと、にやりと笑った。好きにしろ、と言われたのだと解釈し、仙太郎は頷く。

「その様子じゃ、あんたももう紅紐団どころか浅草にいられないだろ。なら責任とって、しばらくあやの面倒を見ろよ」

あやがぎょっと目を剝いた。

「何言ってんの、仙太郎」

「こいつに勉強を教えてやれよ。あやは、オペラの台詞や歌、一度聴けばほとんど完璧に覚えやがる。頭は悪くない。コツさえ摑めば伸びるはずだ」

「いやちょっとほんと何言ってんの、そんなの操さまに迷惑が」

「こいつのこと紅紐団に引き入れたの、あんたなんだろ？　なら、元団長として、一人ぐらい面倒見てもいいだろうが」

操にとっても思いがけない話だったらしく、目にはしばらく当惑が揺れていた。しかし、痛々しいあやの姿を見て、徐々に顔がうつむいていく。やがて蚊の鳴くような声で、「そうだね」と承諾した。

終章

この螺旋階段は、果てがない。

窓から差し込む外光は、しらじらと明るかった。夏の終わり、まだまだ気温は高く、階段を駆け上がるといつもより息があがるのが早いような気がした。

上にあがればあがるほど、窓から差し込む光は強くなっていくように感じる。まだ午前中だが、日はそろそろ天の頂点に上るだろう。

地上から聞こえるジンタの音を振り切るように一気に十二階を駆け上がると、視界が開けた。

立ち止まると、途端に体が炎にまかれたように熱くなり、汗が噴き出す。

風が強い。展望台をぐるりと囲んだ金網に近寄り、しばらく深呼吸を繰り返すと、熱が次第に引いてゆく。見上げれば空には雲ひとつなく、ただ夏の陽光が燦々と降り注ぐ。

荒れる息を整えつつ、ゆっくりと展望台を巡る。

遊興街、瓢箪池、浅草寺。そして十二階下。目に焼き付けるように、じっくりと見てまわる。

この景色も、見納めだ。

夏休みは今日で終わる。仙太郎は、午後一番の列車に乗って、故郷に帰ることになっていた。

紅紐団の団員には、もう挨拶を済ませてある。というよりも、昨日まで最後のご奉公とばかりにこき使われていた。

現在、紅紐団は倫子が団長代理を務めているが、秋には新団長に引き継がれるという。団員たちは倫子を引き留め、団規を変えてせめてあと一年はいてほしいと懇願したそうだが、「例外を一度許したらあっというまに崩壊する」と頑として拒否したらしい。

一緒に古株の幹部たちもいっせいに引退することになったため団内は混乱をきわめ、仙太郎も引き継ぎの雑務に駆り出された。しばらく、タイプと金の計算はしたくない。

思えば、少女ギャング団なんぞに入っていたのに、やったことと言えば露西亜女の真似とタイピスト養成所の生徒に、事務仕事だけだ。一番やりそうな喧嘩はほとんどしていない。最近のギャング団はそういうものなのか、紅紐団が特殊なのかは知らないが、貴重な体験ではあった。

それも、今日で終わる。

果たして、はじめてここに上った時と、今ここにいる自分は、同じだろうか。

たった三ヶ月。長いようで短かった。見える光景はまるで変わらない。

だが、次にここに来る時には、きっと違うものが見えるだろう。きらびやかな幟の下を行き交う少女たちは皆、幸せそうに笑っていてほしい。

今、六区に紅紐団は必要だ。だが十年後には、不要でなければならない。

少女たちが、紅の紐をふりほどいても生きていけるように。そういう仕組みを整えていくのは、外の人間――しかも男にしかできない。少なくとも今の段階ではそうだ。

「やあ、仙太郎」

背後から、声をかけられる。懐から時計を出して確認すると、午前十一時きっかりだった。

「時間ぴったりだな」

振り向くと、十日ぶりに見る姿があった。明治風の、書生姿。優男ふうの顔にはりついた微笑み。

「宵っ張りだから午前中に呼び出されるのは辛いんだけどね。きみ、今日帰るんだっけ?」

操はゆっくりと歩を進め、仙太郎の隣に並んだ。

五月に会った時には背が高いと感じたが、今はこんなに小さかっただろうかと思う。操がひとまわり痩せたからだろうか。それともこの数ヶ月のうちにも、自分の背が伸びたからだろうか。

「一時の列車で。あやは元気か」

「きみが言うとおり覚えが早いよ。連れてこなくてよかったのかい」

「今日はあんたに用事があるんで」

仙太郎は、それまで背にくくりつけていた風呂敷包みを外した。風呂敷をほどくと、中から油紙で包まれた小包が出てきた。油紙は古びていたが、きつく縛ってある紐は真新しい。

「どうぞ」

差し出された包みを、操は困惑気味に受け取った。

「何だい、これ」

「姉貴の置き土産だ」

操は弾かれたように顔をあげた。

「十二階下の、潰れた蛙みたいなばあさんがいる店に預けてあった。なんでも、姉が浅草に来て最初に世話になった店らしい。そこの金庫に、こいつが入ってた」

「……僕あてなのか?」

「俺がもっていてもしょうがないからそうだろう。最初は金かと思って喜んで開けたもんだから、落胆したね」

「中身はなんだい」

「太田が経営する農工債券株式会社が、屑同然の株券を売りつけたことへの抗議の手紙が七通。あと書類」

「書類?」

「俺は読んでもよくわからないが、そこについてた姉のメモ書きによれば、横領を裏付けるものらしい」

小包をもつ操の手が大きく震えた。

顔は紅潮し、見開かれた目には涙が浮かんでいる。

「本当に、あの人が？」

「他に誰がこんなものを手に入れられるんだ。そのために太田家に潜りこんでいたんじゃないのか？」

「それはそうだけど」

「それだけあれば、警察もさすがに動くんじゃないか。どうせ余罪はぼろぼろ出てくる。変な醜聞なんぞ暴かなくたって、一度令状執行されればあいつは終わりだ」

納得したように、操は目を瞑り、息をついた。

「ああ。そうだね」

あの家には、静江がいる。父親が詐欺や横領で捕まるだけでも大きな打撃だ。さらに、ほとんど幼女といっていい少女を好んで買っていたと世間に広く知られるのは、家族の再起にあまりに大きな弊害となるだろう。

「君のお姉さんに見切られた理由がわかったよ。僕が、自分が負った傷以上のものを、静江さんたちに負わせようとしていたからだね。復讐はもはや目的ではなく、自分が楽しむための手段になっていたってわけだ」

「そんなことは知らない。だがまあ、そいつを残したってことは、姉貴はあんたのことはそれなりに気に入っていて、立ち直ってほしいとは思っていたんだろう」

「そうか」

操は目を開き、微笑んだ。見慣れた薄笑いではなく、口が不自然に震えている。まるで生まれてはじめて笑った人間のような、妙に不恰好な笑顔だった。

「それじゃあ、俺はこれで。世話になった」

操はとっさに何かを言いかけようと口を開いたが、すぐに呑み込むように口を閉ざし、頭を下げた。

「こちらこそ。ありがとう」

「うん」

仙太郎は軽く頷き、そのまま操に背を向けて展望台の中央へ歩き出す。塔の中へ足を踏み入れようとした瞬間、追うように声がかかった。

「あやに、手紙を書いてあげてくれ。もう読めるから」

仙太郎は一度足を止めた。

「わかった、漢文で書く」

振り返らずに答えて、今度こそ展望台を後にした。

まばゆいほどの陽光に慣れた目に、室内はひどく暗く見える。だが一歩一歩下っていくにつれ目が慣れて、このうっすらとした暗がりを心地よく感じた。

古びた壁には、古びた美人画やらポスターがいくつも並んでいる。

時代に置いていかれたものたちを一つひとつ確かめながら、仙太郎は十二階を降りていく。

最後に、一番下の土産物屋で絵はがきを一枚買った。姉が送ってきたものと全く同じ、十二階を映す瓢箪池を描いたもの。

そのまますぐに懐にしまおうとしたが、ふと思いついて、店番の老婆にペンを借りる。ここですぐに手紙を投函する客は珍しくないのだろう、「ポストはあっちだよ」と場所まで教えてくれる。

礼を述べて、急いでペンを走らせる。

のぞきこんだ老婆が「おや、啄木の歌だね」と目を細める。

「はい。記念に」

これを、姉に送ったら、どんな顔をするだろう。

日付と名前を書き加え、仙太郎は改めて葉書を手にとった。

長い夏休み最後の記念に

〝浅草の凌雲閣のいただきに腕組みし日の長き日記かな〟

大正十二年、八月三十一日。

鈴木仙太郎

解説

石井千湖《いしいちこ》
（書評家）

“Good girls go to heaven, bad girls go everywhere.”

良い女の子は天国に行ける。でも、悪い女の子はどこへでも行ける。『くれなゐの紐』を読んだとき、思い出したのはアメリカの女優メイ・ウエストのこの名言だった。

美しくあれ、清純であれ、優しくあれ、必要に応じて性的であれ、何よりも従順であれ、そして善き母になれ。世の中が暗に求めてくる理想の女性像に息苦しさをおぼえたことがある人なら胸がすく言葉だと思う。わたしも好きだ。

大正時代の日本を舞台にした本書は、グッド・ガールが変身する場面で始まる。

無数の黒い蛇が、のたうっている。

怯《ひる》んだ目を擦《こす》り、今一度よく見れば、蛇と見えたのは女の髪だった。

女がひとり、崖の縁《ふち》に立っている。前方は、白い牙《きば》を剝《む》く冬の海。灰色の空。海から吹き上げる風は冷たく、あおられた髪は四方にうねっていた。

ギリシャ神話の怪物メドゥーサを思わせる女の名は鈴木《すずき》ハル。主人公の仙太郎《せんたろう》の姉だ。病がちの母に代わって幼いころから弟妹の面倒をよく見た。読書好きで頭もよかったが、女だからという理由で尋常小学校を卒業してすぐ働かされた。身投げの名所でもある崖の上に立っていたのは、奉公先の紹介で結婚する直前だった。不穏な空気が漂うのも当然だ。心配する弟に、ハルはこんなことを言う。

「安心してよ。もし飛び降りなきゃならなくなったら、こんなしみったれた場所は絶対に選ばない。どうせなら、そうね、十二階から、人の海の中に景気よく飛び降りるわ」

大きく手を広げ、楽しそうに笑いながら。なんて鮮やかな幕開けだろう。結局、ハルは祝言の前に姿を消し、家族を崩壊させた。四年後、家の期待を一身に背負って中学校に進学していた仙太郎は、姉の行方を追って十二階（凌雲閣《りょううんかく》）がそびえる東京の浅草《あさくさ》へ向かう。

仙太郎が福井から上京するのは、大正十二年の初夏。その時点で十五歳ということは、太《だ》宰治《ざいおさむ》とおそらく同世代である。男ならばエリートコースからドロップアウトしても文豪になれたかもしれないが、女は自分の意志で人生を選択するだけでバッド・ガール扱いされた時代。良い娘をやめたら本当にどこへでも行けるのか？「紅紐団《べにひもだん》」という少女ギャング団に入った少年の視点で描いているところが新鮮だ。

『くれなゐの紐』は、百年近く前の都市の風景を物語のなかで生々《なまなま》しくよみがえらせている。今の浅草は江戸情緒がわずかに残る観光地というイメージだが、大正時代の浅草はまったく違う。劇場やカフェーが集まる一大歓楽街だった。例えば、谷崎潤一郎《たにざきじゅんいちろう》は「魔術師」という短編で浅草公園の空気を〈暗黒な洞窟を裏面に控えつつ、表へ廻ると常に明るい歓ばしい顔つきをして、好奇な大胆な眼を輝かし、夜な夜な毒々しい化粧を誇って居る〉〈善も悪も、美も醜も、笑いも涙も、凡べての物を溶解して、ますます巧眩な光を放ち、炳絢《へいけん》な色を湛えて居る〉と表現している。谷崎もお気に入りの魔都《まと》だったのだ。

浅草で紅、ギャング団といえば川端康成の長編『淺草紅團』。作中に〈淺草にはあらゆるものが生のままはふりだされてゐる。人間のいろんな慾望が、裸のまま踊つてゐる〉という文章が出てくる。

名だたる作家を魅了した暗黒をはらみ、欲望に満ちた街で、仙太郎はさまざまな人に出会う。

まずなんといっても強烈なのは、紅紐団の団長の操《みさお》だ。田舎を飛び出してきたものの金も家もない仙太郎は、女の格好をして掏摸《すり》を繰り返していたところ、操に捕まえられてしまう。操は仙太郎が男であることを簡単に見抜く。自分も男装した女だからだ。正体を知っても女とは信じられないほど変装の達人で、カリスマ性もあり、紅紐団の少女たちに崇拝《すうはい》されている。駆け出しの小説家でもあるらしい。仙太郎は操がハルの情報を握っているとにらんで入団の許可を請《こ》う。

操の紹介で仙太郎を居候《いそうろう》させる絹《きぬ》も印象深い。絹はカフェーの女給で、仙太郎の女装がより完璧になるように化粧法を仕込む。十二歳のとき浅草に来てからというもの数えきれない男と寝て、美術商の恋人もいるのに絹は仙太郎に惹《ひ》かれていく。しかしそれは恋と呼ぶには複雑すぎる感情だ。絹は仙太郎の身支度を盗み見てこんなことを思う。

ぴんと芯が通り、若々しくしなやかな筋肉に覆われた白い背中。その気高さと潔癖さときたら、どうだろう。そこに華やかな布を重ねていき、卵のようにつるりとした肌に鉱物を塗る様は、輝かしい命を冒瀆《ぼうとく》するような暗い美しさがあった。

人間の欲望が裸のまま踊っているような街に誰よりも馴染《なじ》んでいる絹が、街に染まらない仙太郎に抱く憧れと憎しみ。やがて起こる悲劇に胸がふさがる。

他の登場人物もそれぞれ個性豊かだが、最も忘れがたいのはやはり物語の発端《ほったん》になった仙太郎の姉、鈴木ハルだ。

（※以下、物語の核心にふれますので、本編を読了後にお読みください）

ハルの居所の手がかりになったのは、失踪《しっそう》後に届いた十二階の絵はがきだ。消印は浅草。書かれていたのは宛先と〈浅草の凌雲閣にかけのぼり息がきれしに飛び下りかねき〉という石川啄木《いしかわたくぼく》の短歌だけ。ハルの行方を知っている操は、姉に会わせる条件として、タイピスト養成所に仙太郎を潜入させる。その養成所とつながりのある花形タイピストが、紅紐団の商売敵《がたき》の売春専門少女ギャング団の元締めではないかという疑いがあったからだ。

ある日、仙太郎は養成所に通っている令嬢の家に招かれる。そこに姉がいた。ハルはなんと令嬢の父親である貴族院議員の事務所で働いていた。顔立ちはそっくりなのに別人のように見えて仙太郎は戸惑う。

ハルは女ひとりで生きる方法を模索《もさく》するうちに、変身術の天才になっていたのだ。知略《ちりゃく》に長《た》けているだけではなく、鉄の意志を持っていて、目的を達成するための手段は選ばない。やがて少女ギャング団の抗争の原因を作ったのもハルだということが明らかになる。はじめは痛快に思えた紅紐団の活躍の陰《かげ》の一面もあらわになる。男に虐《しいた》げられた女が、男に仕返しをするために別の女を利用するくだりはやりきれない。

“Good girls go to heaven, bad girls go everywhere.”

良い女の子は天国に行ける。でも、悪い女の子はどこへでも行ける。ハルも似たようなことを信じていたのかもしれない。ただ、悪い女の子の自由には限界がある。そのことに気づいたから、再会した弟に言うのだろう。

「あんたは、王道をまっすぐ行くのよ。負い目を感じる必要はない。たぶんあんたが進むように定められている道は、私たちの世界より時にすごく厳しいと思う。でもあんたは、そこを歩ける人間なの」

どんな女の子でも、どんな人間でも、選択の自由がある。そんな世界にするには、社会の仕組み自体を変えないといけない。王道はすごく厳しい。

でもきっと、性別も境遇《きょうぐう》も自分とは異なる他者の痛みを身をもって知った仙太郎は、王道を諦《あきら》めないだろう。初めて浅草十二階を訪れた日に、一気に最上階まで駆け上がったように。〈走り出したら、目的地につくまで足は止めない〉のが信条だから。

○参考文献

『大正女性史〈上巻〉市民生活』村上信彦／理論社
『浅草　大正篇』堀切直人／右文書院
『警視庁史〈第2〉大正編』警視庁史編さん委員会編／警視庁史編さん委員会
『浅草十二階――塔の眺めと〈近代〉のまなざし　増補新版』細馬宏通／青土社
『カフェー考現学――大正・昭和の風俗批評と社会探訪　村嶋歸之著作選集〈第1巻〉』村嶋歸之著、津金澤聰廣・土屋礼子編／柏書房
『盛り場と不良少年少女――大正・昭和の風俗批評と社会探訪　村嶋歸之著作選集〈第2巻〉』村嶋歸之著、津金澤聰廣・土屋礼子編／柏書房
『明治　大正　昭和　不良少女伝――莫連女と少女ギャング団』平山亜佐子／河出書房新社
『断髪のモダンガール――42人の大正快女伝』森まゆみ／文春文庫

初出
「小説宝石」二〇一四年十月号～二〇一五年九月号
二〇一六年二月　光文社刊

※本文中に、「浮浪者」など、今日の観点からみて差別的な用語・表現が含まれています。また、「支那」という現在では配慮を要する呼称も用いられています。しかしながら大正時代を舞台とした本作品の根幹となる設定に鑑み、それら差別的な表現についてもそのまま使用しています。それが今日ある人権侵害や差別問題を考える手がかりになり、ひいては作品の文学的価値を尊重することにつながると判断したものです。差別や侮蔑の助長を意図するものではないということをご理解ください。（編集部）

光文社文庫

くれなゐの紐《ひも》
著　者　須《す》賀《が》しのぶ

2019年3月20日　初版1刷発行

発行者　鈴木広和
印　刷　堀内印刷
製　本　フォーネット社

発行所　株式会社　光文社
〒112-8011　東京都文京区音羽1-16-6
電話　(03)5395-8149　編集部
8116　書籍販売部
8125　業務部

ISBN978-4-334-77818-7　Printed in Japan

組版　萩原印刷

光文社文庫　好評既刊

街はいっぱい　光文社文庫編集部編
父からの手紙　小杉健治
暴力刑事　小杉健治
土俵を走る殺意　新装版　小杉健治
密やかな巣　小玉二三
妻ふたり　小玉二三
肉感　小玉二三
婚外の妻　小玉二三
緋色のメサイア　小玉二三
野心あらため　後藤竜二
幸せスイッチ　小林泰三
安楽探偵　小林泰三
因業探偵　小林泰三
残業税　小前亮
残業税　マルザ殺人事件　小前亮
うわん　七つまでは神のうち　小松エメル
うわん　流れ医師と黒魔の影　小松エメル

うわん　九九九番目の妖　小松エメル
リリース　古谷田奈月
ペットのアンソロジー　近藤史恵 リクエスト！
女子と鉄道　酒井順子
リリスの娘　坂井希久子
シンデレラ・ティース　坂木司
短劇　坂木司
和菓子のアン　坂木司
アンと青春　坂木司
和菓子のアンソロジー　坂木司 リクエスト！
死亡推定時刻　朔立木
マンガハウス！　桜井美奈
屈折率　佐々木譲
ビッグブラザーを撃て！　笹本稜平
天空への回廊　笹本稜平
極点飛行　笹本稜平
不正侵入　笹本稜平